KB049715

더스트 2

사 일 로 연 대 기

PART 3

더스트 2

휴 하위 지음 | 이수현 옮김

시공사

일러두기

· 본문의 각주는 모두 옮긴이 주이다.

· 《울》은 2012년 사이먼&슈스터사의 페이퍼백을 바탕으로 2013년에 번역 출간한 후, 이번 개정판을 내면서 손질했다. 《시프트》와 《더스트》는 2020년 새로 출간된 매리너판을 번역 대본으로 삼았다.

· 소설에 인용된 성경 구절은 《개역개정 성경》을 따랐다.

생존자들에게

DUST

차례

3부

집

36

1번 사일로

샬럿은 망연자실한 채 무전기에서 몸을 떼어냈다. 치직거리는 스피커를 응시하면서 잡음을 듣고, 머릿속으로는 그 장면을 몇 번이고 되풀이했다. 열린 문, 새어 드는 독성 공기, 죽어가는 사람들, 압사, 사라지는 사일로. 오빠가 구하려고 그렇게 노력했던 사일로가 사라졌다.

다이얼을 향해 뻗는 손이 덜덜 떨렸다. 샬럿은 채널을 이리저리 돌리면서 다른 사일로들의 다른 목소리들을 들었다. 아무 맥락 없는 대화 토막들과 침묵, 다른 곳에서는 삶이 빠르게 이어진다는 증명.

"……이번 달에만 벌써 두 번째잖아. 캐럴에게 알려서……."

"……내가 갈 때까지 잡아주면 내가 꼭 고마움을……."

"……."

"알았다. 지금 그 여자를 구속했고……."

이런 대화들 사이사이로 한바탕 잡음들이 죽은 공기만 가득한 사일로들, 죽음만 가득한 사일로들의 자리를 차지하고 있었다.

샬럿은 다시 18번으로 다이얼을 돌렸다. 그 사일로에서는 아직 위아래 중계기들이 작동하고 있었다. 치직 소리로 알 수 있었다. 그녀는 그 목소리가 돌아오나 귀를 기울였다. 모두에게 맨 아래층으로 가라고 외치던 여자의 목소리. 샬럿은 누군가가 그 여자의 이름을 부르는 소리를 들었다. 오빠가 집착하던 여자, 오빠가 '불량 시장'이라고 부르던 사람, 집으로 돌아간 청소부의 목소리를 듣는다고 생각하니 기분이 이상했다.

다른 사람일 수도 있겠지만, 샬럿은 그렇게 생각하지 않았다. 그건 분명히 책임자가 내리는 명령이었다. 샬럿은 멀리 떨어진 어느 사일로 깊숙한 곳, 어둡고 외로운 어딘가에 웅송그린 한 여자를 상상했고 갑자기 동류의식을 느꼈다. 그냥 듣기만 하지 않고 송신할 수만 있다면, 연락할 길만 있다면 뭐든 줄 수 있을 텐데.

샬럿은 몸을 앞으로 기울이고, 마이크를 연결할 무전기 옆면을 문질렀다. 오빠가 이 부품을 마지막까지 아껴뒀다는 점이 수상했다. 마치 샬럿이 마이크를 손에 넣으면 누군가에게 말을 걸고야 말 거라고 생각했다는 듯. 도널드는 샬럿이 가만히 듣고만 있기를 바랐던 것 같다. 아니면 스스로에 대해 걱정했던 걸까. 오빠가 방송을 할 수 있게 되면 무슨 짓을 할지 스스로를 믿지 못했는지도 모르겠다. 이건 사일로 책임자들만 듣는 주파수가 아니라, 무전기를 든 사람은 누구나 들을 수 있는 주파수였다.

가슴팍을 더듬자 오빠가 주고 간 ID 카드가 만져졌고, 샬럿의 눈앞에 발길질하던 부츠와 피가 튄 벽과 바닥이 선명하게 떠올랐다. 아무래도 오빠에겐 가망이 없었지만, 그래도 샬럿은 뭐라도 해야 했다. 여기 앉아서 언제까지나 잡음에 귀를 기울이고 사람들이 죽어가는 소리를 들을 수는 없었다. 도니는 그 ID 카드라면 승강기를 작동시킬 수 있을 거라고 했다. 행동에 나서고 싶은 충동을 이길 수가 없었다.

그녀는 무전기 전원을 끄고 비닐을 덮었다. 아무도 건드리지 않은 것처럼 보이게 의자를 정돈하고, 혹시 사람이 산 흔적이 남았는지 드론 조종실을 살펴보았다. 침대로 돌아가서는 트렁크를 열고 옷을 살폈다. 그녀는 원자로 작업복인 빨간색을 골랐다. 다른 것보다 헐렁했다. 다시 벗어서 이름표를 확인했다. '스탠.' 그녀는 스탠이 될 수 있었다.

샬럿은 옷을 입고 창고로 갔다. 분해된 드론에 윤활유가 많이 있었다. 손바닥에 기름을 조금 담고, 보급품 통 하나에서 모자를 찾아 화장실로 들어갔다. 남자 화장실이었다. 예전에 샬럿은 화장을 즐겼다. 그게 다른 생애, 다른 사람 같았다. 예뻐 보이려고 비디오게임을 멀리하고, 통통해 보이지 않으려고 뺨에 음영을 넣던 기억이 났다. 기초 훈련을 받으면서 단시간에 날씬하고 단단한 몸이 되기 전의 일이었다. 두 번의 파병으로 자연스러운 몸을 되찾고, 그 몸에 익숙해지고, 받아들이고, 심지어는 사랑하게 되기 이전의 일.

그녀는 윤활유를 활용해서 광대뼈가 덜 두드러지게 만들었다.

눈썹에도 살짝 발라서 눈썹이 더 진해 보이도록 만들었다. 지독한 맛이 나는 얼룩을 입술에 묻혀서 덜 붉게 만들었다. 이전에 해본 어떤 화장과도 반대를 추구했다. 머리카락은 모자 속에 밀어 넣고 챙을 푹 눌러쓴 후, 작업복을 매만졌다. 가슴이 나왔다기보다는 천에 주름이 잡힌 것처럼 보일 수 있게.

형편없는 변장이었다. 거울을 보자마자 알 수 있었다. 하지만 샬럿은 거울 속에 있는 사람의 정체를 아는 상태에서 본 것이었다. 여성이 있을 수 없는 세상에서라면 과연 누가 의심을 할까? 확신할 순 없었다. 알 수도 없었다. 물어볼 수 있도록 도니가 이 자리에 있다면 좋으련만. 그녀는 오빠가 그 모습을 보고 웃는 것을 상상했다가, 울어버릴 뻔했다.

"울지 마, 제기랄." 그녀는 눈을 꾹꾹 누르면서 거울에 대고 말했다. 울면 화장이 어떻게 번질지 걱정스러웠다. 그래도 눈물이 나왔다. 눈물이 나왔지만 아무 변화도 없었다. 윤활유 위로 물방울이 미끄러질 뿐이었다.

어딘가에 도면이 있었다. 샬럿은 무전기 옆에 놓인 도니의 서류철들을 뒤졌지만 찾아내지 못했다. 오빠가 상자 단위의 파일들을 읽으면서 많은 시간을 보내던 회의실에도 가봤다. 도니의 메모는 대부분 놈들이 싣고 나갔다. 분명히 나머지도 가지러 올 계획이리라. 어쩌면 아침에. 아니면 바로 지금 도착할 수도 있었고, 그러면 샬럿은 여기에서 뭘 하고 있었는지 설명해야 할 것이다.

"회수하라는 명령을 받고…… 어……." 낮게 깐 목소리가 우스꽝스럽게 들렸다. 펼쳐진 서류철들과 흩어진 페이지들을 헤집으며 다시 시도해보았다. 이번에는 평범한 목소리를 아주 살짝만 낮춰서 냈다. "이걸 가지고 가서 재활용하라는 지시를 받았습니다." 아무도 없는 데 대고 설명했다. "그래? 어느 층이 재활용하는 곳이지?" 그녀는 스스로에게 물었다. "하나도 모르겠는데." 그녀는 인정했다. "그래서 지금 지도를 찾고 있잖아."

그녀는 지도를 찾아냈다. 그러나 맞는 지도는 아니었다. 원이 50개 그려져 있고 붉은 선이 방사형으로 한 점에 모이는 지도였다. 옆쪽 아래에 적힌 문자 좌표와 위쪽에 적힌 숫자 배치를 알아보지 못했다면 지도라는 사실도 몰랐을 것이다. 예전에 공군에서 딱 이런 좌표 지도로 매일의 과녁을 배정했었다. 샬럿이 식당에서 베이글과 커피를 챙겨 들고 들어가면, D-4에 있던 한 남자와 그 가족이 불길의 소용돌이 속에서 죽는 식이었다. 점심 휴식 시간. 호밀빵에 햄과 치즈 샌드위치.

샬럿은 지도에 배치된 원들을 알아보았다. 사일로들이었다. 딱 이렇게 생긴 언덕들과 분지들 위로 세 대의 드론을 날려봤기 때문에 알 수 있었다. 그런데 붉은 선들은 이상했다. 손가락으로 선 하나를 따라가보았다. 비행경로가 생각나는 선이었다. 중앙에 가까운 하나만 빼고 모든 사일로에서 그런 선이 뻗어나갔는데, 아마 그 하나가 지금 그녀가 있는 1번 사일로일 터였다. 도널드가 언젠가 큰 테이블 위에 있는 똑같은 배치도를 보여준 적이 있었는데, 지금은 흩어진 페이지들 아래 묻혀 있었다. 그녀는 지도를 접어서 앞주머니에 쑤셔 넣고 계속 다른 정보를 찾았다.

예전에 본 1번 사일로 내부 도면은 없어진 것 같았지만, 그것 못지않은 물건을 찾아냈다. 인명 기록부였다. 인물마다 계급, 교대근무 배정, 직업, 거주하는 층, 일하는 층이 기록되어 있었다. 소도시 전화번호부만 한 크기여서, 얼마나 많은 사람이 교대로 사일로를 운영하고 있는지 실감케 했다. 아니, 사람이 아니라 '남자들'이지. 샬럿이 이름을 훑어보니 전원이 남자였다. 신병 훈련소에 딱 한 명 더 있었던 여자, 사샤가 생각났다. 사샤가 죽었다고 생각하니 기분이 이상했다. 아니, 샬럿의 연대에 속해 있던 모든 남자들, 비행학교에 있었던 모든 사람이 죽었지.

그녀는 원자로 기술자 이름을 하나 찾아서 직장이 어느 층인지 보고, 혼돈 속에서 펜을 하나 찾아내어 층수를 적었다. 행정동은 34층이었다. 통신 기술자 한 명도 같은 층에서 일했는데, 그건 짜증 나는 일이었다. 통신실이 이 시설을 운영하는 사람들과 같은 복도에 있다니 생각하기 싫었다. 보안팀 팀장은 12층에서 일했다. 도니가 붙잡혀 있다면 아마 거기 있겠지. 다시 재우지 않았다면 말이다. 그녀는 냉동 수면동은 저 아래일 거라고 생각했다. 도니가 그녀를 깨우고 나서 함께 승강기를 타고 올라왔던 기억이 났다. 그녀가 그곳에서 일하는 사람을 찾아내어 냉동 수면 사무실이 있는 층을 찾기는 했지만, 아마 거기는 잠든 사람들을 보관하는 곳은 아닐 터였다. 아니, 맞나?

지금 있는 층 위아래에 무엇이 있는지 대충 휘갈겨 쓰다 보니 메모가 혼란스러워졌다. 하지만 어디에서 탐색을 시작해야 할까? 오빠가 털어 오던 보급품과 여분의 부품이 있는 방들에 대한 언급은 찾을 수가 없었는데, 그 층에서는 사실상 아무도 일을 하지 않기 때문인 듯했다. 다시 새로운 종이를 꺼낸 그녀는 원통을 하나 그리고, 도니의 일과와 인명 기록부를 토대로 최선을 다해서 도면을 그리고 층과 층을 채워 넣었다. 맨 꼭대기의 구내식당에서 시작해 최대한 아래까지 내려가서 냉동 수면을 관리하는 사무실까지 그려 넣었다. 그러고 남는 빈 층들이 확률이 높은 곳이었다. 그중에 몇 군데는 창고들이리라. 하지만 승강기가 열리자마자 방 안 가득 카드놀이 중인 남자들이 보일 가능성도 꽤 컸다. 카드놀이든 뭐든, 세상을 죽이면서 시간을 죽일 무언가를 하고 있을 남자들. 무작정 주사위를 굴릴 수는 없었다. 샬럿에겐 계획이 필요했다.

샬럿은 지도를 연구하면서 선택지를 궁리했다. 확실히 마이크가 있을 곳이 하나 있다면 통신실이었다. 벽시계를 확인했다. 6시 25분. 저녁 시간이자 근무 교대 시간이라, 많은 사람이 돌아다닐 때였다. 샬럿은 광대뼈가 덜 두드러지게 기름 얼룩을 바른 얼굴을 만졌다. 생각이 명쾌하질 않았다. 어쩌면 11시까지는 아무 데도 가지 않는 게 좋을지도 모른다. 아니면 혼잡한 군중 속에 몸을 숨기는 쪽이 나을까? 밖엔 무엇이 있을까? 샬럿은 서성이면서 고민했다. "난 몰라, 모른다고." 새로운 목소리를 시험해보았다. 감기 걸린 사람 같았다. 그게 그녀가 낼 수 있는 최선의 남자 목소리였다. 감기 걸린 듯한 목소리.

샬럿은 창고로 돌아가서 승강기 문을 살폈다. 바로 지금도 누군가가 튀어나와서 그녀의 결정을 대신 해줄 수도 있었다. 나중까지 기다려야 했다. 드론이 있는 곳으로 돌아간 그녀는 작업하던 드론의 방수포를 벗겨내고 풀어낸 패널과 흩어진 공구들을 뜯어보았다. 다시 회의실을 돌아보자, 두 남자에게 붙들린 채 그 바닥에 몸을 웅크리고서 정강이로 발길질을 막으려 들던 도니의 모습이 눈에 선했다. 제대로 서기도 힘들어하던 남자가 역겨운 발길질을 내리꽂던 모습도.

샬럿은 드라이버를 하나 집어서 작업복에 달린 도구 주머니에 꽂았다. 어떻게 해야 할지 몰랐기에 그녀는 시간을 죽이려고 드론을 고쳤다. 나중에 밤이 되어, 위에 돌아다니는 사람이 줄고 발각될 위험이 줄어들면 나가야지. 우선은 다음 드론을 날릴 준비를 하자. 도니는 여기 없고, 도니의 작업은 미완성으로 남아 있지만, 그녀는 할 일을 계속할 수 있었다. 한 번에 볼트 하나, 너트 하나씩 조각들을 짜 맞출 수도 있었다. 그리고 밤이 되면 나가서 필요한 부품을 찾을 것이다. 목소리를 되찾아서, 저 고통받는 사일로에 있을 사람들에게 연락할 것이다. 아직 누구든 살아 있다면…….

37

승강기가 도착한 시간은 자정이었다. 정확히는 자정을 5분 지난 시각이었다. 그때 겨우 샬럿은 모험을 떠날 용기를 끌어 올렸고, 승강기가 도착하는 땡 소리가 무기고에 메아리쳤다.

문이 덜커덩 열리고, 샬럿은 사라진 시간과 장소에 관한 기억 속으로 걸어 들어갔다. 그건 승강기가 사람들을 직장으로 데려가고 나오던 정상적인 세상에 관한 기억이었다. 도니가 줬던 ID 카드를 쥐면서 샬럿은 다시 한번 강한 의혹을 느꼈다. 문이 닫히기 시작했다. 샬럿이 부츠를 내밀어서 문틈에 발을 끼우자, 승강기가 다시 열렸다. 그녀는 문이 다시 닫히려고 하는 동안 경보음이 울리기를 기다렸다. 어쩌면 이 망할 물건에서 내려 마음을 결정하고, 승강기를 혼자 떠나게 두었다가 한두 시간 후에 다시 잡는 게 좋을지도 모른다. 문이 시험하듯 그녀의 부츠를 잡았다가 물러나는 모습이 마치 그녀를 잡아먹을까 말까 생각하는 괴물 같았다. 샬럿은 이만하면 오래 끌었다고 생각하며 결심을 굳혔다.

그녀는 ID 카드를 스캔하고 깜박이는 녹색 불이 들어오자 34층 버튼을 눌렀다. 행정동과 통신실이 있는 곳. 사자 굴이었다. 양쪽 문짝이 겨우 만나는 모습이 기꺼운 한숨이라도 내쉬는 듯했다. 층수를 알리는 불빛이 휙휙 지나가기 시작했다.

샬럿이 목덜미를 더듬어보니 빠져나온 머리카락이 몇 가닥 걸렸다. 다시 모자 안에 쑤셔 넣었다. 행정동은 위험 부담이 컸지만 (원자로 층을 나타내는 빨간 작업복을 입었다는 사실 자체가 두드러질 것이다) 원래 직장이어야 할 층에서 어디로 가야 하는지, 뭘 해야 하는지 모르는 모습을 보인다면 더 어색할 것이다. 그녀는 주머니마다 공구가 들어 있는지 확인하고, 눈에 보이는지도 확인했다. 그 공구들이 그녀의 변명거리였다. 바지 뒤에 달린 큰 주머니는 창고 통에서 꺼낸 권총 한 자루로 인해 축 늘어졌다. 층수가 휙휙 지나가자 샬럿의 심장이 쿵쾅거렸다. 도널드가 묘사했던 바깥세상을, 건조하고 생명 없는 황야를 상상해보려고 했다. 승강기가 쭉 올라가 바로 그 황량한 언덕이 있는 곳에서 문이 열리고, 바람이 휘몰아쳐 들어오는 상상도 했다. 그러면 차라리 마음이 놓일지도 모른다.

올라가는 길에 타는 사람은 없었다. 이런 한밤중에 나온 것이 옳은 선택이었다. 36층, 35층, 그리고 승강기의 속도가 줄어들었다. 문이 열리고 드러난 복도 불빛이 눈에 거슬리게 밝았다. 샬럿은 즉시 변장이 통할까부터 의심했다. 10여 걸음 떨어진 문 앞에서 한 남자가 그녀를 쳐다보았다. 이 세상에는 친숙한 구석이라곤 없었다. 그녀가 지난 몇 주를 지냈던 곳과는 하나도 비슷하지 않았다. 그녀는 모자챙을 푹 누르면서 모자 색깔이 작업복과 어울리지 않는다는 사실을 의식했다. 중요한 건 자신감인데, 지금은 전혀 자신감이 없었다. 뻔뻔하게 굴자. 대놓고. 그녀는 여기서 지내면 하루하루의 모든 것이 똑같을 거라고 생각했다. 모두가 다른 일을 예상하지 않을 것이다. 그녀는 그 남자와 보안문에 다가가서 ID 카드를 내밀었다.

"예정 있습니까?" 남자는 샬럿이 서 있는 쪽 스캐너를 가리키며 물었다. 샬럿은 무슨 일이 일어날지 모르는 채, 도망치거나 권총을 뽑거나 항복하거나 아니면 세 가지 모두를 할 준비를 하고서 ID 카드를 그었다.

"그게, 어……. 이 층에 전력 고갈이 나타나서요." 아픈 척하는 목소리가 그녀의 귀에는 터무니없게만 들렸다. 하지만 샬럿은 자신이 잘 아는 목소리여서 웃기게 들리는 거라고 스스로를 타일렀다. 다른 사람에겐 평범하게 들릴 수도 있다. 더하여 그녀는 전력 고갈이라는 말이 그녀만큼이나 이 남자에게도 알 수 없는 소리이길 빌었다. "통신실을 확인해보라고 올려 보내던데요. 어딘지 알아요?"

상대방에게 질문하기. 방향을 물어봐 남자의 자존심을 만족시키기. 샬럿은 목뒤로 흘러내리는 땀을 느끼며 혹시 머리카락이 다시 빠져나왔을까 생각했다. 확인해보고 싶은 충동을 억눌렀다. 팔을 들어 올리면 작업복 가슴 부분이 팽팽해질 수도 있었다. 샬럿은 상대방의 큰 덩치를 가늠해보며, 그 남자가 그녀를 붙잡아서 땅에 패대기치고 접시만 한 두 손으로 때리는 모습을 상상해보았다.

"통신실? 물론이죠. 음. 복도 끝까지 가서 왼쪽으로 트십시오. 그러면 오른쪽 두 번째 문입니다."

"고마워요." 그녀는 모자를 눌러썼고 고개는 계속 숙이고 있었다. 보이지 않는 카운터의 틱 소리와 함께 달칵, 회전 가로대를 밀고 들어갔다.

"뭐 잊지 않았습니까?"

샬럿은 몸을 돌렸다. 손이 바지 주머니로 향했다.

"근무 기록에 서명해줘야죠." 경비원이 낡은 디지털 태블릿을 내밀었다. 구불구불 긁힌 자국으로 화면이 뿌옜다.

"그렇죠." 샬럿은 테이프로 감아둔 선에 매달린 플라스틱 펜을 잡고, 화면 중앙에 있는 박스를 살폈다. 시간을 쓰는 자리와 서명란이 있었다. 그녀는 시간을 쓰고 나서 잘 생각이 나지 않아 가슴팍을 슬쩍 보았다. 스탠. 그녀의 이름은 스탠이었다. 그녀는 아무렇지 않아 보이려고 스탠을 대충 흘려 쓴 후, 태블릿과 펜을 경비원에게 건넸다. "나갈 때 봅시다." 경비원이 말했다.

샬럿은 고개를 끄덕이고, 나갈 때도 이렇게 무난하기를 빌었다.

그녀는 남자가 가리킨 방향으로 중앙 복도를 따라갔다. 이 시간에도 생각보다 북적였고, 소리가 많이 들렸다. 몇몇 사무실에 불이 들어와 있었고, 의자 삐걱대는 소리며 캐비닛 정리하는 소리,

키보드 두드리는 소리가 났다. 복도 저편에서 문이 열리더니 남자 하나가 걸어 나와서 다시 문을 닫았다. 그 얼굴을 보자 샬럿은 다리가 마비되는 느낌이었다. 그녀는 뼈와 고기가 든 자루가 되어 비틀비틀 몇 걸음을 걸었다. 어지러워서 쓰러질 것 같았다.

그녀는 고개를 숙이고 믿을 수 없는 기분으로 목덜미를 긁었다. 하지만 분명 서먼이었다. 전보다 더 마르고 늙어 보였다. 다음 순간 몸을 동그랗게 말고 반쯤 죽을 때까지 얻어맞던 도니의 모습이 떠올랐다. 눈물 때문에 복도가 흐려졌다. 하얀 머리, 큰 키. 어떻게 그때는 서먼을 몰라봤을까?

"집에서부터 먼 길을 왔군, 안 그런가?" 서먼이 물었다.

사포같이 까끌거리는 목소리. 친숙한 목소리였다. 어머니나 아버지의 목소리만큼 친숙했던.

"전력 고갈을 확인하러요." 샬럿은 서먼이 그녀의 성별이 아니라 작업복을 보고 한 이야기이길 빌면서 멈추지도, 고개를 돌리지도 않고 말했다. 혹시 목소리로 알 수 있을까? 어떻게 서먼이 그녀의 걸음걸이, 체격, 살짝 드러난 목덜미를 못 알아볼 수가 있을까? 조금이라도 살갗이 드러난다거나, 뭐든 그녀의 정체를 드러내지 않을까?

"잘 조처하게." 서먼이 말했다.

샬럿은 열 걸음을 걷고, 스무 걸음을 걸었다. 땀이 났다. 취한 기분이었다. 그녀는 복도 끝에 이르러 막 모퉁이를 돌고 난 후 보안대 쪽을 흘긋 돌아보았다. 서먼이 저 멀리에서 경비원과 이야기를 나누고 있었는데, 백발이 태양처럼 보였다. 그녀는 오른쪽 두 번째 문이라고 스스로를 일깨웠다. 심장이 너무 빨리 뛰고 머릿속이 빙빙 도는 바람에 경비원이 알려준 통신실 위치를 잊어버릴 뻔했다. 그녀는 숨을 깊이 들이마시고 왜 여기에 왔는지 상기했다. 서먼을 보고, 도니를 마구 때린 사람이 서먼이었다는 사실을 깨닫는 바람에 망연자실해졌지만 그 문제를 생각할 시간이 없었다. 통신실 문이 앞에 있었다. 그녀는 문손잡이를 돌리고, 안으로 들어갔다.

통신실 안에서는 어떤 남자 혼자서 줄줄이 늘어선 모니터와 깜박이는 계기반을 멍하니 보고 있었다. 그는 샬럿이 들어서자 머그잔을 손에 들고 의자에 앉은 채로 몸을 돌렸는데, 팔걸이 사이로 튀어나온 배가 눈에 띄었다. 성긴 머리카락 몇 가닥을 잘 빗질해서 벗어진 부분을 가린 모습이었다. 그는 귀에 대고 있던 헤드폰 한쪽을 떼어내고 무슨 일이냐는 듯 눈썹을 올렸다.

U 자형으로 놓인 작업대와 안락의자들 사이 여기저기에 무전기만 대여섯 개는 흩어져 있었다. 당혹스러울 정도로 풍족했다. 샬럿에겐 부품 하나만 필요했는데.

"예?" 통신원이 재촉하며 물었다.

샬럿은 입이 말랐다. 경비원을 통과하는 데에는 하나의 거짓말만이 필요했고, 그녀에게는 준비해둔 거짓말이 하나 더 있었다. 그녀는 복도에서 서먼을 보았던 일과 서먼이 오빠에게 발길질하던 장면들을 마음속에서 지웠다.

"장비 고치러 왔는데요." 그녀는 주머니에서 드라이버를 꺼내면서 잠시 이 남자와 싸워야 하는 상황을 상상하고, 솟구치는 아드레날린을 느꼈다. 군인처럼 생각하는 것을 그만둬야 했다. 그녀는 지금 전기 기사였다. 그리고 그녀가 아니라 그 남자가 말하게 만들어야 했다. "고장 난 마이크는 어디 있죠?" 그녀는 드라이버를 휘저어 장비들을 가리켰다. 드론을 조종하고 컴퓨터들을 만지면서 배운 게 하나 있다면, 언제나 고장 난 기계가 하나쯤은 있다는 것이었다. 언제나.

통신원이 눈을 가늘게 떴다. 그는 잠시 그녀를 살펴보더니 방 안을 둘러보았다. "2번 마이크 말하는 거겠죠. 그래요, 버튼이 빽빽해요. 아무도 상태를 보러 오지 않을 것 같아서 포기했는데." 남자가 뒤로 몸을 젖히고 턱 아래에 손가락을 모으자 의자가 삐걱거렸다. 겨드랑이 부분은 땀자국으로 어두웠다. "지난번에 온 사람은 사소한 문제라고 하더라고요. 교체할 필요가 없다나. 아예 망가질 때까지 쓰라는 거예요."

샬럿은 고개를 끄덕이고 그 남자가 가리킨 기계로 향했다. 너무 쉬웠다. 그녀는 통신원을 등진 채 드라이버로 사이드 패널을 뜯었다.

"원자로 층에서 일하는 거 맞죠?"

그녀는 고개를 끄덕였다.

"그래요. 예전에 식당에서 맞은편에 앉아서 먹었던 것 같네요."

샬럿은 그 남자가 그녀의 이름을 물어보거나, 아니면 다른 기술자와 나눴던 대화를 재개하려는 줄 알고 기다렸다. 땀에 젖은 손바닥에서 미끄러진 드라이버가 책상에 떨어졌다. 그녀는 드라이버를 다시 집어 들었다. 통신원의 시선을 느낄 수 있었다.

"고칠 수 있을 것 같아요?"

샬럿은 어깨를 으쓱였다. "가져가봐야겠어요. 내일은 돌려놓을게요." 그녀는 사이드 패널을 뜯어내고 마이크 선을 고정해놓은 나사를 풀었다. 선 자체는 기계 내부의 계기판에 꽂혀 있지 않았다. 샬럿은 다시 생각하고, 이 계기판도 풀어서 떼어냈다. 이미 설치해두었는지 기억이 나지 않았고, 이렇게 하면 뭔가 수리를 제대로 하는 것처럼 보일 터였다.

"내일까지? 그거 잘됐네요. 정말 고마워요."

샬럿은 부품을 모아서 일어섰다. 모자챙을 한 번 잡는 것으로 인사는 충분했다. 그녀는 몸을 돌려 문으로 향했다. 너무 급하게 나가는 걸까 싶기도 했다. 사이드 패널과 나사는 카운터 위에 그냥 놓여 있었다. 진짜 기술자라면 제자리에 끼워놓지 않았을까? 잘 알 수 없었다. 오래전에 알던 파일럿들이 그녀가 기술자인 척하면서 드론을 개조하고 무전기를 조립하고, 얼굴에 루즈 대신 기름때를 바르는 모습을 보았다면 신나게 웃었을 것이다.

통신원이 마지막으로 한마디를 했는데, 문을 닫으니 무슨 말인지 들리지 않았다. 샬럿은 중앙 통로를 향해 서둘러 복도를 걸으면서, 모퉁이를 돌면 서먼이 경비원 여러 명과 함께 서 있고, 넓은 어깨들이 앞길을 막고 있지 않을까 생각했다. 그녀는 드라이버를 주머니에 다시 꽂고 마이크 선을 돌돌 말아서 계기판과 함께 품에 안았다. 모퉁이를 돌았을 때, 그 복도에는 경비원 말고 아무도 없었다. 보안문까지 걸어가는 데 몇 시간은 걸리는 듯한 기분이었다. 아니, 며칠이 걸리는 것 같았다. 양쪽 벽이 압박해 들어오고 심장이 두근거리며 박동했다. 젖은 피부에 작업복이 달라붙었다. 공구들이 덜그럭거렸고, 뒷주머니의 권총은 무겁게 처졌다. 한 걸음 디딜 때마다 어쩌선지 승강기 문이 두 걸음은 멀어지는 것 같았다.

그녀는 보안문 앞에 멈춰 서서, 나가는 시간을 기록해야 했던 것을 기억하고 경비원의 시계를 확인하는 척한 후에 시간을 휘갈겨 썼다.

"그거 빨랐네요." 경비원이 말했다.

그녀는 억지웃음을 지었지만 고개를 들지는 않았다. "별것 아니었어요." 경비원에게 태블릿을 돌려준 다음에 달칵 소리를 내며 문을 통과했다. 뒤쪽 복도에서 누군가가 사무실 문을 닫았고, 타일에 부츠를 딛는 삑 소리가 났다. 샬럿은 승강기로 걸어가서 호출 버튼을 한 번, 두 번, 강하게 누르며 망할 승강기가 빨리 오기를 기도했다. 승강기가 땡 소리로 도착을 알렸다. 등 뒤에서는 부츠 소리가 들렸다.

"이봐요!" 누군가가 외쳤다.

샬럿은 돌아보지 않았다. 서둘러 승강기 안으로 들어가는데, 누군가가 달칵 소리를 내며 보안문을 통과했다.

"그 엘리베이터 좀 잡아줘요."

38

몸이 승강기 문에 쾅 부딪히더니 손 하나가 불쑥 들어왔다. 샬럿은 공포의 비명을 지르면서 그 손을 때릴 뻔했는데, 다음 순간 문이 열리더니 한 남자가 헉헉거리면서 들어와 옆에 섰다.

"내려가는 거 맞죠?"

회색 작업복 이름표에는 '에렌'이라고 적혀 있었다. 그는 문이 닫히는 동안 숨을 몰아쉬었다. 샬럿은 손이 떨렸다. 카드를 두 번이나 스캔해야 했다. 그녀는 '54'라고 적힌 버튼에 손을 뻗었다가 누르기 전에 정신을 차렸다. 54층에 볼일이 있어선 안 된다. 아무도 그곳에 가지 않았다. 남자는 자기 ID 카드를 꺼내 들고 그녀를 쳐다보며 기다리고 있었다.

원자로가 몇 층이었지? 적어둔 종이가 주머니 안에 있었는데, 꺼내어 들여다볼 수 없었다. 그녀는 갑자기 얼굴에 바른 기름 냄새와 땀에 젖은 몸을 의식했다. 그녀는 한쪽 팔에 무전기 부품을 안은 채 제일 낮은 층 버튼을 하나 눌렀다. 그러면 이 남자가 먼저 내리고 나서 혼자 승강기를 차지할 수 있겠지.

"실례." 남자는 카드를 스캔하려고 샬럿 앞으로 손을 뻗었다. 입김에서 퀴퀴한 커피 냄새를 맡을 수 있었다. 그는 42층 버튼을 눌렀고, 승강기가 부르르 떨리더니 움직이기 시작했다.

"늦은 근무?" 에렌이 물었다.

"네." 샬럿은 고개를 숙이고 목소리를 낮게 냈다.

"막 깨어났어요?"

그녀는 고개를 저었다. "밤 근무예요."

"아니, 냉동에서 막 깨어났냐고요. 본 적이 없는 것 같아서요. 내가 이번 근무 기간 책임자거든요." 그는 소리 내어 웃었다. "어쨌든 앞으로 일주일은 그렇죠."

샬럿은 어깨를 으쓱였다. 승강기 안이 너무 더웠다. 층수를 나타내는 숫자가 욕 나올 정도로 느리게 내려갔다. 더 가까운 층을 눌러서 내렸다가 다음 승강기를 기다렸어야 했는데. 이젠 너무 늦었다.

"어이, 나 좀 봐요." 남자가 말했다.

아는 거다. 그 남자가 너무 가까이 서 있었다. 의심할 수밖에 없을 만큼 가까웠다. 샬럿은 곁눈질했다. 작업복에 가슴이 달라붙는 느낌이 나고, 모자 밖으로 머리카락이 빠져나온 느낌이 들고, 광대뼈와 수염 자국 없는 턱이, 그녀를 여자로 보이게 만드는 모든 것이 의식됐다. 그 모든 것이 그녀를 빤히 쳐다보는 이 낯선 남자,

작은 승강기 안에 그녀를 가둬놓고 무력하게 만드는 이 남자에 대한 강력한 혐오감을 일으켰다. 그녀는 이 모든 것과 그 이상을, 무력감과 공포를 느끼며 그 남자와 시선을 마주쳤다.

"미친, 이게 뭐야?" 남자가 말했다.

샬럿은 불구로 만들어버릴 작정으로 그의 다리 사이에 무릎을 올려 쳤지만, 남자는 엉덩이를 틀고 뒤로 펄쩍 뛰어 물러났다. 샬럿의 무릎은 그의 허벅지를 찍었다. 권총을 빼내려고 했지만 주머니가 꽉 닫혀 있었다. 급하게 권총을 뽑을 일이 있으리라는 생각을 못 해서였다. 샬럿이 겨우 주머니를 열고 권총을 꺼내는데 남자가 몸통으로 부딪쳐오는 바람에 폐에서 공기가 빠져나가고 총이 손에서 떨어졌다. 총과 무전기 부품이 요란한 소리를 내며 바닥에 떨어졌다. 두 사람이 엉겨 붙으면서 부츠가 삑삑거렸지만, 샬럿이 힘에서 너무 밀렸다. 남자의 두 손이 그녀의 손목을 아프게 움켜잡았다. 그녀는 비명을 질렀다. 그 높은 목소리 자체가 고백이었다. 승강기가 느려지다가 남자가 눌렀던 층에 멈춰 서고, 땡 소리를 내며 문이 열렸다.

"어이!" 에렌이 소리를 쳤다. 그는 샬럿을 문밖으로 끌어내려 했지만, 샬럿은 패널에 한쪽 발을 대고 발길질을 하면서 그 손에서 풀려나려고 용을 썼다. "도와줘!" 에렌이 등 뒤의 어둡고 텅 빈 복도에 대고 외쳤다. "이봐들! 도와줘!"

샬럿은 그의 엄지손가락 아래쪽을 물어버렸다. 이가 살을 파고드는 느낌이 제대로 나더니, 씁쓸한 피 맛이 났다. 그는 욕을 하면서 잡고 있던 손목을 놓았다. 그녀는 그를 문밖으로 걷어차다가 모자가 벗겨지면서 목으로 머리카락이 쏟아지는 가운데 총에 손을 뻗었다.

문이 그 남자를 복도에 남겨둔 채 닫히려고 했다. 그는 네발로 뛰다시피 해서 문이 닫히기 전에 문 안으로 다시 들어왔다. 그는 샬럿에게 덤벼들었고, 샬럿이 안쪽 벽을 때리는 와중에도 승강기는 신나게 사일로를 관통하여 아래로, 아래로 내려갔다.

주먹이 그녀의 턱을 때렸다. 눈앞이 번쩍했고, 샬럿은 다음 주먹이 꽂히기 전에 고개를 뒤로 젖혔다. 남자는 그녀를 승강기 뒷벽에 누른 채 미친 짐승처럼 신음하고 있었다. 분노와 공포와 경악이 뒤섞인 소리였다. 그는 그녀를, 이 이해할 수 없는 상대를 죽이려 했다. 그녀는 그를 공격했고, 이제 그는 그녀를 죽이려 했다. 갈비뼈를 한 대 맞은 샬럿은 악 소리를 지르며 옆구리를 붙잡았다. 그녀의 목을 감고 조이면서 바닥에서 몸을 들어 올리는 두 손이 느껴졌다. 그녀의 손바닥이 작업복에 꽂혀 있던 드라이버에 닿았다.

"가만히 좀…… 있어." 남자가 악문 잇새로 끙 소리를 냈다. 샬럿은 컥컥거렸다. 숨을 쉴 수가 없었다. 소리도 거의 낼 수 없었다. 숨통이 짓눌리고 있었다. 오른손에 드라이버를 쥔 그녀는 긁기라도 하려고, 겁이라도 주려고, 손이라도 놓게 하려고 그 드라이버를 남자의 어깨 위로 들어 올려 얼굴로 밀었다. 남아 있는 힘을 다 짜내고, 시야가 캄캄하게 닫혀가는 가운데 마지막 의식을 짜내어 꽂아 넣었다.

남자는 그 공격을 보고, 피할 방법을 찾기 위해 눈을 크게 뜬 채 고개를 옆으로 돌렸다. 그래서 샬럿은 그의 얼굴을 찍지 못했다. 대신 드라이버는 그의 목에 꽂혔다. 그의 손아귀가 풀렸고, 샬럿이 떨어지지 않으려고 매달리는 바람에 드라이버가 비틀려서 그의 목을 찢고 들어갔다.

샬럿의 얼굴이 확 뜨거워졌다. 승강기가 갑자기 멈췄고, 둘 다 바닥에 쓰러졌다. 끄륵거리는 소리가 났고, 샬럿의 얼굴이 뜨거워진 이유는 새빨갛게 뿜어져 나온 남자의 피가 튀어서였다. 둘 다 공기를 찾아 헉헉거렸다. 저 너머 복도에서 웃음소리가 들리고, 커다란 목소리가 쩌렁쩌렁 울렸다. 반짝이는 바닥을 보자 그녀가 깨어났던 의료동이 생각났다.

샬럿은 비틀거리며 일어섰다. 그녀를 공격했던 회색 작업복의 남자는 목에서 생명이 줄줄 흘러 나가는 가운데 바닥에서 발버둥을 치고 꿈틀거리면서 크게 뜬 눈으로 그녀에게(사실은 누구에게라도) 도와달라고 애원했다. 말을 하려고, 복도 저편에 있는 사람들에게 소리를 치려고도 했지만 꾸르륵거리는 소리밖에 나오지 않았다. 샬럿은 몸을 굽혀 그 남자의 옷깃을 잡았다. 승강기 문이 닫히고 있었다. 그녀가 부츠를 밀어 넣자 문이 다시 열렸다. 그녀는 자기 피에 미끄러져서 승강기 바닥에 발꿈치를 내리찍는 그 남자를 복도로 잡아당기고, 부츠까지 문밖으로 빼냈다. 그러자 승강기가 다시 닫히면서, 그녀를 그 남자와 함께 두고 가려고 위협했다. 가까운 방에서 웃음소리가 더 들렸다. 한 무리의 남자들이 어떤 농담을 두고 웃고 있었다. 샬럿은 닫혀가는 승강기 문에 다이빙해서 문 사이에 팔을 끼웠고, 문이 다시 열리자 멍하고 지친 기분으로 비틀비틀 걸어 들어갔다.

사방이 피였다. 그녀의 부츠도 피에 미끄러졌다. 바닥의 참상을 보던 그녀는 뭔가가 빠졌음을 깨달았다. 권총. 시선을 들어서 마지막으로 닫혀가는 문을 보는데 공포로 가슴이 조여들었다. 총구에서 귀가 멀 듯한 탕 소리가 울리고, 죽어가는 남자의 눈에서 증오와 공포가 보이더니, 그녀는 어깨에 총을 맞고 뒤로 날아갔다.

"시발."

샬럿은 비틀거리며 승강기 안을 걸었다. 처음 든 생각은 움직이자, 달아나자는 것뿐이었다. 문 건너편에 있는 남자를 느낄 수 있었다. 한 손으로는 자기 목을 붙잡고 반대쪽 손으로는 권총을 쥔 남자의 모습을, 승강기 호출 버튼을 더듬으며 벽에 핏자국을 남기고 있을 남자의 모습을 그려볼 수 있었다. 그녀는 버튼을 우르르 누르며 핏자국을 남겼지만, 어느 층에도 불이 들어오지 않았다. 욕을 하면서 ID 카드를 더듬어 찾았다. 한쪽 팔이 움직이질 않았다. 어색하게 반대쪽 팔을 뻗어서 ID 카드를 간신히 꺼내고, 떨어뜨릴 뻔하다가 겨우 스캐너에 댔다.

"시발. 시발." 그녀는 어깨에 타는 듯한 감각을 느끼며 속삭였다. 54층 버튼을 때렸다. 집. 그녀의 감옥이 집이 되었고, 안전한 곳이 되었다. 발치에 무전기 부품이 놓여 있었다. 계기판은 누군가의 발에 밟혀서 두 쪽이 났다. 그녀는 팔을 붙잡고, 기절하고 싶은 상태와 싸우면서 천천히 쭈그려 앉아서 마이크를 집어 올렸다. 다른 부품은 내버려두고 마이크 줄만 목뒤에 걸쳤다. 사방이 피투성이였다. 일부는 그녀의 피일 것이다. 원자로의 빨간색. 작업복 색과 잘 섞여 들었다. 승강기는 올라가다가 천천히 멈추더니, 54층의 어두운 창고에서 열렸다.

샬럿은 비틀거리며 나가다가 뭔가를 기억해내고 다시 안으로 들어갔다. 닫히려는 문을 걷어차서 열었다. 이젠 그 문에 화가 났다. 팔꿈치로 승강기 버튼들을 문질러 닦으려 했다. 54층에 핏자국은 물론이고 지문까지 남기면 그녀가 어디로 갔는지 알려주는 셈이었다. 그러나 소용이 없었다. 문이 다시 닫히려고 했고, 그녀는 다시 걷어찼다. 샬럿은 필사적으로 몸을 굽히고 남자가 흘린 피를 손바닥 가득 묻혀서 모든 버튼에 피를 잔뜩 칠했다. 마지막으로 ID 카드를 스캔한 후 꼭대기 층을 눌러서 그 저주받을 엘리베이터를 멀리, 최대한 멀리 보냈다. 그녀는 비틀비틀 승강기에서 내리자마자 바닥에 쓰러졌다. 문이 닫히기 시작했고, 그녀는 이제 기꺼이 그 문이 닫히도록 내버려두었다.

39

그들이 그녀를 찾을 것이다. 그녀는 거대한 건물 하나에, 말하자면 새장 속에 갇힌 도망자였다. 그들이 그녀를 추적할 것이다.

샬럿의 머리가 미친 듯이 돌아갔다. 그녀가 공격한 남자가 그 복도에서 죽는다면, 이번 교대 시간이 끝날 때까지는 그 남자도 발견되지 않고 추적도 시작되지 않을 수 있다. 반면에 그 남자가 바로 발견된다면, 몇 시간 안에 추적이 시작될지도 모른다. 하지만 사람들이 총성을 듣지 않았을까? 그러니 그들이 그 남자의 목숨을 구할 것이다. 그녀는 그들이 남자를 살리길 빌었다.

그녀는 구급함이 든 상자를 열었다. 분명 거기서 봤다고 생각했는데, 엉뚱한 상자였다. 구급함은 옆 상자에 들어 있었다. 그녀는 구급함을 꺼내고, 스냅을 뜯어 작업복을 벗었다. 겨우 두 팔을 빼내고 나서 역겨운 상처를 보았다. 팔에 뚫린 구멍에서 나온 검붉은 피가 팔꿈치로 흘러내렸다. 그녀는 팔을 뒤로 돌려 손가락으로 사출구를 찾으며 인상을 찌푸렸다. 상처 아래는 팔이 무감각했다. 상처 위는 욱신거렸다.

그녀는 이로 붕대를 뜯어 열고 겨드랑이 밑으로 넣어서 둘둘 감은 다음, 그 자리에 고정시키기 위해 목뒤로 돌려서 반대쪽 어깨까지 넘겼다. 겨우 상처 주변을 몇 번 감을 수 있었다. 압박할 패드는 깜박했는데, 붕대를 다시 감을 기분은 들지 않았다. 대신 마지막 한 바퀴를 견딜 수 있는 한도까지 팽팽하게 감고 나서 끝을 단단히 맸다. 붕대만 보면 만신창이였다. 싸울 때나 그 후에나, 기초 훈련에서 배운 것은 모조리 잊어버렸다. 충동과 반사 반응뿐이었다. 샬럿은 상자 뚜껑을 닫다가 걸쇠에 남은 핏자국을 보고는, 이 상황을 헤쳐나가려면 더 명료하게 생각해야 한다는 사실을 깨달았다. 그녀는 상자를 다시 열고, 붕대를 더 꺼내어 흔적을 닦은 다음, 승강기 바깥 바닥을 확인했다.

난장판이었다. 그녀는 작은 알코올 병을 찾으러 돌아갔다가, 커다란 공업용 세정제 병을 어디에서 봤었는지 기억해내고 붕대도 더 챙겨다가 모든 것을 닦았다. 천천히 닦았다. 대단히 서두를 수도 없었다.

더러워지고 얼룩진 천 꾸러미는 상자 안에 다시 집어넣고 뚜껑을 걷어차서 꽉 닫았다. 바닥 상태에 만족한 그녀는 서둘러 막사로 향했다. 침대 정돈 상태를 보면 누군가가 그곳에 사는 게 뻔히 드러났다. 다른 매트리스들은 다 아무것도 씌워져 있지 않았다. 샬럿은 이 문제를 해결하기 전에 우선 옷을 다 벗고, 다른 작업복을 하나 챙겨서 욕실로 들어갔다. 손과 얼굴을 닦고, 목 아래와 가슴 사이에 튄 선명한 피를 닦아낸 후에 세면대도 닦고 나서 옷을 갈아입었다. 빨간 작업복은 그녀가 쓰던 침대 발치의 트렁크 안에 집어넣었다. 거길 들여다본다면 망한 노릇이었다.

침대 커버를 벗겨내고, 베개를 챙기고, 모든 것이 똑바로 되어 있는지 확인했다. 다시 창고로 간 그녀는 드론 승강기로 가는 격납고 문을 열고 물건을 다 그 안에 던져 넣었다. 선반들이 있는 곳으로 가서 전투식량과 물을 챙기고, 그것도 안에 집어넣었다. 작은 구급함도 하나. 그녀는 응급치료 장비가 든 통 안에서 마이크를 발견했는데, 조금 전 붕대를 챙기다가 떨어뜨린 모양이었다. 그 마이크와 손전등 두 개, 여분의 배터리 세트도 드론 승강기 안에 들어갔다. 누군가가 그 안까지 보는 일은 잘 없을 것이다. 그 문은 어딜 찾아야 할지 모르는 사람에게는 보이지 않았다. 높이도 샬럿의 무릎까지밖에 오지 않았고, 색깔도 벽과 똑같았다.

샬럿은 그대로 그 안에 기어 들어갈까 했다. 처음 54층을 샅샅이 수색하는 동안만 버티면 될 것이다. 그들은 선반 장비들과 쌓인 보급품들에 집중할 테고, 여기에 아무도 없다고 생각하면 그녀가 숨을 만한 다른 많은 곳으로 이동해 수색할 것이다. 하지만 그 때를 기다리기 전에, 그녀가 너무나 힘들게 구해 온 마이크가 똬리를 틀고 있었다. 그리고 무전기가 있었다. 그녀는 아직 몇 시간이 남아 있다고 스스로에게 말했다. 그들이 여기부터 확인하지는 않을 것이다. 분명히 몇 시간은 있었다.

수면 부족과 실혈 때문에 현기증을 느끼면서도 그녀는 비행 조종실로 가서 무전기에 씌워놓은 비닐을 벗겼다. 가슴팍을 더듬어 보다가 작업복을 바꿔 입었다는 사실을 기억해냈다. 게다가 어차피 그 드라이버는 사라지고 없었다. 그녀는 작업대를 살펴보고 드라이버를 하나 찾아서 무전기 옆 패널을 떼어냈다. 혹시나 했지만 계기판은 이미 설치해두었다. 단순히 마이크만 꽂으면 끝이었다. 그녀는 굳이 마이크를 옆 패널에 붙이거나 뭘 닫거나 하지 않았다.

제어판 배치를 확인했다. 무전기는 컴퓨터와 상당히 비슷했고, 모든 부품이 서로 맞아 들어갔지만, 그녀는 전기 기사가 아니었다. 혹시 또 다른 부품이 있는지, 빠진 게 없는지 알지 못했다. 그리고 다시 부품을 찾아 나설 일은 절대로 없을 터였다. 그녀는 무전기 전원을 켜고 채널을 '18' 표시에 맞췄다.

그리고 기다렸다.

스켈치* 회로를 조정하고, 무전기가 켜져 있는지 확인할 정도의 잡음을 스피커로 내보았다. 18번 채널에는 오가는 연락이 없었다. 마이크를 누르자 잡음이 멈췄는데, 그건 좋은 신호였다. 샬럿은 지치고 다친 데다 오빠만이 아니라 스스로의 운명도 두려웠지만 미소를 지었다. 스피커를 통해서 마이크의 딸깍 소리가 들리는 것은 작은 승리였다.

"누구 제 말 들립니까?" 샬럿은 물었다. 책상에 한쪽 팔꿈치를 대고, 반대쪽 팔은 쓸모없이 옆에 늘어뜨린 채 다시 시도했다. "누

* 신호 입력이 없을 때 오디오 출력을 억제하는, 즉 수신 대기 상태의 잡음을 거르는 장치.

구 듣는 사람 있어요? 제발 답을 해줘요."

잡음. 그 잡음은 아무것도 증명하지 못했다. 샬럿은 몇 킬로미터 떨어진 18번 사일로 어딘가에 놓여 있을 무전기들, 그리고 그 무전기들을 둘러싼 통신원들이 모두 몸을 굽히고 죽어 있는 모습을 아주 잘 그려볼 수 있었다. 오빠가 버튼 하나로 사일로 하나를 끝냈을 때에 대해 말해준 적이 있었다. 한밤중에 눈물이 고인 채로 찾아와서 그 일에 대해 다 털어놓았다. 그리고 이제는 이 다른 사일로도 사라졌다. 아니면 샬럿의 무전기가 방송이 안 되는 것일지도 몰랐다.

생각이 명료하지 않았다. 결론으로 건너뛰기 전에 문제를 분석해야 했다. 다이얼에 손을 뻗은 그녀는 바로 오빠와 함께 계속 엿듣던 다른 사일로를 생각했다. 생존자가 제법 있어서, 무전기로 주거니 받거니 대화하고 숨바꼭질 같은 게임도 즐기던 옆 사일로. 샬럿의 기억이 제대로라면 18번의 시장은 예전에 다른 주파수로 송신한 적이 있었다. 샬럿은 늦은 시간이라는 점을 깜박하고, 마이크를 시험해보고 누구든 답을 하나 보려고 '17' 표시로 다이얼을 돌렸다. 그녀는 습관대로 예전에 공군에서 쓰던 콜사인을 썼다.

"여보세요. 여보세요. 여기는 찰리 2-4. 들립니까?"

그녀가 잡음에 귀를 기울이다가 다른 채널로 바꾸려고 하는 순간, 멀고 흔들리는 목소리 하나가 끼어들었다.

"네. 여보세요? 우리 소리가 들려요?"

샬럿은 순간 어깨의 통증도 잊고 마이크를 다시 눌렀다. 처음

듣는 목소리와 연결되었다는 사실이 아드레날린 주사 같은 효과를 발휘했다.

"들려요. 네. 잘 들리나요?"

"거기 대체 무슨 일이 벌어지는 거죠? 뚫고 갈 수가 없어요. 터널이…… 터널 안에 파편이 있어. 아무도 응답을 안 해. 우린 여기 갇혀 있어요."

샬럿은 이 말을 이해해보려고 했다. 그녀는 송신 주파수를 한 번 더 확인했다. "천천히요." 그녀는 말해놓고 스스로도 그 조언에 따라 깊이 숨을 들이마셨다. "어디 있어요? 어떻게 된 거죠?"

"셜리인가? 우린 여기…… 다른 곳에 갇혔어. 모든 게 녹슬어 있어. 사람들은 공포에 질리려고 하고. 여기에서 우릴 꺼내줘야 해."

샬럿은 대답을 해야 할지, 아니면 그냥 무전기를 껐다가 나중에 시도해보는 게 좋을지 알 수 없었다. 마치 상대를 헷갈려서 대화 중간에 끼어든 사람이 된 기분이었다. 또 다른 목소리가 끼어들며 그런 생각을 뒷받침했다.

"그 사람 셜리 아니야." 누군가가, 여자 목소리가 말했다. "셜리는 죽었어."

샬럿은 볼륨을 조절하고 열심히 귀를 기울였다. 잠시 동안은 그녀가 찌른 탓에 저 아래 복도에서 죽어가는 남자도, 팔에 입은 상처도 다 잊었다. 그녀를 찾아다니고 있을 사람들에 대해서도 잊었다. 그 대신 17번 채널에서 벌어지는 이 대화에, 희미하게 친숙한 이 목소리에 엄청난 관심을 기울였다.

"지금은 누구지?" 첫 번째로 들렸던 남자 목소리가 물었다.

잠시 침묵이 이어졌다. 샬럿은 그 남자가 누구에게 묻는 건지, 누구에게 답을 기대하는 건지 몰랐다. 그래서 마이크를 입가에 갖다 댔지만, 다른 사람이 먼저 대답했다.

"줄리엣."

힘겹고 지친 목소리였다.

"줄스? 너 어디야? 셜리가 죽었다는 건 무슨 소리고?"

다시 잡음이 터졌다. 그리고 무서운 침묵이 이어졌다.

"다 죽었다는 소리야." 줄리엣이 말했다. "우리도 다 죽었고."

폭발하는 잡음.

"내가 우리를 다 죽였어."

40

17번 사일로

줄리엣은 눈을 뜨고 아버지를 보았다. 그녀의 한쪽 눈에서 하얀빛이 피어나더니 다른 쪽 눈으로 지나갔다. 아버지 뒤에서 몇 개의 얼굴이 나타나서 그녀를 내려다보았다. 하늘색, 흰색, 노란색 작업복을 입은 얼굴들. 처음에는 꿈 같았지만 서서히 현실로 합쳐졌다. 그리고 악몽으로만 느껴지던 것이 굳어져서 기억이 되었다. 그녀의 사일로가 폐쇄당했다. 문이 다 열렸다. 모두가 죽었다. 마지막으로 기억나는 것은 무전기를 붙잡고 목소리들을 들으면서 모두가 죽었다고 선언한 일이었다. 그녀가 모두를 죽였다고.

줄리엣은 손을 휘저어 빛을 치우고 옆으로 몸을 웅크리려고 했다. 그녀는 침대가 아니라 축축한 강철판 위에 누워 있었고, 머리 아래에는 누군가의 속셔츠가 깔려 있었다. 속이 뒤틀렸지만 아무것도 토하지는 않았다. 위가 텅 빈 채로 경련하며 들썩거렸다.

그녀는 컥컥거리는 소리를 내고 바닥에 침을 뱉었다. 아버지가 숨을 쉬라고 했다. 래프도 거기 있었다. 괜찮냐고 묻고 있었다. 줄리엣은 모두에게 소리를 지르고 싶은 충동, 온 세상에 날 좀 내버려 두라고 소리치고 무릎을 끌어안은 채 자신이 한 짓을 두고 울고 싶은 충동을 삼켰다. 그런데 래프가 계속 괜찮냐고 물었다.

줄리엣은 소매로 입을 닦고 일어나 앉으려고 했다. 방은 어두웠다. 이제는 굴착기 안이 아니었다. 어딘가에서 화톳불처럼 부드러운 빛이 너울거렸는데, 바이오디젤 타는 냄새가 나는 것을 보니 직접 만든 횃불이었다. 그 빛 속에서 그녀는 누군가의 손끝과 광부 헬멧들에 붙은 전등이 춤을 추며 흔들리는 모습을 보았다. 그녀의 사람들이 서로를 돌보고 있었다. 여기저기에 소규모 그룹이 모여 있었다. 간간이 들리는 울음소리 위에 망연자실한 침묵이 담요처럼 내려앉았다.

"여기가 어디야?" 줄리엣은 물었다.

래프가 대답했다. "남자애 하나가 그 기계 뒤에서 널 발견했어. 몸을 웅크리고 있다고 했지. 처음엔 네가 죽었다고 생각했다가……."

아버지가 말을 끊었다. "심장 소리 좀 들어보마. 심호흡을 해줄 수 있겠니."

줄리엣은 말다툼을 벌이지 않았다. 다시 어려진 기분이었다. 어린 데다 뭔가를 부수거나 아버지를 실망시켜서 비참해진 기분이었다. 래프의 손전등 불빛을 받아 아버지의 수염이 은빛으로 반짝였다. 아버지는 귀에 청진기를 꽂았고, 줄리엣은 순서를 알고 있었다. 작업복을 열었다. 그녀가 숨을 깊이 삼켰다가 천천히 내뱉는 동안 아버지는 귀를 기울였다. 머리 위에 보이는 파이프와 전기 도관과 배기관들을 보니 어디인지 알 수 있었다. 그들은 발전실 옆에 붙은 큰 펌프 시설 안에 있었다. 모두 침수되었던 곳이라서 바닥이 젖어 있었다. 이 위 어딘가에 물이 갇혀 있을 것이다. 어딘가에서 천천히 물이 새고, 저수장이 서서히 비고 있을 것이다. 줄리엣은 그 가득하던 물을 기억했다. 아주 오래전, 그녀는 보호복을 입고 이 방을 헤엄쳐 지나간 적이 있었다.

"애들은 어디 있어요?" 그녀는 물었다.

"네 친구 솔로와 같이 갔지." 아버지가 대답했다. "집으로 데려간다고 하더라."

줄리엣은 고개를 끄덕였다. "넘어온 사람은 또 얼마나 돼요?" 그녀는 다시 한번 숨을 깊이 들이마시면서 누가 아직 살아 있을까 생각했다. 최대한 많은 사람을 굴착 터널로 몰았던 기억이 났다. 코트니와 워커를 본 기억이 있었다. 에릭과 도슨도. 피츠도. 가족들, 교실에서 나온 아이들 몇 명, 그리고 상인용 갈색 작업복을 입고 있던 시장의 소년도 기억이 났다. 하지만 셜리는……. 줄리엣은 손을 뻗어 조심스럽게 아픈 턱을 만졌다. 다시 그때의 퍽 소리를 듣고 바닥에 쓰러질 때의 돌가루를 느낄 수 있었다. 셜리는 죽었다. 루카스도 죽었다. 넬슨과 피터도. 그녀의 심장으로는 다 버텨낼 수가 없었다. 아버지가 귀 기울이는 사이에 심장이 멎어버릴 것만 같았다.

"얼마나 많이 건너왔는지는 알 수가 없어." 래프가 말했다. "모두가……. 저 바깥은 혼돈이야." 그는 줄리엣의 어깨를 건드렸다. "한참 전에, 모든 게 미쳐 돌아가기 전에 통과한 그룹이 하나 있었어. 사제와 신도들. 그 후에 또 한 무리가 왔고, 그다음에 네가 왔어."

아버지는 줄리엣의 고집스러운 심장박동에 열심히 귀를 기울였다. 그는 청진기 패드를 딸의 등 한쪽 구석에서 다른 쪽으로 옮겼고, 줄리엣은 충직하게 심호흡을 계속했다. "네 친구 몇 명이 저 기계를 가동해서 파고 나갈 방법을 알아내려는 중이다." 아버지가 말했다.

"몇 명은 이미 파고 있어." 래프가 말했다. "손으로. 삽으로."

줄리엣은 일어나 앉으려고 했다. 남은 사람들까지 잃는다는 생각이 그녀가 잃은 모든 사람에 대한 고통을 밀어냈다. "파면 안 돼. 아빠, 그쪽은 안전하지 않아요. 그 사람들 막아야 해요." 그녀는 작업복을 여몄다.

"진정해라." 아버지가 말했다. "네가 마실 물을 가져오라고 누굴 보냈는데……."

"아빠, 땅을 파면 우린 죽어요. 이쪽에 있는 모두가 죽을 거예요."

정적이 흘렀다. 얼마 뒤 그 정적은 부츠 소리에 깨졌다. 불빛 한 줄기가 어둠을 위아래로 긋더니, 보비가 물이 찰랑거리는 찌그러진 양철 물통을 들고 도착했다.

"나갈 길을 파냈다간 우리 다 죽어요." 줄리엣이 다시 한번 말했다. 어차피 다 죽었다는 말은 참았다. 그들은 껍데기만 남은 사일로 안, 광기와 부식의 집 속을 걷는 시체들이었다. 하지만 그녀도 자신의 말이, 이쪽 공기가 독이 될 것이니 굴착을 하지 말라고 경고하던 다른 모두의 말과 똑같이 미친 소리로 들릴 줄은 알았다. 이제 그들은 줄리엣이 그녀의 죽음을 향해 파고 들어가고 싶어 했을 때만큼이나 간절하게 자기들의 죽음을 향해 터널을 파고 싶어 했다.

그녀는 턱부터 가슴까지 흘리면서 물을 마시고는, 이 모든 상황이 얼마나 미쳤는지 생각했다. 그러다가 이 독에 물든 사일로의 악마들을 물리치기 위해서, 아니면 스스로 악마의 작품을 보기 위해서 넘어왔던 교회 신도들을 기억해냈다. 그녀는 물통을 내리고 아버지에게, 래프의 손전등 불빛 속에 우뚝 선 그림자에게 몸을 돌렸다.

"웬델 신부님과 신도들요." 줄리엣은 말했다. "혹시…… 그 사람들이 제일 먼저 온 사람들인가요?"

"기계부를 나가서 위로 올라가는 모습이 보였어." 보비가 말했다. "예배할 곳을 찾고 있다고 들었고. 또 다른 사람들 한 무리는 아직 작물이 있다고 듣고 농장으로 올라갔어. 많은 사람들이 여기에서 나갈 때까지 뭘 먹을지 걱정하고 있어."

"뭘 먹느냐고." 줄리엣은 중얼거렸다. 보비에게 그들은 여기에서 나가지 않는다고 말해주고 싶었다. 영원히. 그 세상은 사라졌다. 그들이 이제까지 알던 모든 것이 사라졌다. 그녀는 알고 그들은 모르는 이유는 오직, 그녀에게는 이 사일로에 들어오기 위해 뼈 무더기를 비틀비틀 헤치고 시체의 산을 넘은 경험이 있어서였다. 그녀는 무너진 세상이 어떻게 되는지 직접 보았고, 솔로에게 암울한 나날의 이야기를 들었으며, 그런 사건들이 다시 펼쳐질 때 무전기 소리를 들었다. 그녀는 그런 위협이 있다는 것을 이미 알고 있었고, 지금 그 위협이 실행에 옮겨진 건 오직 그녀가 부추긴 탓이었다.

래프가 물을 더 마시라고 독촉했고, 줄리엣은 전등 불빛에 비친 얼굴들을 보면서 이 생존자들은 자신들이 그저 잠시 곤란에 처했을 뿐이라고, 일시적인 일이라고 생각하고 있음을 알았다. 사실은 이 사람들이 남아 있는 전부일 가능성이 컸다. 터널을 통과할 수 있었던 수백 명, 운 좋게 심층부에 살던 사람들, 중층부 아래쪽에 살다가 놀라서 내려온 무리, 그리고 다른 사일로가 있다는 것을 의심해서 건너온 광신도들. 이제 그들은 기껏해야 며칠, 아니면 일주일이면 끝나리라는 희망을 품고, 그저 구조될 때까지 먹을 게 충분할지 정도만 걱정하면서 생존할 길을 찾아 흩어지고 있었다.

그들은 아직 그들이 '구조된' 쪽이라는 사실을 이해하지 못했다. 다른 사람은 다 죽었다는 사실을.

그녀는 래프에게 물통을 돌려주고 일어서려 했다. 아버지는 가만히 있으라고 했지만, 줄리엣이 손을 저어 물리쳤다. "벽을 파지 못하게 막아야 해요." 그녀는 일어서면서 말했다. 젖은 바닥 때문에 작업복 엉덩이가 축축했다. 어딘가에 누수가 있었고, 머리 위 여러 층과 천장에 갇힌 물웅덩이들이 천천히 빠지고 있었다. 이 문제를 해결해야 한다는 생각이 떠올랐다. 그와 동시에 소용없다는 사실도 깨달았다. 그런 계획을 세울 때는 끝났다. 이제는 다음 몇 분, 다음 몇 시간을 살아남는 게 문제였다.

"파고 있는 건 어느 쪽이야?" 줄리엣이 물었다.

래프는 마지못해 손전등으로 가리켰다. 그녀는 래프를 끌고 가다가, 늙은 펌프 수리공 좀슨을 보고 잠깐 멈췄다. 그는 아무 소리도 나지 않는 녹슨 펌프들의 벽에 몸을 웅송그린 채, 무릎에 두 손을 모으고 있었다. 좀슨은 두 손을 들여다보면서 어깨를 피스톤처럼 들썩이며 혼자 울었다.

줄리엣은 아버지에게 그 남자를 가리켜 보이고 그 옆으로 갔다. "좀스, 다쳤어요?"

"내가 이걸 챙겼어." 좀슨이 흐느꼈다. "내가 이걸 챙겼어. 내가 이걸 챙겼어."

래프가 수리공의 무릎에 손전등을 비췄다. 그 손바닥에는 치트가 한 무더기 쌓여 있었다. 몇 달 치의 급료였다. 좀슨의 몸이 흔들리자 짤랑짤랑, 동전들이 곤충처럼 발버둥을 쳤다.

"식당에서." 그는 훌쩍이고 울면서 띄엄띄엄 말했다. "다들 도망치는 동안 식당에서. 내가 계산대를 열었거든. 저장실에는 깡통과 깡통과 병들이 있었어. 그리고 이거. 난 이걸 챙겼어."

"쉬이잇." 줄리엣은 그의 떨리는 어깨에 한 손을 얹으며 말했다. 아버지를 쳐다보자, 아버지도 고개를 저었다. 좀슨에게 해줄 수 있는 것은 없었다.

래프는 손전등으로 다른 곳을 비췄다. 앞쪽에서는 한 어머니가 앞뒤로 몸을 흔들며 울부짖었다. 아기를 가슴팍에 끌어안고 있었다. 아이는 멀쩡해 보였고, 작은 팔을 어머니에게 뻗으며 손을 쥐었다가 폈는데, 아무런 소리를 내지 않았다. 너무 많은 것을 잃었다. 다들 가지고 올 수 있는 것은 챙겼지만 그 이상은 없었다. 뭐든 손에 잡힌 것만 들고 왔다. 좀슨이 겨우 챙겨 들고 온 것을 두고 흐느끼는 동안 천장에서는 새어 든 물이 똑똑 떨어졌다. 사일로의 눈물, 그것은 흡사 아이들이 우는 소리 같았다.

41

줄리엣은 래프를 따라 거대한 굴착기를 통과해서 터널에 들어섰다. 그들은 돌무더기를 넘어서 한참을 걸었다. 양쪽에서 산사태처럼 쏟아져 내린 돌들 위를 잽싸게 걷다 보니 옷가지며 부츠 한쪽, 누가 떨어뜨려서 반쯤 묻힌 담요 같은 것들이 보였다. 잊힌 채 놓인 누군가의 물통을 주워 든 래프가 그것을 흔들어보더니, 찰랑거리는 소리가 들리자 미소를 지었다.

멀리서 피워놓은 불길이 바위를 오렌지색, 붉은색으로 목욕시켰다. 땅이 드러낸 속살 같았다. 천장이 붕괴하면서 새로 돌무더기가 쌓여 있었다. 셜리의 희생이 낳은 결과였다. 줄리엣은 그 돌무더기 반대편에 있을 친구의 모습을 그려보았다. 질식했거나, 중독됐거나, 아니면 그저 바깥 공기로 인해 무너진 셜리가 발전기 제어실 안에 쓰러진 모습이 눈에 선했다. 이렇게 잃은 친구의 모습이 서버실 아래 있는 작은 거처에서 생명을 잃은 젊은 손으로 소리 없는 무전기를 쥐고 있을 루카스의 모습에 겹쳐졌다.

줄리엣의 무전기도 조용해져 있었다. 한밤중에 잠깐 누군가가 송신을 하는 바람에 깨어나서 모두 다 죽었다고 말하기는 했었다. 그리고 그 호출 이후에 루카스에게 다시 연락을 시도해보았다. 몇 번이고 몇 번이고 루카스를 불러봤지만, 잡음만 들리는 것이 너무 고통스러웠다. 시도하는 것만으로도 스스로를 죽이는 것 같았고, 배터리도 죽이는 일이었기에 결국에는 무전기를 꺼버렸다. 잠시 1번에 걸어서 그녀를 배신한 개새끼에게 소리라도 질러줄까 했지만, 그자들에게 줄리엣의 사람들이 살아 있다는 사실을 알리고 싶지 않았다. 여기에 죽일 사람이 더 남아 있다는 사실 역시 마찬가지였다.

줄리엣은 그자들이 한 사악한 짓에 화나는 마음과 그자들이 빼앗아 간 목숨을 두고 애통해하는 마음 사이에서 흔들렸다. 그녀는 아버지에게 몸을 기댄 채로 래프와 보비를 따라서 굴착 소리와 고함이 들리는 곳으로 향했다. 지금 당장은 시간을 벌어야 했고, 남은 사람이라도 구해야 했다. 그녀의 몸은 무감각하게 비틀거렸고, 두뇌는 생존 모드에 들어갔다. 다시 두 사일로가 연결되면 모두가 죽는다는 것만은 확실했다. 그녀는 계단을 내려오던 하얀 안개를 보았고, 개스킷과 열 테이프의 잔해를 보았기에 이것이 무해한 가스가 아니라는 사실을 알았다. 그것이 놈들이 바깥 공기를 오염시킨 방법이었다. 놈들이 세상을 끝낸 방법.

"발가락 조심해!" 누군가가 외쳤다. 광부 한 명이 파편을 수레에 싣고 터덜터덜 걸어갔다. 줄리엣은 어느새 경사면을 걷고 있었고, 천장이 점점 가까워졌다. 저 앞에서 울리는 코트니의 목소리를 알아들을 수 있었다. 도슨의 목소리도 들렸다. 붕괴 지점에서 실어낸 돌무더기들을 보니 이미 얼마나 진척이 있었는지 알 수 있었다. 줄리엣은 코트니에게 하던 일을 멈추라고 경고하고 싶은 마음과 스스로도 앞으로 뛰어들어 두 손으로 같이 파고 싶은 욕망 사이에서 몸이 반으로 찢기는 느낌이었다. 죽음이야 아무래도 좋으니, 손톱이 부러지도록 파서라도 저쪽이 어떻게 되었을지 가보고 싶었다.

"좋아, 더 가기 전에 윗부분을 치우자. 그리고 잭은 뭐가 그렇게 오래 걸려? 여기 안쪽 발전기에서 유압기를 몇 개 구할 수 있을까? 어둡다고 해서 내가 너희 쓰레기들이 해이해지는 꼴을 못 볼 줄 아나 본데……."

코트니는 줄리엣을 보자 입을 다물었다. 얼굴이 굳어지고, 입술이 꽉 다물렸다. 그리고 줄리엣은 친구가 그녀를 한 대 치고 싶은 마음과 끌어안고 싶은 마음 사이에서 흔들리는 것을 알 수 있었다. 그러면서 둘 다 하지 않는다는 점이 쓰라렸다.

"일어났네." 코트니가 말했다.

줄리엣은 그 시선을 피해서 돌과 바위 무더기를 살폈다. 타고 있는 디젤 횃불들에서 검댕이 소용돌이치며 내려앉았다. 덕분에 땅속 깊은 곳의 서늘한 공기가 건조하고 희박해졌고, 줄리엣은 산소를 태우고 있다는 사실도, 17번 사일로의 듬성듬성한 농장들이 산소 요구도를 맞출 수 있을지도 걱정이 되었다. 안 그래도 새로운 허파가, 그것도 수백 쌍의 허파가 산소를 빨아들이고 있는데.

"이 일에 대해 얘기 좀 해야겠어." 줄리엣이 붕괴 지역을 손짓하며 말했다.

"여기에서 대체 무슨 일이 벌어진 건지는 집에 돌아갈 길을 뚫은 후에도 이야기할 수 있잖아. 너도 삽을 하나 잡고 싶다면……."

"우리가 계속 살아 있는 건 오직 이 바위 덕분이야." 줄리엣이 말했다.

몇 사람은 이미 코트니에게 말을 건 사람이 누구인지 알아보고 작업을 멈춘 상태였다. 코트니가 계속 작업하라고 외치자 그들은 다시 손을 움직였다. 줄리엣은 섬세하게 사실을 전할 방법을 알지 못했다. 아니, 전달할 방법 자체를 알지 못했다.

"네가 뭘 아는지는 몰라도……." 코트니가 입을 열었다.

"셜리가 천장을 무너뜨려서 우릴 구한 거야. 이걸 파서 뚫으면 우린 죽어. 확실해."

"셜리가……?"

"우리가 왔던 곳은 오염됐어, 코트니. 어떻게 설명해야 할지 모르겠지만, 사실이야. 사람들이 위에서 죽어가고 있어. 피터에게 들었고……." 그녀는 호흡을 가다듬었다. "루카스에게도 들었어. 피터는 바깥을 봤어. 바깥 말이야. 문이 열렸고 사람들이 죽고 있었어. 그리고 루카스는……." 줄리엣은 고통으로 생각이 명료해질 때까지 입술을 깨물었다. "내가 제일 처음 생각한 건 모두를 이쪽으로 데려오자는 거였어. 여기는 안전하다는 걸 아니까……."

코트니가 짖는 듯한 웃음소리를 냈다. "안전? 여기가 안전하다고 생각해……?" 코트니가 줄리엣에게 한 걸음 다가섰고, 이제 아무도 땅을 파지 않았다. 줄리엣의 아버지가 딸의 팔을 잡고 뒤로 끌어당기려 했지만, 줄리엣은 물러서지 않았다.

"여기가 안전하다고 생각한다고?" 코트니가 잇새로 말했다. "우리가 대체 어디 있는데? 저 뒤쪽엔 우리 발전실과 똑 닮았지만 녹만 잔뜩 슨 폐허가 있어. 거기 기계들이 다시 돌기나 할 것 같아? 여기에 공기는 얼마나 있는데? 연료는 얼마나 있고? 먹을 것과 물은? 집으로 돌아가지 않으면 며칠이나 버틸까 말까야. 그러니까 며칠 동안 죽도록 파야 한다고, 그것도 손으로. 우릴 여기로 끌고 오다니, 네가 무슨 짓을 한 건지 알기나 해?"

줄리엣은 그 폭격을 버텨냈다. 오히려 환영했다. 자신에게 직접 공격을 더 얹고 싶기도 했다.

"내가 한 짓이야." 그녀는 말했다. 아버지에게서 몸을 떼어, 땅을 파고 있던 잘 아는 사람들을 마주했다. 몸을 돌리고 방금 온 어두운 터널에 대고 목소리를 높였다. "내가 한 짓이라고!" 그녀는 있는 힘껏, 그녀가 파멸로 몰아넣은 사람들을 향해 퍼붓듯이 소리쳤다. 다시 한번 비명을 질렀다. "내가 한 짓이야!" 검댕 때문에, 그리고 이 아픈 인정 때문에 목구멍이 타들어가고 가슴이 쩍 벌어져서 비참한 속살을 드러냈다. 어깨에 얹히는 손이 느껴졌다. 이번에도 아버지였다. 그녀가 내지른 소리의 메아리가 잦아들고 나자, 들리는 것이라고는 타닥타닥 불이 타는 소리뿐이었다.

"내가 자초한 일이야." 그녀는 고개를 끄덕이며 말했다. "애초에 여기 오지 말았어야 했어. 그러지 말았어야 했어. 놈들이 우리를 중독시킨 게 내 굴착기 때문일지도 모르고, 아니면 내가 밖으로 나갔던 일 때문인지도 몰라. 하지만 이쪽 공기는 깨끗해. 내가 모두에게 여기에 이 사일로가 있고, 공기는 멀쩡하다고 장담했지. 그리고 지금도 똑같이 확신을 갖고 말하는데, 우리들의 집은 사라졌어. 오염됐다고. 바깥으로 나가는 문이 열려버렸어. 우리가 남겨두고 온 모두는……." 그녀는 심장이 텅 비고, 위는 꼬인 채로 호흡을 고르려고 했다. 다시 한번, 아버지가 그녀를 받쳐줬다. "그래, 내 잘못이었어. 내가 쑤시고 다닌 탓이야. 그래서 그놈이 이런 짓을……."

"놈?" 코트니가 물었다.

줄리엣은 예전 친구들을, 몇 년이나 같이 일했던 남자와 여자들을 훑어보았다. "그래, 어떤 남자야. 어느 사일로 하나에 있는. 우리와 똑같은 사일로가 50개 있는데……."

"네가 우리에게 그렇게 말했지." 한 명이 무뚝뚝하게 말했다. "지도에서도 그렇게 말하고."

줄리엣은 누구인지 찾아보았다. 석유공이면서 전직 기계공이었던 피츠였다. "그런데 내 말을 못 믿겠어요, 피츠? 이젠 온 우주에 사일로가 딱 두 개 있는데 서로 옆에 있다고 믿어요? 그 지도의 나머지 부분은 거짓말이라고? 난 능선 위에 서서 내 두 눈으로 사일로들을 봤어요. 우리가 이 어두운 구덩이 속에 서서 연기 때문에 숨이 막히는 동안에도, 저 바깥에선 수만 명이 일상을 살고 있어. 우리가 예전에 알던 것과 같은 일상을……."

"그러면 그 사람들 쪽으로 땅을 파야 한다는 거야?"

줄리엣도 생각해보지 않은 이야기였다. "어쩌면. 그 사람들에게 갈 수만 있다면 그게 여기에서 나갈 유일한 길인지도 모르죠. 하지만 우선은 누가 그쪽에 있는지, 거기가 안전한지부터 알아야 해요. 그쪽도 우리 사일로처럼 망가졌을 수도 있어요. 어쩌면 이 사일로처럼 비었을 수도 있고. 아니면 우리와 만나는 걸 좋아하지 않을 사람만 가득할 수도 있죠. 뚫고 갔는데 공기에 독성이 있을 수도 있고. 아무튼, 다른 사일로들이 있다는 건 확실히 말할 수 있어요."

땅을 파고 있던 사람 하나가 돌무더기를 미끄러져 내려와서 대화에 합세했다. "이 돌무더기 반대편도 모든 것이 멀쩡하다면? 너도 언제나 직접 봐야 직성이 풀리는 사람 아니었어?"

줄리엣은 이 공격을 받아들였다. "그쪽이 다 멀쩡하다면 그쪽에서 우리에게 올 거야. 아니면 소식이라도 전해올 거야. 나도 그랬으면 좋겠어. 그런 일이 일어나면 정말 좋겠다고. 내가 틀렸으면 좋겠어. 하지만 아니야." 그녀는 시커메진 얼굴들을 찬찬히 보았다. "저쪽에는 죽음밖에 없다는 말이야. 나라고 희망을 품고 싶지 않은 줄 알아? 나는……, 우리는 사랑하는 사람들을 잃었어. 난 내가 사랑하고 아끼는 사람들이 마지막 숨을 쉬는 소리를 들었다고. 그런데 나라고 저쪽으로 넘어가서 직접 보고 싶지 않을 것 같아? 제대로 묻어주고 싶지 않을 것 같아?" 그녀는 눈을 문질렀다. "의심하지 마. 나도 삽을 집어 들고 쉬지 않고 3교대를 내리 일해서 뚫고 가고 싶어. 하지만 그랬다간 남아 있는 우리까지 묻어버리게 된다는 걸 알아. 우린 이 흙과 돌들을 바로 우리 무덤 안에 던져 넣게 될 거야."

아무도 말을 하지 않았다. 어딘가에서 중력이 돌멩이와의 섬세한 싸움에서 이겼고, 덜컥덜컥 소리를 내며 돌이 그들의 발치로 굴러떨어졌다.

"그러면 우리한테 어쩌라는 거야?" 피츠가 물었고, 줄리엣은 코트니가 숨을 훅 들이켜는 소리를 들었다. 누구든 줄리엣에게 다시 조언을 구하려 하다니, 생각만 해도 울컥하는 듯했다.

"무슨 일이 벌어졌는지 확실하게 할 시간이 하루 이틀은 필요해요. 내가 말했다시피, 저 바깥세상엔 우리가 살던 것과 같은 사일로가 많이 있어요. 거기 사람들이 무슨 생각일지는 모르지만, 그중 하나가 스스로를 책임자로 여긴다는 건 알아요. 그자들은 이전에도 우리를 위협하면서, 버튼 하나만 누르면 우리를 끝낼 수 있다고 했어요. 그리고 난 그놈들이 바로 그렇게 했다고 믿어요. 우리가 지금 있는 여기, 이 다른 사일로도 그렇게 했었다고 믿고." 그녀는 터널 뒤쪽에 있을 17번 사일로를 가리켰다. "그리고 맞아요, 어쩌면 우리가 감히 땅을 파서였을지도 모르고, 아니면 내가 답을 찾아서 밖에 나갔기 때문일지도 몰라요. 그런 죄목으로 날 청소형에 처할 수도 있겠죠. 기꺼이 나갈게요. 다들 보는 곳에서 청소하고 죽을게요. 하지만 우선은 내가 아는 얼마 안 되는 내용이라도 말하게 해줘요. 우리가 들어온 이 사일로, 여긴 침수될 거예요. 지금도 서서히 물이 차고 있어요. 물을 빼낼 펌프에 동력을 공급해야 하고, 농장엔 계속 물이 돌고 불이 계속 켜져 있도록 하고, 우리가 숨 쉴 공기가 충분하게 해야 해요." 그녀는 벽에 꽂힌 횃불 하나를 가리켰다. "우린 공기를 아주 많이 쓰고 있으니까."

"그 동력은 어디에서 얻으라는 거야? 내가 제일 먼저 터널을 건너온 사람인데, 거긴 녹만 잔뜩 슬었다고!"

"30층대에는 전력이 있어요." 줄리엣이 말했다. "깨끗한 전기예요. 그 전력이 농장의 펌프를 돌리고 불을 켜고 있어요. 하지만 그 동력에 의존해선 안 돼요. 우린 우리 동력을 가지고 왔고……."

"예비 발전기 말이군." 누군가가 말했다.

줄리엣은 사람들이 듣고 있다는 사실에 감사하며 고개를 끄덕였다. 일단은 다들 땅을 파는 작업도 멈췄다.

"내가 한 짓에 대한 짐은 내가 지겠어요." 줄리엣은 말했고, 눈물 때문에 불길이 흐릿하게 보였다. "하지만 우리에게 이 지옥을 가져온 건 다른 사람이에요. 난 그게 누군지 알아요. 그 남자와 대화도 해봤고. 우린 오래 살아남아서 그 남자와 거기 있는 사람들에게……."

"복수하겠다고." 코트니는 냉엄한 목소리로 속삭였다. "네가 청소를 하러 나갔을 때 그걸 좀 어떻게 해보겠다고 그 많은 사람이 죽었는데……."

"복수가 아니야. 막으려는 거야." 줄리엣은 어두운 터널 저편의 어둠을 보았다. "내 친구 솔로는 이 세상, 그러니까 자기 세상이 파괴당했을 때를 기억해. 우리에게 이런 짓을 한 건 신들이 아니라 인간이었어. 무전기로 대화할 수 있을 만큼 가까운 곳에 있는 인간들. 그리고 다른 세상들도 그자들의 엄지손가락 밑에 놓여 있어. 전 세대에 살던 누군가가 내가 지금 하려는 행동을 먼저 해냈다고 생각해봐. 우린 위협이 존재했다는 사실조차 알지 못하고 살아갔을 거야. 우리가 사랑하는 사람들도 지금 살아 있을 거야." 그녀는 코트니와 다른 이들을 돌아보았다. "그놈들이 이미 저지른 일 때문에 놈들을 잡으려고 해선 안 돼. 그건 아니야. 우리가 그 놈들을 잡아야 하는 건, 놈들이 할 수 있는 일 때문이야. 같은 짓을 반복하기 전에."

그녀는 자신의 말을 이해하고 있는지 보려고, 받아들이고 있는지 보려고 오랜 친구의 눈을 보았다. 코트니는 줄리엣에게 등을 돌리고 그동안 치우고 있었던 돌무더기를 살폈다. 연기가 허공을 채우고, 오렌지색 불길이 속삭이는 가운데 한참이 지나갔다.

"피츠, 횃불 잡아요." 코트니가 명령했다. 잠시 머뭇거리긴 했지만, 나이 든 석유공은 그 명령에 따랐다. "꺼요." 코트니는 스스로에게 넌더리가 난다는 듯한 목소리로 말했다. "우린 공기를 낭비하고 있었어."

42

엘리스는 계단 아래에서 나는 목소리들을 들었다. 엘리스의 집에 낯선 사람들이 있었다. 낯선 사람들. 릭슨은 예전에 엘리스와 쌍둥이들이 말을 잘 듣게 하려고 낯선 사람들에 관한 이야기를 해주곤 했다. 농장 뒤편에 있는 집을 절대 떠나고 싶지 않아지는 이야기들. 릭슨은 오래전에 모든 낯선 사람들이 널 죽이고 네 물건을 빼앗으려 한다고 했다. 아니, '아는' 사람이라 해도 믿을 수 없는 경우가 있다고 했다. 째깍이는 타이머가 재배등을 갑자기 꺼뜨리는 밤늦은 시각이면 릭슨은 그런 이야기를 했다.

릭슨은 그들에게 사랑에 빠진 부모님이 어떻게 자신을 낳았는지에 대한 이야기를 하고 또 해줬다. 사랑에 빠진다는 게 무슨 의미인지는 모르지만, 릭슨의 아버지가 어머니의 엉덩이에 든 독약을 잘라냈고 그게 사람들이 아기를 갖는 방법이라고 했다. 하지만 두 사람이 사랑에 빠진다고 모두가 아기를 갖는 건 아니었다. 릭슨은 때로는 낯선 사람들이 와서 뭐든 원하는 것을 빼앗았다고 했다. 옛날에 그 낯선 사람들은 남자들이었고, 그자들이 원하는 건 여자들이 아기를 만드는 것일 때가 많아서, 여자들의 살에서 독약을 바로 잘라냈고 그러면 여자들이 아기를 가졌다.

엘리스의 몸에는 독약이 없었다. 아직은 없었다. 해나는 영구치가 나듯이 나중이 되면 몸 안에 독약이 자랄 거라고, 그러니까 최대한 빨리 아기를 갖는 게 중요하다고 했다. 릭슨은 전혀 아니라고, 엉덩이에 독약을 갖고 태어나지 않았다면 영영 없을 거라고 했다. 하지만 엘리스는 어느 쪽을 믿어야 할지 몰랐다. 엘리스는 계단에 멈춰 서서 혹시 튀어나온 부분이 있나 옆구리를 문질러 보았다. 집중해서 이와 이 사이의 잇몸을 혀로 쓸어보면, 잇몸 안에서 자라고 있는 단단한 것이 느껴졌다. 몸뚱이가 주인인 엘리스에게 묻지도 않고 치아를 키우거나 독약을 키우는 식의 멍청한 짓을 할 수 있다니, 울고 싶어졌다. 엘리스는 또 품에서 빠져나가 보이지 않는 데까지 달려간 '강아지'를 찾느라 계단 위에 대고 이름을 불렀다. '강아지'는 이런 면이 나빴다. 엘리스는 강아지들이란 과연 소유할 수 있는 건지, 아니면 언제나 도망쳐버리는 건지 궁금해지려고 했다. 하지만 울지는 않았다. 난간을 꽉 잡고 한 계단, 또 한 계단을 디뎠다. 엘리스는 아기를 갖고 싶지 않았다. '강아지'만 같이 살았으면 좋겠다고 생각했다. 그러면 몸뚱이야 하고 싶은 대로 뭘 하든지 말든지.

어떤 남자가 계단에서 엘리스를 추월했다. 솔로는 아니었다.

솔로는 엘리스에게 자기 옆에 바싹 붙어 있으라고 했는데. "'강아지'에게 나한테 바싹 붙어 있으라고 해줘." 솔로가 따라잡으면 그렇게 말해야지. 이런 식으로 변명을 준비해두면 좋았다. 주머니 속에 호박씨가 들어 있는 기분이랄까. 추월해 간 남자가 어깨 너머로 엘리스를 돌아보았다. 낯선 사람이었지만, 엘리스의 물건을 원하는 것 같지는 않았다. 이미 물건들을 가진 게 보였다. 릭슨이 절대 건드리지 말라고 했던, 농장 천장에 늘어져 있던 까맣고 노란 전선을 돌돌 말아서 들고 있었다. 아마 이 남자는 그 규칙을 모르겠지. 집에서 모르는 사람들을 보니 기분이 이상했지만, 릭슨도 가끔은 거짓말을 했고 또 가끔은 틀리기도 했으니, 어쩌면 릭슨의 무서운 이야기들도 거짓말이었거나 틀린 이야기였고 솔로가 옳았을지도 모른다. 어쩌면 이 낯선 사람들이 찾아온 것은 좋은 일인지도 모른다. 돕고 수리도 하고 식물들이 물을 잘 마실 수 있게 흙에 도랑을 팔 사람이 늘어난 거니까. 찾아와서 그들의 집을 더 나은 곳으로 만들어주고, 그들을 빛이 일정하게 들어오고 목욕물을 데울 수 있는 곳으로 데리고 가줬던 줄리엣 같은 사람이 더 왔는지도 모른다. 좋은 낯선 사람들.

또 한 남자가 시끄러운 부츠를 신고 나선 계단을 돌아 모습을 드러냈다. 초록색 잎이 터져 나온 자루를 멨는데, 지나갈 때 익은 토마토와 블랙베리 냄새가 풍겼다. 엘리스는 걸음을 멈추고 그 남자가 지나가는 모습을 보았다. '한 번에 너무 많이 땄어.' 해나가 말하는 소리가 들리는 것만 같았다. 너무 많이 땄다. 이 규칙도 아무도 모르나 보다. 엘리스가 가르쳐줄 수도 있을 것이다. 엘리스에겐 낚시하는 방법과 동물들을 추적하는 방법을 가르쳐주는 책이 있었다. 그러다 물고기가 다 사라졌다는 사실이 기억났다. 그리고 정작 지금은 강아지 하나도 추적하지 못하고 있었다.

물고기를 생각하자 배가 고파졌다. 엘리스는 당장, 그것도 최대한 많이 먹고 싶었다. 남은 것이 없어지기 전에. 가끔 쌍둥이가 먹는 모습을 볼 때 찾아오던 것과 같은 허기였다. 사실은 배가 고프지 않은데도 먹고 싶어지는 기분. 많이 먹고 싶어지는 기분. 음식이 다 없어지기 전에.

엘리스는 메모리 북이 든 배낭을 허벅지에 부딪히며 계단을 터덜터덜 올라가면서 다른 사람들과 같이 있었으면 좋겠다고, 아니면 '강아지'가 가만히 좀 있었으면 좋겠다고 생각했다.

"어이, 얘."

다음 층계참에서 어떤 남자가 난간 너머로 엘리스를 내려다보고 있었다. 검은색 턱수염을 길렀는데, 솔로처럼 지저분한 수염은 아니었다. 엘리스는 잠깐 멈췄다가 계단을 계속 올라갔다. 엘리스가 바로 아래를 도는 동안에는 남자도 층계참도 보이지 않았다. 층계참에 도착해보니 남자가 기다리고 있었다.

"양 떼에서 떨어졌니?" 남자가 물었다.

엘리스는 고개를 옆으로 기울였다. "난 양 떼에 있을 수가 없는데."

검은 턱수염을 기르고 밝은 눈을 빛내는 남자가 엘리스를 관찰했다. 갈색 작업복 차림이었다. 릭슨도 가끔 갈색 작업복을 입었다. 비자르의 남자애도 그런 작업복을 입었다.

"왜지?" 남자가 물었다.

"난 양이 아니니까." 엘리스가 말했다. "양이 모여야 양 떼인데, 양은 남아 있지도 않은걸."

"양이 뭐?" 남자가 묻더니, 밝은 눈이 더 밝게 번득였다. "널 본 적 있어. 여기 살던 아이들 중 하나지?"

엘리스는 고개를 끄덕였다.

"넌 우리 양 떼에 들어올 수 있어. 양 떼라는 건 신도들 모임이란다. 교회 사람들이지. 넌 교회에 다니니?"

엘리스는 고개를 젓고, 메모리 북에 손을 얹었다. 그 책에는 양에 대한 페이지가 있었다. 양을 어떻게 기르는지, 어떻게 돌보는지 적혀 있었다. 엘리스의 메모리 북과 이 남자의 말이 맞지 않았다. 어느 쪽을 믿어야 할지 생각하려고 했더니 배 속이 텅 빈 느낌이 들었다. 아무래도 많은 경우에 옳았던 책 쪽으로 기울었다.

"안으로 들어올래?" 남자가 한쪽 팔을 문 쪽으로 내저었다. 엘리스는 그 남자를 지나쳐 어둠 속을 보았다. "배고프니?"

엘리스는 고개를 끄덕였다.

"우린 식량을 모으고 있어. 우리가 교회를 세웠거든. 다른 사람들도 곧 농장에서 내려올 거야. 들어와서 뭘 좀 먹거나 마실래? 내가 들고 올 수 있는 만큼 따 왔는데, 나눠 줄게." 남자는 엘리스의 어깨에 한 손을 올렸고, 엘리스는 릭슨 같지는 않고 솔로처럼 검은 털이 빽빽한 그 남자의 팔뚝을 가만히 보았다. 배가 꼬르륵거렸고, 농장은 너무 멀기만 했다.

"'강아지' 데리러 가야 하는데." 엘리스의 목소리는 그 거대한 계단에 비해 작기만 했다. 싸늘한 공기 속의 작은 입김에 불과했다.

"우리가 네 강아지를 데려오마. 안으로 들어가자. 네 세상에 대해 전부 다 듣고 싶구나. 이건 기적이야. 네가 기적이라는 사실 알고 있었니? 넌 기적이란다."

엘리스는 전혀 몰랐다. 엘리스가 외운 어떤 책에도 그런 이야기는 없었다. 하지만 빼먹은 페이지가 많기는 했다. 배가 꼬르륵거렸다. 배가 꼬르륵거렸기에 엘리스는 이 검은 수염의 남자를 따라서 검은 복도로 들어갔다. 앞쪽에서 목소리들이 들렸는데, 달래는 소리와 조용한 허밍과 속삭임이 뒤섞여 있었다. 엘리스는 양 떼는 이런 소리를 내는 걸까 생각했다.

43

1번 사일로

샬럿은 상자 속의 삶으로 돌아갔다. 상자이긴 한데 춥지 않고, 서리 낀 창문도 없고, 혈관 속 깊숙이 꽂힌 새파란 선도 없었다. 이 상자에는 그런 것들도 없고 달콤한 꿈을 꾸거나 악몽에서 깨어날 기회도 없었다. 그것은 샬럿이 자세를 바꾸면 찌그러지고 소리를 내는 단순한 금속 상자였다.

샬럿은 드론 승강기를 깔끔하게 정돈된 집으로 삼았다. 일어나 앉기도 힘들 정도로 낮고, 얼굴 앞에 손을 갖다 대도 보지 못할 정도로 어두우며, 생각하는 소리가 들릴 정도로 조용한 금속 상자였다. 두어 번쯤은 그곳에 누워서 문 저편에서 그녀를 찾는 남자들의 부츠 소리에 귀를 기울이기도 했다. 그날 밤은 아예 승강기 안에 머물렀다. 그들이 다시 올 줄 알고 대기했지만, 탐색할 층이 많았는지 오지 않았다.

편하게 누워보려고 몇 분에 한 번씩 헛되이 몸을 움직여보았다. 도저히 더는 참지 못하고 작업복에 싸버리겠다 싶을 때만 한 번씩 화장실을 쓰러 갔다. 물을 내릴까 말까? 소리를 내는 위험을 감수할 것인가, 배설물이라는 증거를 남길 것인가, 선택해야 했다. 그녀는 물을 내렸고, 어딘가 먼 곳에서 파이프가 덜컹거려 누군가가 어디서 물이 내려왔는지 딱 잡아내는 상황을 상상했다.

복도 끝에 가본 그녀는 그자들이 무전기를 발견하지 못했음을 확인했다. 무전기도, 도널드의 메모들도 없어졌을 줄 알았는데 아직 비닐 시트 밑에 그대로 있었다. 샬럿은 잠시 머뭇거리다가 그 서류철들을 챙겼다. 그건 잃어버리기엔 너무 귀중했다. 그리고 서둘러 그녀의 굴로 돌아가서 그 물건들을 구석에 밀어 넣었다. 다시 몸을 말고, 오빠를 걷어차던 부츠를 떠올렸다.

그녀는 이라크를 생각했다. 그곳에서도 막사 침대에 누워서 보내던 캄캄한 밤들이 있었다. 남자들이 교대하느라 오가면서 속삭이고 스프링이 삐걱거리던 밤들. 샬럿이 하늘에 뜬 드론보다도 더 연약하게 느껴졌던 암울한 밤들. 먼 발소리가 들려오는 한밤중의 막사는 자동차 열쇠를 찾을 수 없는 텅 빈 주차장 같았다. 그 작은 드론 승강기에 숨어 있는 기분도 비슷했다. 남자들이 가득한 막사 안에서나 어두워진 차고 안에서 잘 때처럼, 깨어나면 어떤 위험이 기다리고 있을지 생각했다.

잠은 거의 못 잤다. 그녀는 뺨과 어깨 사이에 손전등을 끼운 채, 혹시 무미건조한 글을 읽으면 자는 데 도움이 될까 싶어 도널드의 서류철을 뒤적였다. 그 정적 속에서, 무전기로 나눴던 말과 짧은 대화가 다시 떠올랐다. 또 하나의 사일로가 파괴당했다. 그녀는 그 사람들의 공포에 질린 목소리를 듣고, 바깥문이 열렸다는 보고를, 오빠가 이 사람들에게 풀어놓을 수 있다고 말했던 그 가스가 나왔다는 말을 들었다. 줄리엣의 목소리를 듣고, 모두 죽었다고 말하는 소리를 들었다.

샬럿은 서류철 사이에서 작은 지도 하나를 찾아냈다. 숫자가 매겨진 원이 여럿 그려진 지도였는데, 상당수에 X 표시가 되어 있었다. 샬럿은 그 원 안에 사람들이 산다고 생각했다. 그런데 또 하나가 비어버렸고, 새로운 X 자가 그어졌다. 다만 오빠와 마찬가지로 샬럿도 이제는 이 사람들과 연결된 느낌을 받았다. 샬럿도 오빠와 같이 무전기로 그들의 목소리를 들었고, 도널드가 그들에게 연락하려고 노력하는 소리를 들었다. 도널드가 하는 말에 열린 자세였으며, 무슨 일이 벌어지고 있는지 이해하기 위해 그들의 컴퓨터를 해킹할 수 있도록 도와준 이 사일로. 한번은 도니에게 왜 다른 사일로에는 연락하지 않느냐고 물었는데, 다른 곳은 책임자들이 안전하지 않다는 대답을 했었다. 다른 곳의 책임자들은 도니를 일러바칠 수도 있다고. 오빠와 18번 사일로 사람들은 다 저항 중이었던 셈인데, 이제 그들은 사라졌다. 저항한 사람은 모두 그렇게 되었다. 이제는 어둠과 정적 속에 샬럿만 남았다.

오빠의 메모들을 뒤적이다 보니, 손전등을 든 자세 때문에 목이 아팠다. 상자 안 온도는 작업복을 입고도 땀이 날 정도로 올라갔다. 잠을 잘 수가 없었다. 이건 그자들이 집어넣었던 다른 상자와 달랐다. 그리고 읽으면 읽을수록 샬럿도 왜 오빠가 끝없이 서성됐는지, 왜 뭐라도 하고 싶어 했는지, 왜 그들을 가둔 이 시스템을 끝내고 싶어 했는지 이해하게 되었다.

그녀는 물과 식량을 아껴가며 조금씩만 먹고 마시면서 그 안에 머물렀다. 며칠처럼 느껴졌지만 아마 몇 시간이었을 것이다. 다시 화장실에 가야 했을 때, 그녀는 복도 끝까지 살금살금 걸어가서 다시 한번 무전기를 시험해보기로 했다. 사태가 어떻게 돌아가는지 알고 싶은 욕망만은 배변 욕구에 맞먹을 만했다. 분명히 생존자들이 있었다. 18번 사람들이 언덕을 넘어서 다른 사일로에 도착하는 데 성공했다. 한 줌은 살아남았다……. 하지만 얼마나 오래 갈까?

그녀는 물을 내리고, 머리 위 파이프로 물이 흐르는 소리에 귀를 기울였다. 위험을 감수하고 드론 조종실로 갔다. 복도 불은 끈 채로 두고 무전기에서 비닐을 벗겨냈다. 18번에서는 잡음밖에 들리지 않았다. 17번도 마찬가지였다. 그녀는 목소리가 들리고 무전기가 작동한다는 사실이 확실해질 때까지 다른 채널 10여 개를 이리저리 돌렸다. 그리고 다시 채널을 17번으로 돌린 후 기다렸다. 언제까지라도 기다릴 수 있었다. 그자들이 와서 그녀를 찾아낼 때까지 기다릴 수도 있었다. 벽시계는 이제 겨우 3시가 넘었음을 알려줬고, 한밤중이었다. 잘된 일이었다. 이 시간까지 그녀를 찾고 있지는 않겠지. 하지만 그렇다면 아무도 무전기를 듣고 있지 않을 수도 있었다. 어쨌든 그녀는 마이크를 눌렀다.

"여보세요. 누구 들립니까?"

이름을 밝히고, 어디에서 호출하는지도 말할 뻔했지만 1번 사일로의 사람들도 모든 주파수를 감시하고 있으면 어쩌나 싶었다. 그런데, 그러면 또 어떤가? 샬럿이 어디에서 송신하는지는 모를 텐데. 중계기로 추적할 수 있다면 또 모르지만 말이다. 아니, 그럴 수 있을지도 모른다. 하지만 여기는 목록에서 제외된 사일로 아닌가? 여기까지 듣고 있지는 않을 것이다. 샬럿은 공구들을 치우고 도니가 가져다줬던 종이를 찾았다. 사일로 순위가 적혀 있던 종이. 파괴당한 사일로들은 모두 가장 낮은 순위에 있었는데…….

"거기 누구야?"

무전기에서 남자 목소리가 새어 나왔다. 샬럿은 혹시 그 주파수로 송신 중인 1번 사일로 사람일까 의심하면서 마이크를 붙잡았다.

"나는……. 그쪽은 누구예요?" 그녀는 어떻게 대답해야 할지 몰라서 물었다.

"아래 기계부야? 지금 몇 시인지 알아? 한밤중이라고."

'아래' 기계부. 그건 이 사일로가 아니라 다른 사일로의 구조였다. 샬럿은 이 사람이 생존자 중 하나라고 생각했다. 하지만 또 다른 사람들이 듣고 있을 수도 있다고 생각하고 안전하게 가기로 했다.

"맞아요, 기계부예요. 거기는…… 그러니까, 그 위는 어떻게 되어가요?"

"나야 자려고 하고 있지. 하지만 코트니가 호출할 수도 있으니 이 물건을 켜놓으라고 했어. 우린 송수관과 씨름하고 있었어. 사람들이 농장에서 토지 소유권을 주장하고, 영역을 표시하고 있어.

그래서 누군데?"

샬럿은 헛기침을 했다. "난 찾고 있는데……. 어, 시장에게 연락하고 싶었어요. 줄리엣이요."

"여기 없어. 밑에 같이 있는 줄 알았는데. 긴급 사항 아니면 아침에 시도해봐. 그리고 코트니에게 여기 위에 일손이 몇 명 더 있으면 좋겠다고 전해줘. 혹시 있다면 괜찮은 농부도 좋겠군. 그리고 운반인도 하나."

"어…… 알았어요." 샬럿은 시계를 다시 흘긋거리며 얼마나 오래 기다려야 하는지 보았다. "고마워요. 다시 걸게요."

대답은 없었고, 샬럿은 애초에 왜 연락하고 싶었던 걸까 생각했다. 그녀가 이 사람들을 위해 할 수 있는 일은 없었다. 그렇다면 그들이 그녀를 위해 해줄 수 있는 일이 있다고 생각했나? 그녀는 직접 조립한 무전기, 무전기 주위에 흩어진 남는 나사와 전선들, 모여 있는 공구들을 찬찬히 보았다. 나와서 돌아다니는 건 위험한 짓이었지만, 드론 승강기 안에 혼자 있는 것보다는 덜 무서웠다. 접촉할 기회가 있는 쪽이 발각될 위험보다 훨씬 중요했다. 몇 시간 후에 다시 호출하자. 그때까지는 잠을 좀 자야겠다. 그녀는 무전기를 덮고 막사에서 쓰던 예전 침대에 누워 잘까 생각했지만, 결국 창문 없는 금속 상자로 돌아갔다.

44

도널드의 아침 식사는 사람과 같이 도착했다. 전날에는 그를 혼자 내버려두고 식사도 건너뛰게 하더니. 그는 그게 일종의 심문 기술이겠거니 생각했다. 잘 수도 없게 한밤중에 시끄럽게 지나다니던 부츠 소리도 마찬가지일 것이다. 그에게 혼란을 주고, 당황하게 하고, 미쳐버리게 만드는 거라면 뭐든 이용하겠지. 아니면 그때가 낮이고 지금은 한밤중이며 그는 식사를 건너뛰지 않았는지도 몰랐다. 확신할 수가 없었다. 그는 시간의 흐름을 놓쳤다. 예전에 시계가 걸려 있었을 벽에는 깔끔한 동그라미와 튀어나온 못뿐이었다.

보안팀 작업복을 입은 두 남자가 서먼과 함께 아침 식사를 들고 왔다. 도널드는 작업복 차림으로 잠들어 있다가, 세 남자가 좁은 방으로 밀고 들어오자 침대 위에 발을 올려 앉았다. 두 보안 요원은 의심스러운 눈으로 그를 보았다. 서먼이 내민 쟁반에는 달걀, 비스킷, 물, 그리고 주스가 담겨 있었다. 도널드는 엄청나게 아팠지만, 또 죽도록 배가 고프기도 했다. 포크를 찾아보았으나 없었고 그는 손가락으로 달걀을 먹기 시작했다. 따뜻한 게 들어가자 갈비뼈도 덜 아팠다.

"천장 패널을 확인해봐." 보안 요원 하나가 말했다. 도널드는 그 남자를 알아보았다. 브레버드였다. 도널드가 근무하던 거의 모든 시간 내내 보안팀 팀장이었다. 도널드는 브레버드가 그의 친구가 아님을 알 수 있었다.

또 한 명은 좀 더 젊었다. 도널드가 모르는 남자였다. 그는 보통 눈에 덜 띄려고 늦게 돌아다녔기에, 이 사람들보다는 야간 경비원을 잘 알았다. 젊은 보안 요원은 벽에 용접된 서랍장 위로 올라가더니 천장 패널을 들어 올렸다. 그런 후 허리춤에 차고 있던 손전등을 빼 사방에 불을 비췄다. 도널드는 그 남자가 뭘 보고 있을지 잘 알았다. 이미 직접 확인했으니까.

"막혔습니다." 젊은 보안 요원이 말했다.

"확실해?"

"이 친구는 아니었어." 서먼이 말했다. 그는 도널드에게서 시선을 한 번도 떼지 않고, 방 안을 향해 손짓했다. "사방이 피투성이였어. 그랬다면 피가 묻었을 거야."

"어딘가에서 씻고 옷을 갈아입지 않았다면 그렇지요."

서먼은 그 말에 얼굴을 찌푸렸다. 그는 도널드에게서 몇 걸음 떨어진 곳에 섰고, 도널드는 이제 배가 고프지 않았다. "누구였나?" 서먼이 물었다.

"뭐가요?"

"멍청한 척하지 마. 내 부하 하나가 공격당했고, 같은 밤에 원자로 기술자 옷을 입은 누군가가 바로 이 층의 보안문을 통과했어. 바로 이 복도에 왔었는데, 아마 자넬 찾고 있었겠지. 통신실로 갔던데, 자네가 그곳에서 시간을 자주 보낸 걸 내가 알아. 자네 혼자서 이런 일을 해낼 방법은 없어. 누군가를 끌어들였지? 아마 지난번 근무 때 만난 사람이겠지. 누군가?"

도널드는 입을 움직이려고 비스킷을 한 조각 부서뜨려서 입에 넣었다. 샬럿이다. 샬럿이 뭘 하는 거지? 그를 찾으려고 사일로 안을 돌아다니나? 통신실에 갔다고? 정말 샬럿이라면 정신이 나간 짓이었다.

"저자는 뭔가를 알고 있습니다." 브레버드가 말했다.

"무슨 말을 하는지 전혀 모르겠는데요." 도널드는 물을 한 모금 마시다가, 손이 떨리고 있는 것을 알아차렸다. "누가 공격당한 겁니까? 그 사람은 괜찮아요?" 그는 이들이 발견한 피가 동생의 것일 가능성을 생각했다. 샬럿을 깨우다니, 무슨 짓을 한 걸까? 그는 다시 한번 자수하고 동생이 어디 숨었는지 알려줄까 생각했다. 샬럿이 혼자 있지 않게.

"에렌이었네." 서먼이 말했다. "늦게까지 근무하다가 엘리베이터를 타러 달려갔는데, 30층 아래에서 피 웅덩이에 잠긴 채 발견됐지."

"에렌이 다쳤어요?"

"에렌은 죽었어." 브레버드가 말했다. "목에 드라이버가 꽂혔지. 승강기 하나가 에렌의 피로 범벅이 됐어. 이런 짓을 한 놈이 누군지 꼭 알아야……."

서먼이 한 손을 들어 올리자 브레버드가 조용해졌다. "우리에게 잠시만 시간을 주게." 서먼이 말했다.

서랍장 위에 서 있던 젊은 보안 요원이 천장 패널을 다시 제자리에 맞춰 넣었다. 그는 풀쩍 뛰어내려서 허벅지에 두 손을 문질렀고, 서랍장은 실 보푸라기와 눈송이처럼 떨어진 스티로폼에 뒤덮인 채였다. 두 보안 요원은 밖에서 기다렸다. 도널드는 문이 닫히기 전에 사무직 근무자 한 명이 지나가는 것을 알아보고 소리쳐 부를 뻔했다. 다들 도널드의 정체가 다른 사람이라는 사실을 알면 무슨 생각을 할까 궁금했다.

서먼이 앞주머니에 손을 넣더니 잘 접힌 사각형의 천을 꺼냈다. 새 손수건이었다. 서먼이 손수건을 건네자 도널드는 고맙게 받았다. 선물이라고 치자니 이상했다. 기침이 나오기를 기다렸지만, 드물게도 호흡이 고른 순간이었다. 서먼이 비닐봉지를 하나 꺼내더니 직접 열어서 내밀었다. 도널드는 그 행동이 무엇을 의미하는지 깨닫고 다른 손수건을 꺼내어, 그 피투성이 천을 비닐봉지에 집어넣었다.

"분석을 위해서겠군요?"

서먼은 고개를 저었다. "여기에 우리가 아직 모르는 요소는 없어. 단지…… 예의상 하는 행동이지. 알다시피 난 자넬 죽이려고 했네. 내가 약해서 한 짓이고, 내가 성공하지 못한 것도 약했기 때문이야. 애나에 대해서는 자네가 옳았어."

"에렌이 정말 죽었습니까?"

서먼은 고개를 끄덕였다. 도널드는 천을 폈다가 다시 접었다. "전 에렌이 좋았어요."

"에렌은 훌륭한 남자였어. 내가 직접 모집한 사람이고. 누가 에렌을 죽였는지 아나?"

도널드는 이제 그 손수건의 의미를 이해했다. 나쁜 경찰이 좋은 경찰로 변했다. 그는 고개를 저었다. 샬럿이 이런 짓을 했다고 상상해보려 했지만 상상이 가지 않았다. 하지만 그렇게 치면 샬럿이 드론을 날리고 폭탄을 떨구거나, 팔굽혀펴기를 50회 하는 모습도 상상할 수 없기는 했다. 샬럿은 그의 어린 시절에 소중하게 넣어둔 수수께끼였고, 계속 사람을 놀라게 했다. "내가 아는 누구든 그런 식으로 사람을 죽이는 모습은 상상할 수 없는데요. 당신 말고는."

서먼은 이 말에 반응하지 않았다.

"전 언제 잠듭니까?"

"오늘. 질문이 하나 더 있네."

도널드는 쟁반 위에 있는 물잔을 집어 들고 한참 마셨다. 물이 차가웠다. 물맛이 이렇게까지 좋을 수 있다는 사실이 놀라웠다. 바로 지금 서먼에게 샬럿에 대해 말해야 했다. 아니면 잠들 때까지 기다리거나. 어쨌든 샬럿을 혼자 둘 수는 없었다. 그는 서먼이 기다리고 있음을 깨달았다. "말씀하세요."

"자네가 깨어 있는 동안 애나가 무기고 밖으로 나갔던 적이 있는지 기억하나? 자네가 짧은 시간 동안만 같이 있었던 줄은 아네만."

"그런 기억은 없는데요." 도널드는 말했다. 그리고 짧은 시간으로 느껴지지 않았다. 그 시간이 평생 같았다. "왜요? 애나가 무슨 일을 했는데요?"

"가스 피드에 대해서 무슨 말을 한 기억은?"

"가스 피드요? 아니요. 전 그게 무슨 의미인지도 모릅니다. 왜요?"

"우리가 사보타주*의 흔적을 발견했어. 누군가가 의료동과 인구 통제실 사이 피드에 손을 댔더군." 서먼은 하려던 말을 그만두고 손을 내저었다. "말했듯이, 애나에 대해서는 자네가 옳았던 것 같아." 그는 나가려고 몸을 돌렸다.

"잠깐만요." 도널드가 말했다. "저도 질문이 있습니다."

서먼은 문에 손을 올린 채 멈칫했다.

"전 어디가 잘못된 겁니까?" 도널드가 물었다.

서먼은 비닐봉지에 담긴 피투성이 천을 내려다보았다. "전투가 끝난 후의 전장을 본 적이 있나?" 서먼의 목소리가 조용하게 가라앉았다. "자네 몸은 지금 전장이야. 그게 자네 몸속에서 벌어지는 일이고. 수십억의 군대가 다른 군대와 전쟁을 벌이고 있지. 자네를 갈가리 찢으려는 기계들과 한데 붙들어두려는 기계들이. 그리고 양쪽의 군화가 자네 몸을 산탄 파편과 진흙탕으로 바꿔놓고 있

* 적의 도용 혹은 무언가에 대해 항의하기 위해 기계나 시스템을 고의로 파괴하는 행위.

어.” 서먼은 주먹에 대고 기침을 하더니, 문을 당겨 열려고 했다.

“그날 전 언덕을 넘으려던 게 아닙니다.” 도널드가 말했다. “눈에 띄려고 나간 게 아니에요. 그냥 죽고 싶어서 나간 거지.”

서먼은 고개를 끄덕였다. “나도 나중에 그렇게 생각했네. 그리고 자넬 그냥 죽게 뒀어야 했다고도. 하지만 경보가 울렸고, 내가 일어나보니 부하들이 보호복을 잡고 분투하고 있는 데다 자네는 반쯤 가버린 상황이었지. 내 참호에 수류탄이 떨어진다면, 내가 어떻게 해야 할지는 오래전부터 알고 있었어. 그러니 그 위로 몸을 던졌지.”

“그러지 말았어야 해요.” 도널드가 말했다.

서먼은 문을 열었다. 문밖에선 브레버드가 기다리고 있었다.

“나도 알아.” 서먼이 말하고는, 가버렸다.

45

다시는 손발로 기면서 일했다. 새빨개진 걸레를 뺄건 물통에 담갔다가 분홍색이 될 때까지 짠 다음, 다시 승강기 안의 난장판을 문질렀다. 벽은 이미 깨끗했고, 샘플은 분석을 위해 가져갔다. 다시는 청소하면서 브레버드의 목소리를 흉내 내어 투덜거렸다. "샘플을 채취해, 다시. 여길 청소해, 다시. 커피 가져와, 다시." 그는 커피를 가져다주고 피를 닦는 일이 어떻게 그의 직무에 포함되는 건지 이해가 가지 않았다. 지루한 야간 근무가 그리웠다. 정상으로 돌아가고 싶은 마음만 간절했다. 어떤 일이든 정상처럼 느껴질 수 있다는 게 놀랍기는 했다. 벌써 공기 속의 구리 냄새를 맡을 수 없고, 혀에서 금속 맛이 나지도 않으려고 했다. 종이컵에 담겨 나오는 매일의 약, 매일 먹는 밋밋한 음식, 심지어 엘리베이터 문이 힘겹게 열릴 때의 지독한 진동 같은 것들과 마찬가지였다. 이런 것들도 익숙해지면 느껴지지 않았다. 예전 삶에서의 기억처럼 둔통 속으로 사라져버렸다.

다시는 예전 삶을 별로 기억하지 못했지만, 자신이 이 일을 잘 한다는 것은 알았다. 오래전, 아무도 말하지 않는 예전 세상, 오래된 영화와 재방송과 꿈속에만 갇혀 있는 그 세상에서도 경비 일을 했다는 느낌이 들었다. 다른 사람을 위해 총탄을 맞으라는 훈련을 받았던 것도 희미하게 기억났다. 그에게는 딱 하나 분명하게 되풀이되는 꿈이 있었는데, 아침에 조깅을 하는 꿈이었다. 공기가 이마와 목에 맺힌 땀을 식히고, 새들이 울고, 운동복을 입은 더 나이 많은 남자 뒤에서 달리며 그 남자가 대머리가 되어가고 있다는 사실을 알아차리는 꿈. 다시는 이어폰 한쪽이 미끄러워져서 제자리에 붙어 있지 않고 늘 귀에서 떨어지던 것을 기억했다. 군중들을 보던 기억, 풍선이 터지고 오래된 스쿠터가 역화를 일으키면 심장이 마구 뛰던 기억, 언제나 총탄을 대신 맞을 기회를 기다리던 기억이 있었다.

총탄.

다시는 청소를 멈추고 소매로 얼굴을 닦았다. 그는 승강기 바닥과 벽 사이 틈을 응시했다. 뭔가 반짝이는 것이 끼어 있었다. 작은 금속 물체였다. 손가락으로 꺼내려고 해보았지만 틈에 꽉 껴 있었다. 총탄이었다. 어쨌든 만지면 안 될 물건이었다.

걸레가 첨벙 소리를 내면서 물통에 떨어졌다. 다시는 복도에 놓인 샘플 용기를 가져왔다. 승강기는 이렇게 가만히 서 있기가 싫고 어딘가로 가고 싶다는 듯이 진동하고 또 진동했다. "엔진 좀 식혀." 다시는 속삭였다. 그는 통 안에 든 작은 상자에서 샘플용 비닐봉지를 하나 꺼냈다. 핀셋이 있어야 할 곳에 없었다. 그는 통 바닥을 헤집어서 핀셋을 찾아내고는, 동료에 대한 존중이라곤 없는 다른 시간 근무자들을 욕했다. 다시는 기숙사에 사는 것과 비슷하다고 생각했다. 아니지, 그건 정확한 말이 아니다. 정확한 기억도 아니다. 그보다는 막사에서 사는 것과 비슷했다. 난장판 위에 질서를 잡는 척하는 삶. 얼룩진 매트리스 위에 빳빳한 시트를 씌우고 귀퉁이를 접는 일. 물건을 원래 있어야 할 곳에 돌려놓지 않는 사람들을 보면 딱 그랬다.

그는 핀셋으로 총탄을 집어서 비닐봉지 안에 떨궜다. 살짝 찌그러지긴 했지만 심각하지는 않았다. 단단한 물건을 때리지는 않았지만, 뭔가를 맞히긴 했다는 뜻이었다. 봉지에 담긴 총탄을 문질러보고 빛을 향해 들어 올리자 비닐에 묻은 분홍색 얼룩이 보였다. 총탄에 피가 묻어 있었다. 그는 자신의 부주의함 탓에 피가 묻었을까 봐, 혹시 총탄이 박혀 있던 곳 근처에 핏물을 흘렸을까 봐 바닥을 확인했다.

핏물은 없었다. 그들이 발견한 사망자의 사인은 목에 찔린 드라이버였지만, 근처에서 총을 한 자루 발견하기는 했다. 다시는 승강기 내부 10여 곳에서 혈액 샘플을 채취했다. 의료 기술자가 그 샘플을 수거했고, 스티븐스와 팀장은 모든 샘플이 피해자와 일치했다고 말했다. 하지만 이제 다시에겐 아직 잡히지 않은 공격자의 혈액 샘플이 생겼다. 에렌을 죽인 사람의 피다. 진짜 단서다.

그는 샘플용 비닐봉지를 꼭 쥐고 급행 엘리베이터가 도착하기를 기다렸다. 잠시 이 증거물을 스티븐스에게 넘겨줄까 생각도 했고, 그게 프로토콜이었지만, 총탄을 발견한 사람은 다시였고 그게 뭔지 알고 조심해서 회수하기도 했다. 그러니 결과를 볼 사람도 그여야 했다.

급행 엘리베이터가 쾌활한 땡 소리를 내며 도착했다. 자주색 작업복을 입은 지쳐 보이는 남자가 바퀴 달린 들통을 대걸레 손잡이로 조종해서 꺼냈다. 다시는 그의 발견을 전화로 보고하는 대신, 지원 인력을 불러 내렸다. 야간 관리인이었다. 두 남자는 악수를 했다. 다시는 늦게까지 근무해줘서 고맙다고 인사하고, 크게 신세 졌다고 했다. 그리고 그 남자와 교대해서 급행 엘리베이터에 탔다.

두 층만 내려가면 됐다. 급행 엘리베이터를 타고 겨우 두 층을 내려가다니, 미친 짓을 하는 기분이었다. 사일로엔 계단이 필요했다. 한 층만 올라가거나 내려가면 되는데 망할 승강기를 5분씩 기다려야 했던 적이 한두 번이 아니었다. 말이 되질 않았다. 그는 한숨을 내쉬고 의료동으로 가는 버튼을 눌렀다. 문이 닫히기 전, 걸레가 옆 승강기 문을 때리는 질척한 소리가 들렸다.

휘트모어 박사의 사무실은 붐볐다. 그곳에서 일하는 사람들 때문이 아니라(바쁘게 돌아다니는 사람은 휘트모어와 그의 의료 기술자 두 명뿐이었다) 시체들로 꽉 차 있었다. 시체 두 구가 더 누워 있었다. 한 명은 요전에 사망한 채로 발견된 여자였다. 다시는 그 여자 이름이 애나라고 기억했다. 또 한 명은 사일로 책임자였던 에렌이었다. 기술자들이 시신을 조사하는 동안 휘트모어는 컴퓨터 앞에서 기록을 타이핑하고 있었다.

"박사님?"

휘트모어가 고개를 돌렸다. 그의 시선이 다시의 얼굴에서 손으로 향했다. "뭘 가져왔나?"

"샘플이 하나 더 나왔습니다. 총탄에 묻어 있어요. 분석해주실 수 있습니까?"

휘트모어가 수술실에 있던 남자 한 명에게 손짓하자, 그 남자가 어깨 위로 두 손을 들어 올리고 나왔다.

"보안 요원을 위해 이 샘플을 돌려줄 수 있겠나?"

기술자는 기뻐하는 것 같지 않았다. 그는 피 묻은 장갑을 찍 소리 나게 벗더니 빨아서 소독할 수 있게 싱크대 안에 던져 넣고 말했다. "어디 봅시다."

기계가 돌아가는 데엔 오래 걸리지 않았다. 기계는 삐 소리를 내며 윙윙 돌다가 목적이 뚜렷한 소리를 내더니, 덜덜거리면서 종잇조각을 하나 뱉어냈다. 기술자가 다시보다 먼저 결과지에 손을 뻗었다.

"그래요. 일치 나왔네요. 이 피는…… 허. 그거 이상하네."

다시는 결과지를 받았다. 바 그래프, 즉 한 사람의 DNA를 나타내는 독특한 바코드가 있었다. 다양한 혈액 레벨의 양과 퍼센트가 IFG, PLT, Hgb 같은 알 수 없는 암호로 적혀 있었다. 그러나 시스템이 일치하는 인적 기록을 내놓아야 하는 자리에는, 여러 줄 중 한 줄에 딱 한 단어가 적혀 있을 뿐이었다. '비상.' 나머지 바이오

필드는 텅 빈 채였다.

“비상.” 의료 기술자가 말하더니, 싱크대로 가서 장갑과 손을 같이 씻기 시작했다. “이상한 이름이네요. 누가 그런 이름을 고르지?”

“다른 결과지는 어디 있어요?” 다시는 물었다. “예전에 나온 거요.”

기술자는 고갯짓으로 휘트모어 박사의 발치에 놓인 재활용 통을 가리켰고, 박사는 계속 키보드를 두드리고 있었다. 다시는 재활용 통을 뒤적이다가 이전에 나온 결과지 한 장을 찾아냈다. 그는 두 장을 나란히 들어 올렸다.

“이름이 아니에요.” 다시는 말했다. “그랬다면 맨 윗줄에 나왔겠죠. 이건 수면 장치의 좌표가 들어가는 자리예요.” 다른 결과지에는, 에렌이라는 이름이 보이고 그 아랫줄에 죽은 남자를 저장할 수면 장치가 있는 냉동실과 좌표가 들어가 있었다. 다시는 좀 더 작은 냉동실 하나의 이름을 기억해냈다.

“비상 인력.” 그는 만족스럽게 말했다. 작은 수수께끼 하나를 푼 기분이었다. 그는 방을 둘러보며 미소 지었지만, 다른 사람들은 이미 하던 일로 돌아간 후였다.

‘비상 인력실’은 냉동 수면실 중에서 제일 작은 방이었다. 다시는 강철 문 바깥에 서 있었고, 공기 중에 내뿜은 자신의 숨결이 강철 문을 뿌옇게 흐리는 것을 볼 수 있었다. 암호를 입력하자 키패드가 빨간색으로 깜박이고 윙윙대며 불허를 알렸다. 이번에는 마스터 보안 코드를 입력했더니, 문이 철컹하고 열리며 양쪽 벽으로 밀려 들어갔다.

두려움과 흥분이 뒤섞여서 심장이 마구 뛰었다. 그저 이런 단서의 자취를 밟아서만이 아니라, 이 길이 그를 어디로 데려가느냐 때문이었다. 비상 인력은 가장 극단적인 사건들, 보안팀만으로는 부족하다고 여겨지는 때를 위해 따로 둔 이들이었다. 그는 짙은 안개 너머로, 밴에서 중무장한 남자들이 내려 군대식으로 건물 하나를 진압하는 동안 경찰은 옆에 비켜서 있던 일을 기억해냈다. 그건 그였을까? 예전, 예전의 삶에서? 그 부분은 기억할 수 없었다. 그리고 어쨌든 여기 비상 인력은 달랐다. 상당수가 최근에 일어나서 돌아다녔고, 다시도 근무 중이었기 때문에 기억하고 있었다. 그들은 조종사였다. 그는 어느 날 머그잔에 잔물결이 이는 것을 보고 드론에서 폭탄이 떨어졌음을 알았던 순간을 떠올렸다. 다시는 수면 장치 사이를 돌아다니면서 빈 곳을 찾았다. 그는 누군가가 다시 잠들어야 할 때 자지 않았다고 의심했다. 아니면 나쁜 짓을 하려는 누군가가 이곳의 인력을 깨웠거나.

마지막 가능성이 제일 무서웠다. 누가 그런 인력에게 접근할 수 있지? 아무도 모르게 이 사람들을 깨울 능력이 누구에게 있지? 그는 이 발견을 어디에 보고하든 간에, 그 발견이 지휘 체계를 오르고 또 올라가다가 이 일을 저지른 사람 또는 사람들에게 닿을 가능성이 있다고 의심했다. 또한 살해당한 남자가 근무 중이었던 사일로 책임자, 모든 사일로의 책임자라는 사실도 생각났다. 이건 큰 사건이었다. 거대한 사건이었다. 사일로 책임자들끼리의 다툼

일까? 이 사건을 해결하면 커피를 끓이고 걸레로 피를 닦아내는 직무에서 영영 빠질 수도 있었다.

왔다 갔다 하면서 바둑판처럼 가지런히 놓인 냉동 수면 장치를 3분의 2 정도 훑고 나자 혹시 잘못 생각한 건 아닐까 의심이 들었다. 너무 빈약한 줄거리였다. 그는 괜히 탐정 흉내를 내고 있었다. 사라진 사람도 없고, 엄청난 음모도 없고, 아무도 깨어나서 사람들을 죽이고 다니지 않을지도…….

그러다가 어느 수면 장치를 들여다보았는데 얼굴도 없고, 유리에 성에도 끼어 있지 않았다. 수면 장치에 손바닥을 대보니 꺼져 있는 게 확실해졌다. 방 안과 같은 온도였다. 싸늘하긴 해도 얼어붙을 온도는 아니었다. 그는 혹시 디스플레이도 꺼져 있을까 걱정하며 확인해보았다. 디스플레이는 켜져 있었다. 다만 이름은 없었다. 숫자뿐이었다.

다시는 보고용 서류철을 꺼내어 펜을 딸깍 눌렀다. 숫자뿐이다. 그렇다면 이 수면 장치에 연결된 이름은 기밀일 것이다. 하지만 그는 범인을 찾아냈다. 아, 범인을 찾아냈다. 그리고 설령 이름을 얻어내지 못한다 해도, 여기 조종사들이 근무 중일 때 어디에서 시간을 보내는지 알고 있었다. 그는 총상을 입고 사라진 이 사람이 어디에 숨어 있을지 제대로 짐작이 갔다.

46

샬럿은 아침까지 기다렸다가 다시 무전을 시도했다. 이번에는 무슨 말을 하고 싶은지를 분명히 알고 있었다. 또 주어진 시간이 짧다는 것도 알았다. 그날 아침에는 다시 드론 승강기 바깥에서 그녀를 찾는 사람들의 소리가 들렸다.

모두가 확실히 돌아갈 때까지 기다렸다가 슬쩍 나가보았더니, 그들이 회의실에 남아 있던 도널드의 메모를 다 가져갔다. 샬럿은 화장실에 갔다가 짬을 내어 붕대를 갈았는데, 그때 보았더니 팔이 딱지투성이였다. 복도 끝으로 갔을 때는 무전기도 없어졌을 줄 알았지만, 조종실은 건드리지 않은 채였다. 아마 비닐 시트 아래에 무엇이 있는지 보지도 않고, 그 방에 있는 물건은 전부 드론 작전용이라고 간주했으리라. 시트를 벗기고 무전기를 켰더니 웅웅 소리가 났다. 그녀는 흩어진 공구들 위에 도니의 서류철들을 내려놓았다.

도니가 했던 말이 되살아났다. 그들은, 그러니까 그와 샬럿 두 사람은 영원히 살지 못할 거라고 했다. 수면 장치 밖에서 그들이 벌인 일의 결과를 볼 만큼 오래 살지는 못하리라고 말했었다. 그래서 최선의 행동이 무엇인지를 알기가 어렵다고. 이 사람들, 아직 남아 있는 서른다섯 개 남짓한 사일로 사람들을 위해 무엇을 해야 할까? 아무것도 하지 않으면 그 많은 사람들이 죽는다. 샬럿은 오빠처럼 서성이고 싶어졌다. 마이크를 들고 이제부터 하려는 일에 대해 생각했다. 이런 식으로 모르는 사람들에게 연락하다니. 하지만 그냥 듣기만 하는 것보다는 연락하는 쪽이 나았다. 그저께는 범죄가 벌어지는 동안 응답도 하지 못하고, 도움을 줄 힘도 없어 듣고 있을 수밖에 없는 비상 구조대 통신원이 된 기분이었다.

샬럿은 주파수를 17번 채널에 맞추고, 잡음이 낮게 가라앉을 때까지 볼륨과 스켈치를 조절했다. 어떻게 그런 일이 가능했는지는 몰라도, 파괴된 사일로에서 한 줌의 사람들이 살아남았다. 샬럿은 그들이 땅 위를 넘어갔다고 생각했다. 그들의 시장, 그러니까 오빠가 대화하던 줄리엣이라는 사람이 그게 가능하다는 사실을 증명한 터였다. 샬럿은 바로 이 부분이 오빠의 관심을 끌었으리라 추측했다. 도니가 작업하던 보호복으로 짐작하건대 그는 어떻게든 여기에서 탈출하는 꿈을 꾸었으리라. 이 사람들은 그 방법을 찾았을지도 모른다.

샬럿은 서류철을 열고 오빠가 발견한 내용을 쫙 늘어놓았다. 생존 가능성에 따른 사일로들의 순위가 있었다. 상원의원이 쓴 자살

협정도 있었다. 그리고 X 자 없이 모든 사일로가 담긴, 방사상으로 뻗어나가는 붉은 선들이 한 점에 모이는 지도가 있었다. 샬럿은 호출하기 전에 그런 종이들을 배열하면서 마음을 가다듬었다. 발각당하더라도 상관없었다. 그녀는 하고 싶은 말이 무엇인지 아주 잘 알았다. 그게 도니가 죽도록 말하고 싶었으나 말할 방법을 몰랐던 이야기라고도 생각했다.

"안녕하세요, 18번 사일로 분들. 그리고 17번 사일로 분들. 내 이름은 샬럿 킨입니다. 내 말 들리나요? 오버."

그녀는 기다렸다. 방송으로 이토록 대담하게 이름을 말하고 나니 아드레날린이 쏟아지고 불안이 넘실거렸다. 그녀는 방금 스스로가 숨어 있는 말벌집을 쑤셨을 가능성이 컸다. 그래도 말해야 할 진실이 있었다. 그녀는 오빠가 깨운 악몽 속에서 일어났지만, 아직 이전의 세상을, 파란 하늘과 초록 풀이 있는 세상을 기억했다. 드론으로 그 세상을 슬쩍 보기도 했다. 만약 그녀가 이 세상에 태어나서 다른 것은 하나도 모른다면, 무슨 말을 듣고 싶을까? 깨어나고 싶을까? 누군가에게 진실을 듣고 싶을까? 잠시지만 어깨의 고통이 잊혔다. 공포와 흥분이 뒤섞이면서 통증이 밀려났다.

"아주 또렷하게 잘 들린다." 누군가 남자 목소리가 대답했다. "18번의 누군가를 찾고 있나? 거긴 아무도 없을 텐데. 누구라고 했지?"

샬럿은 마이크를 눌렀다. "내 이름은 샬럿 킨입니다. 누구시죠?"

"여기는 톰 히긴스, 계획 위원회 책임자다. 우리는 75층 부보안관실에 있다. 아래에 붕괴가 있었다는 소리는 들었는데, 아래로 내려가지는 않을 것이다. 아래는 어떻게 되어가고 있나?"

"난 아래에 있지 않아요." 샬럿은 말했다. "다른 사일로에 있죠."

"다시 말하라. 누구라고? 킨이라고 했나? 인구 조사에서 본 기억이 없는 이름인데."

"그래요, 샬럿 킨입니다. 거기 시장 있나요? 줄리엣?"

"우리 사일로에 있다고? 중층부 사람인가?"

자신이 지금 하고 있는 것이 얼마나 힘든 일인지를 깨달으며 샬럿이 무슨 말을 하려고 하는데, 다른 목소리가 끼어들었다. 들어본 목소리였다.

"여기 줄리엣이다."

샬럿은 몸을 앞으로 내밀고 볼륨을 높였다. 그리고 마이크의 버튼을 눌렀다. "줄리엣, 내 이름은 샬럿 킨이에요. 전에 우리 오빠인 도니와 대화했었죠. 아니, 도널드요." 그녀는 긴장하고 있었다. 잠깐 말을 멈추고 작업복 다리에 손바닥을 닦았다. 그녀가 마이크를 놓은 사이, 아까 말하던 남자가 같은 주파수로 하는 소리를 들을 수 있었다.

"……우리 사일로가 사라졌다고 들었는데, 확인해줄 수 있나? 어디 있어?"

"난 기계부에 있어, 톰. 가능할 때 만나러 갈게. 그래, 우리 사일로는 사라졌어. 그래서 너도 거기 그대로 머물러야 해. 이제 이 사람이 뭘 원하는지 알아볼게."

"사라지다니, 그게 무슨 뜻이야? 이해가 안 가는데."

"죽었어, 톰. 모두가 죽었어. 빌어먹을 인구 조사 보고서는 찢어버려도 돼. 이제 부탁인데 물러나 있어. 아니, 혹시 주파수 바꿀 수 있나?"

샬럿은 그 남자가 뭐라고 하는지 들으려고 기다렸다. 그러다가 마지막 말은 시장이 그녀에게 한 말이었음을 깨달았다. 그녀는 다른 목소리가 겹치기 전에 서둘러 마이크의 버튼을 눌렀다.

"나는…… 어, 그래요. 난 모든 주파수로 송신할 수 있어요."

다시 한번, 계획 위원회 책임자인지 뭔지가 끼어들었다. "죽었다고 했나? 네가 한 짓이야?"

"18번 채널로." 줄리엣이 말했다.

"18번." 샬럿은 그 말을 되풀이하고, 무전기에서 질문이 터져 나오는 동안 손잡이를 돌렸다. 샬럿이 손가락을 살짝 움직이자 남자 목소리가 사라졌다.

"여기는 18번 채널의 샬럿 킨, 오버."

그녀는 기다렸다. 마치 방금 친구를 하나 끌어들이고 문을 꽉 닫은 듯한 기분이었다.

"여기는 줄리엣. 내가 당신 오빠를 안다는 게 무슨 소리지? 몇 층에 있는데?"

샬럿은 이 일이 이렇게까지 힘들다는 사실을 믿을 수가 없었다. 그녀는 심호흡을 한 번 했다. "층이 아니에요. 사일로죠. 난 1번 사일로에 있어요. 우리 오빠와 몇 번 대화를 했을 텐데요."

"1번 사일로에 있고, 도널드가 오빠라고."

"맞아요." 그리고 마침내 그 사실이 인정받은 느낌이었다. 마음이 놓였다.

"우릴 놀리려고 호출했나?" 줄리엣이 물었다. 그 목소리에 갑자기 불꽃 같은 생명력과 폭력적인 빛이 깃들었다. "너희가 무슨 짓을 했는지 알고나 있어? 너희가 얼마나 많은 사람을 죽였는지? 너희 오빠가 이런 짓을 할 수 있다고 말하긴 했지만, 난 믿지 않았어. 한 번도 안 믿었지. 그놈 거기 있나?"

"아뇨."

"그럼 그놈에게 전해. 그리고 내가 하는 말을 그놈이 믿었으면 좋겠군. 지금 난 어떻게 하면 그놈을 제일 잘 죽이고, 이런 일이 다시는 일어나지 않게 할까만 생각하고 있어. 그렇게 전해."

샬럿은 오한을 느꼈다. 이 여자는 오빠가 자기들을 파멸시켰다고 생각하고 있다. 마이크를 잡은 손바닥이 축축하게 젖었다. 그녀는 버튼을 누르다가, 잘 눌리지 않아 제대로 딸깍거릴 때까지 테이블에 내리쳤다.

"도니가 한 게 아니……. 도니는 이미 죽었을지도 몰라요." 샬럿은 눈물을 참으며 말했다.

"그거 안타깝군. 그러면 그다음 차례를 쫓아야겠어."

"아니, 내 말 좀 들어봐요. 도니는…… 이런 짓을 한 건 도니가 아니었어요. 맹세해요. 어떤 자들이 오빠를 잡아갔어요. 오빠는 당신들과 대화하면 안 되는 거였어요. 당신에게 뭔가를 말하고 싶어 했는데, 방법을 몰랐죠." 샬럿은 마이크를 놓고 제발 이 말이 전해졌기를, 이 모르는 사람이 그녀의 말을 믿기를 기도했다.

"너희 오빠는 버튼 하나만 누르면 우리 모두를 끝낼 수 있다고 경고했어. 그런데 그 버튼이 눌렸고 내 집은 박살이 났지. 내가 사랑하는 사람들은 이제 죽었어. 이전에 너희 개새끼들을 쫓을 생각이 없었다 해도 이젠 반드시 그렇게 할 거야."

"잠깐만요. 들어봐요. 우리 오빠는 곤경에 처했어요. 당신들과 이야기했다는 이유로 곤란해졌다고요. 우리 둘은…… 우리는 이 일과 상관이 없어요."

"그래, 그렇겠지. 우리가 우리에 대해 떠들기를 바라고, 알고 싶은 걸 알아낸 다음에 우리를 죽이는 거야. 다 너희들의 게임이지. 너희는 우리를 청소형에 내보내지만, 그러면서 공기를 오염시키고 있을 뿐이야. 그게 너희가 하는 짓이야. 우리가 서로를 두려워하고, 너희를 두려워하게 만들어. 그래서 우리가 누군가를 청소형에 내보내면, 우리의 증오와 공포에 세상이 오염되는 거야. 안 그래?"

"나는…… 제발, 맹세코 난 당신이 무슨 소리를 하는지 모르겠어요. 난…… 당신은 믿기 힘들겠지만, 난 바깥세상이 아주 달랐던 때를 기억해요. 바깥에서 살고 숨을 쉴 수 있었던 때를요. 그리고 난 바깥세상 일부는 다시 그렇게 될 수도 있다고 생각해요. 지금도 일부는 그런 것 같고요. 그게 오빠가 당신에게 하고 싶어 했던 이야기예요. 바깥에 희망이 있다는 말이요."

잠시 정적. 거친 숨소리. 샬럿의 팔이 다시 쑤셨다.

"희망."

샬럿은 기다렸다. 무전기가 악문 잇새로 밀어내는 성난 숨소리처럼 식식거렸다.

"내 집, 내 사람들이 죽었는데 나더러 희망을 품으라고. 너희가 담아준 희망이라면 이미 봤어. 우리 머릿속에 끌어다 넣었던 눈부신 파란 하늘, 추방된 사람들이 너희 뜻대로 청소를 하게 만드는 그 거짓말. 난 그걸 봤고, 신께 감사하게도 의심할 줄 알았지. 그건 해탈이라는 이름의 독이야. 너희는 그런 식으로 우리가 이 삶을 견뎌내게 만들지. 우리에게 낙원을 약속하는 거야, 안 그래? 하지만 너희가 우리의 지옥에 대해서는 뭘 알지?"

그 말이 맞았다. 이 줄리엣이라는 사람의 말이 옳았다. 어떻게 하면 이런 대화가 이루어질 수 있을까? 오빠는 어떻게 해냈을까? 이건 우연히 같은 언어를 쓰는 외계 종끼리 나누는 대화였다. 신과 인간 사이의 대화 같았다. 샬럿은 개미들과 소통하려고 하고 있었다. 더 넓은 세상이 아니라 땅속에 있는 꼬불꼬불한 개미굴에 대해 걱정하는 개미들. 그들이 넓은 세상을 보게 하는 건 도저히…….

그 순간 그녀는 줄리엣도 샬럿의 지옥에 대해서는 모른다는 사실을 깨달았다. 그래서 그녀는 말했다.

"우리 오빠는 죽도록 두들겨 맞았어요. 어쩌면 이미 죽었을지도 몰라요. 내 눈앞에서 벌어진 일이었어요. 그리고 이런 짓을 한 사람은 우리 둘에게 아버지 같았던 사람이었죠." 그녀는 목소리에 울음기가 스며들지 않게 하려고 애를 썼다. "난 지금 쫓기고 있어요. 그자들은 날 다시 잠재우거나 아니면 죽일 텐데, 난 두 가지 일의 차이를 모르겠어요. 그자들은 우리를 몇 년이고, 몇십 년이고 냉동해두었고 그동안 남자들은 교대로 일을 해요. 저 바깥에 있는 컴퓨터들은 게임을 하다가 언젠가 당신네 사일로 중에 어디가 자유로워질지 결정할 거예요. 나머지는 다 죽을 거고요. 하나만 빼고 모든 사일로가 죽을 거예요. 그리고 우리가 그걸 막을 방법은 없어요."

샬럿은 그렇게 말하며 순위 목록을 찾기 위해 서류철을 뒤졌지만, 눈앞이 흐려서 찾을 수가 없었다. 그녀는 대신 지도를 집었다. 줄리엣은 아무 말도 하지 않았다. 샬럿이 그쪽의 지옥에 당혹한 만큼이나 줄리엣 역시 샬럿의 지옥에 당황했을 것도 같았다. 하지만 해야 할 말이었다. 그들이 발견한 이 끔찍한 진실을 말해야만 했다. 말하니 기분이 좋았다.

"우린…… 도니와 나는 당신을 도울 방법을 알아내려고 했을 뿐이에요. 당신들 모두를요. 맹세해요. 오빠는…… 당신들에게 친밀감을 느끼고 있었어요." 샬럿은 상대방이 우는 소리를 듣지 못하게 마이크를 놓았다.

"내 사람들에게." 줄리엣이 가라앉은 목소리로 말했다.

샬럿은 고개를 끄덕였다. 심호흡했다. "당신의 사일로에."

긴 침묵이 돌아왔다. 샬럿은 소매로 얼굴을 닦았다.

"왜 내가 널 믿을 거라고 생각해? 너희 모두가 무슨 짓을 했는지는 알아? 너희가 얼마나 많은 목숨을 빼앗았는지? 수천 명이 죽었고……."

샬럿은 볼륨을 다시 줄이려고 손을 뻗었다.

"……남은 우리도 그 죽음에 합류하게 생겼어. 그런데 넌 우리를 돕고 싶다고 하는군. 대체 네가 누군데?"

줄리엣은 답을 기다렸다. 샬럿은 치직거리는 무전기를 마주 보고 마이크를 눌렀다. "수십억이에요. 수십억이 죽었어요."

반응이 없었다.

"우린 당신이 상상도 못 할 만큼 많은 사람을 죽였어요. 아예 말이 되지 않는 숫자를요. 거의 모두를 죽였어요. 아마…… 아마 수천 명 정도는…… 기억에 남지도 않을 거예요. 그래서 그 사람들이 그럴 수 있는 거예요."

"누가? 너희 오빠? 누가 이런 짓을 했는데?"

샬럿은 뺨에 새로이 흘러내린 눈물을 닦고 고개를 저었다. "아뇨. 도니는 절대로 이런 짓을 하지 않았을 거예요. 그건…… 당신에겐 그걸 표현하는 단어가, 어휘가 없을지도 모르겠네요. 예전 세상에서 책임자 자리에 있던 사람을 가리키는 말요. 그 사람이 오빠를 공격했어요. 우릴 찾아냈고." 샬럿은 지금이라도 서먼이 문을 박차고 들어와서 자신에게 똑같은 짓을 하지 않을까 싶어 문을 쳐다보았다. 그녀가 벌집을 쑤신 건 분명했다. "그 남자가 세상을 죽였고, 당신네 사람들도 죽였어요. 이름은 서먼이라고 해요. 그러니까…… 시장 비슷한 거예요."

"너희 시장이 내 세상을 죽였다고? 네 오빠는 아니고, 다른 남자가. 그 남자가 지금 내가 서 있는 이 세상도 죽였나? 여기는 죽은 지 수십 년이 지났어. 여기도 그자가 죽였어?"

샬럿은 이 여자가 사일로 하나를 하나의 세상이라고 생각한다는 사실을 깨달았다. 언젠가 어떤 이라크 소녀에게 다른 마을로

가는 길을 물어보았던 일이 기억났다. 다른 언어로 다른 세상에 대해 나눈 대화였건만, 그 대화가 지금보다 단순했었다.

"우리 오빠를 데려간 남자가 더 큰 세상도 죽였어요, 맞아요."
샬럿은 서류철에 든 메모를, '협정'이라고 붙어 있는 쪽지를 보았다. 어떻게 설명하지?

"사일로들 바깥에 있는 세상 말이야? 땅 위에 식물이 자라고, 사일로에는 사람이 아니라 씨앗이 들어 있는 세상?"

샬럿은 참고 있던 숨을 내쉬었다. 오빠가 의도했던 것보다 많이 설명했던 모양이다.

"맞아요. 그 세상."

"그 세상은 죽은 지 수천 년이 됐어."

"수백 년이에요." 샬럿은 말했다. "그리고 우리는…… 우리는 오랫동안 살고 있어요. 난…… 난 예전에 그 세상에 살았어요. 망가지기 전의 세상을 봤죠. 여기, 이 사일로 사람들이 바로 그런 짓을 한 사람들이에요. 정말이에요."

침묵이 돌아왔다. 그건 폭탄이 떨어진 후에 공기를 빨아들이는 진공이었다. 분명하게 인정해버렸다. 샬럿이 인정해버렸다. 이것이 오빠가 늘 하고 싶어 했던 말이라고 생각했다. 이 사람들에게 그들이 무슨 짓을 했는지 인정하는 것. 과녁을 그리고, 응징하라고 초대하는 것. 그들이 당해 마땅한 응징을 해달라고.

"그 말이 사실이라면 너희들 모두 죽었으면 좋겠네. 내 말 알아듣겠어? 우리가 어떻게 사는지 알아? 바깥세상이 어떤지 아느냐고. 보기는 했어?"

"봤어요."

"네 눈으로 직접? 나는 봤거든."

샬럿은 숨을 깊이 들이마셨다. "아니요." 그리고 인정했다. "내 눈으로 직접 보진 못했죠. 카메라로 봤어요. 하지만 난 누구보다 멀리까지 봤고, 저 바깥은 더 낫다고 말할 수 있어요. 우리가 세상을 오염시키고 있다는 말은 맞겠지만, 난 그 범위가 제한되어 있다고 생각해요. 우리를 둘러싼 거대한 구름층이 있는 것 같아요. 이 구름층을 벗어나면 파란 하늘과 살아남을 기회가 있어요. 내 말을 믿어야 해요. 당신들을 놓아주고 이 일을 바로잡을 수만 있다면, 내가 도울 수 있다면 당장 하겠어요."

"어떻게?"

"나는…… 내가 누군가를 도울 위치에 있는 것 같진 않아요. 할 수만 있다면 하겠다는 것뿐이에요. 그쪽이 곤란하다는 건 알지만, 이쪽의 나도 썩 좋은 상황은 아니거든요. 그자들이 날 찾아내면 아마 죽일 거예요. 아니면 그 비슷한 짓을 하겠죠. 내가……." 그녀는 벤치에 놓인 드라이버를 건드렸다. "……아주 나쁜 짓을 했거든요."

"이 일은 내가 초래한 일이니까, 여기 사람들도 내가 죽기를 원할 거야." 줄리엣은 말했다. "날 청소형에 내보낼 테고, 이번에는 나도 돌아오지 않을 거야. 그러니 우리에게 공통점이 있긴 하군."

샬럿은 소리 내어 웃으면서 뺨을 닦았다. "정말 미안해요. 당신이 겪은 일들, 미안해요. 당신들 모두에게 우리가 이런 짓을 해서 미안해요."

침묵이 돌아왔다.

"고마워. 네 말을 믿고 싶어. 너와 네 오빠가 이런 짓을 한 사람이 아니라고 믿고 싶다고. 나와 가장 가까웠던 사람이…… 너희 오빠가 우리를 도우려 한다고 믿고 싶어 했기 때문이야. 그러니까 내가 거기 도착했을 때 네가 가로막진 않길 빈다. 이제 네가 말한 나쁜 짓 말인데, 나쁜 사람들에게 한 짓이야?"

샬럿은 허리를 똑바로 세워 앉았다. "그래요." 그녀는 속삭였다.

"잘됐군. 그게 시작이지. 이제 저 바깥세상에 대해 말해줄게. 난 이제껏 사랑한 남자가 두 명 있는데, 둘 다 나에게 세상은 좋은 곳이고, 우리가 더 좋은 곳으로 만들 수 있다고 믿게 만들려고 했어. 난 굴착기들에 대해 알아내고, 여기까지 터널을 파는 꿈을 꿨을 때 이게 그 방법이라고 생각했어. 하지만 덕분에 상황이 나빠지기만 했지. 그리고 가슴이 터지도록 희망을 꿈꾼 그 두 남자는 어떻게 됐는지 알아? 둘 다 죽었어. 그게 내가 사는 세상이야."

"굴착기요?" 샬럿은 무슨 말인지 이해해보려고 했다. "당신은 에어록을 통해서 다른 사일로까지 갔잖아요. 언덕을 넘어서요."

줄리엣은 처음에 대답하지 않다가, 뒤늦게 말했다. "내가 너무 많이 말했군. 가봐야겠어."

"아니, 기다려요. 이해하게 도와줘요. 사일로에서 사일로로 터널을 팠어요?" 샬럿은 몸을 앞으로 기울이고 다시 종이를 흩다가 지도를 잡았다. 여기에 새로운 규칙이나 정보가 들어오기 전까지는 이해할 수가 없었던 퍼즐이 하나 있었다. 그녀는 손가락으로 사일로 너머로 뻗어나간 붉은 선 하나를 따라가서 '씨앗'이라고 붙어 있는 지점을 찾았다.

"이건 중요한 일 같은데요." 샬럿은 솟구치는 흥분을 느꼈다. 게임이 어떻게 펼쳐질 예정이었는지, 200년 후에는 이 일이 어떻게 될 예정이었는지가 보였다. "내가 이 말을 할 때 당신이 믿어야 하는데, 난 구세계에서 왔어요. 정말이에요. 난 당신 말대로…… 작물이 땅 위를 뒤덮은 모습을 봤어요. 그리고 바깥세상이 망가져 보이지만, 영원히 그렇게 이어지는 것 같진 않아요. 잠깐 봤지만요. 또, 당신이 굴착기라고 부르는 그 기계들요. 그게 무엇을 위한 건지 알 것 같아요. 들어봐요. 여기에 우리 오빠가 중요하다고 생각했던 지도가 한 장 있어요. 이 지도에 보면 여기저기에서 선이 '씨앗'이라고 적힌 장소로 이어져요."

"씨앗." 줄리엣은 말했다.

"맞아요. 이 선들이 생긴 게 꼭 비행경로 같아서, 도무지 이해가 가질 않았거든요. 하지만 난 이 선들이 더 나은 곳으로 이어진다고 생각해요. 당신이 찾아낸 굴착기는 사일로 사이를 오가라고 놓아둔 게 아닐 거예요. 아마……."

등 뒤에서 소리가 들렸다. 샬럿은 몇 시간, 아니 며칠 동안 예상했던 일인데도 그게 무슨 소리인지 바로 이해하지 못했다. 그들이 쫓고 있다는 두려움에 사로잡혔고, 그들이 쫓고 있다는 사실을 아주 잘 알면서도 혼자 있는 데 너무 익숙해져 있었다.

"아마 뭐?" 줄리엣이 물었다.

몸을 돌린 샬럿은 활짝 열린 드론 조종실 문을 보았다. 그녀의 오빠를 잡아간 사람들과 비슷한 옷을 입은 남자 하나가 복도에 서 있었다. 꼼짝 말라고, 두 손을 들라고 외치면서 혼자 다가왔다. 그녀에게 총을 겨누고 있었다.

무전기에서 줄리엣의 목소리가 새어 나왔다. 샬럿에게 계속 말하라고, 그 굴착기들이 무엇을 위한 건지 말하라고, 대답하라고 했다. 하지만 샬럿은 남자가 시키는 대로 한 손을 머리 위로 들고, 나머지 한 손은 통증 속에서 최대한 높이 드느라 바빴다. 그리고 그녀는 이제 모든 것이 끝났음을 알았다.

47

17번 사일로

발전기가 우르릉거리며 살아났다. 거대한 굴착기 배 속 깊은 곳이 덜컹거리더니, 17번 사일로 펌프실과 발전실과 중앙 복도까지 깜박깜박 불빛이 들어왔다. 지친 기계공들이 함성과 갈채를 올렸고, 줄리엣은 이런 작은 승리들이 얼마나 중요한지 깨달았다. 어두운 물만 가득했던 곳을 불빛이 밝혔다.

그녀에게는 호흡 한 번 한 번이 다 작은 승리였다. 루카스의 죽음이 가슴에 무겁게 얹혀 있었고, 피터와 마샤와 넬슨을 잃은 것도 그랬다. IT부에서 그녀가 알고 용서하게 된 모두가 죽었다. 구내식당 직원들도. 사실상 공급부 위쪽에 있던 사람 모두, 여기로 도망치지 못한 사람 모두가 죽었다. 모두가 그녀의 가슴에 무겁게 얹혀 있었다. 그녀는 다시 숨을 깊이 들이마시면서, 아직 숨을 쉴 수 있다는 사실 자체에 놀랐다.

코트니가 셜리의 빈자리를 채우고, 기계공들을 지휘했다. 코트니와 그녀의 팀이 조명과 전선을 잇고 펌프를 설치하고 자동화했다. 줄리엣은 유령처럼 돌아다녔다. 그녀를 유령으로 여기지 않는 사람은 몇 없는 것 같았다. 아버지와 그녀의 제일 친한 친구 몇 명만이 여전히 의리를 지켰다.

워커는 굴착기 안쪽에 있었다. 답답하게 폐쇄된 데다가 믿을 수 있는 동력도 있다는 점 때문에 이곳을 집처럼 느끼는 모양이었다. 그는 줄리엣의 무전기를 살펴보더니 작동은 되는데 배터리가 나갔다고 했다. "몇 시간이면 충전기를 급조할 수 있어." 그는 사과하듯 말했다.

줄리엣은 흙과 돌덩이를 다 쓸어내고 지금은 워커와 굴착팀 양쪽의 작업대로 쓰이고 있는 컨베이어 벨트를 살폈다. 워커는 코트니를 위해 몇 가지 프로젝트를 진행 중이었다. 새로 감아야 하는 펌프들과 분해해놓은 광산용 기폭장치 같은 물건이 있었다. 줄리엣은 고맙다고 하면서도 곧 위쪽으로 올라갈 거라고 말했다. 34층의 IT부 외에도 부보안관실에는 충전기가 있었다.

컨베이어 벨트 저편에서는 굴착팀 사람들이 도면 하나를 연구하고 있었다. 줄리엣은 워커의 자리에서 무전기와 손전등을 챙겨 들고, 워커의 등을 두드려준 다음 그쪽에 합류했다.

나이 많은 광산 감독 에릭이 컴퍼스를 하나 들고 도면에 거리를 표시하고 있었다. 줄리엣은 더 제대로 보려고 사람들 사이를 비집고 들어갔다. 몇 주 전에 그녀가 IT부에서 들고 내려온 사일로 도면이었다. 격자형으로 원이 그려져 있고, 몇 개에는 X 자가 표시

되어 있었다. 두 사일로 사이에 들어간 표시들이 굴착기가 온 경로를 나타냈다. 그 도면은 채굴팀이 계획을 세우기 위해 쓰고 있었고, 줄리엣이 어느 방향으로 걸었고 얼마나 멀리 움직였는지를 최선을 다해 추측해서 계획을 보충했다.

"2주면 16번까지 갈 수 있어." 에릭의 계산이었다.

보비가 끙 소리를 냈다. "에이. 여기까지 오는 데도 그것보단 더 걸렸는데."

"여기에서 나가고 싶다는 생각이 너를 더 자극해줄 거야." 에릭이 말했다.

누군가가 웃음을 터뜨렸다.

"저쪽이 안전하지 않다면 어쩌지?" 피츠가 물었다.

"아마 안전하지 않을 거예요." 줄리엣이 말했다.

그을음 묻은 얼굴들이 돌아보며 줄리엣을 아는 척했다.

"이 안에 네 친구가 전부 다 있어?" 피츠가 물었다. 사실상 비웃는 말이었다. 줄리엣은 사람들 사이의 긴장감을 느낄 수 있었다. 이 사람들 대부분은 가족을 데려왔다. 사랑하는 사람들, 아이들, 형제자매와 함께. 하지만 모두가 그런 것은 아니었다.

줄리엣은 보비와 하일라 사이로 비집고 들어가서 지도에 있는 원 하나를 두드렸다. "여기에 친구들이 있어요."

머리 위 줄에 달린 전구가 흔들거리면서, 지도 위 그림자가 술에 취한 듯 비틀거렸다. 에릭은 줄리엣이 가리킨 원에 붙은 라벨을 읽었다. "1번 사일로." 그는 1번의 위치에서부터 현재 그들이 있는 곳까지 세 줄로 늘어선 사일로들을 따라갔다.

"훨씬 오래 걸리겠는데."

"괜찮아요. 나 혼자 갈 거니까."

지도를 보던 눈들이 줄리엣에게 향했다. 들리는 소리라고는 굴착기 반대편에서 돌아가는 발전기의 우르릉 소리뿐이었다.

"난 지상을 통해 갈 거야. 그리고 여기에도 폭약이란 폭약은 전부 다 필요하겠지만, 굴을 파고 남은 폭약이 몇 통 있는 걸 봤어. 이 사일로 위에 구멍 하나 뚫을 수 있을 만큼만 가져가면 좋겠어."

"뭔 소릴 하는 거야?" 보비가 물었다.

줄리엣은 지도 위로 몸을 굽히고 손가락으로 경로를 따라갔다.

"난 개조한 보호복을 입고 지상으로 갈 거야. 최대한 많은 폭약을 묶고 이 사일로 문까지 간 다음에, 저 망할 새끼들을 수프 깡통처럼 따버릴 거야."

피츠가 이 없는 잇몸을 드러내며 웃었다. "거기 있다는 친구들이 어떤 부류야?"

"죽은 친구들요." 줄리엣이 말했다. "저기 살면서 우리에게 이런 짓을 한 놈들. 바깥세상을 살 수 없는 곳으로 만든 놈들이기도 하죠. 그놈들도 우리와 같은 세상에서 살 때가 됐다고 봐요."

잠시 동안 아무도 말을 하지 않았다. 그러다 보비가 물었다. "에어록 문이 얼마나 두껍지? 넌 봤잖아."

"10센티미터 정도."

에릭이 수염을 긁었다. 줄리엣은 테이블 주위를 둘러싼 사람 중 절반 정도가 모종의 계산을 하고 있다는 사실을 깨달았다. 아무도 줄리엣을 말리려 하지 않았다.

"스무 개에서 서른 개는 필요하겠네요." 누군가가 말했다.

줄리엣이 그 목소리의 주인을 찾아보니 모르는 얼굴의 남자였다. 아마 내려오는 데 성공한 중층부 사람이리라. 하지만 기계부 작업복을 입고 있었다.

"댁들이 계단 밑에 3센티미터 두께의 철판을 용접해놨었잖아요. 우린 그걸 뚫느라 막대 폭약 여덟 개를 썼어요. 그 양의 서너 배는 챙겨야 할 겁니다."

"전근한 사람?" 줄리엣이 물었다.

"맞습니다, 시장님." 남자는 고개를 끄덕였다. 그리고 때 묻은 얼굴 사이로 짧게 깎은 머리와 밝은 미소를 본 줄리엣은 상층부 사람의 특징을 알아볼 것 같았다. 기계부 교대 상황을 개선하느라 IT부에서 내려보낸 사람 중 하나였다. 줄리엣의 친구들이 폭동 기간에 세웠던 장벽을 폭파해서 날려버렸던 사람. 그 남자는 자기가 무슨 말을 하는지 알고 있었다.

줄리엣은 다른 사람들을 보았다. "난 떠나기 전에 근처 사일로 몇 군데에 연락해서, 혹시 여기 사람들을 받아줄 수 있는 곳이 있을지 알아볼 거예요. 하지만 경고해둬야겠는데, 사일로의 책임자들은 모두 그자들을 위해 일해요. 벽을 뚫고 들어갔을 때 우리에게 밥을 주기보다는 우리를 죽일 가능성이 크다는 뜻이죠. 여기에 건질 게 뭐가 있는지는 몰라도, 어쩌면 여기에 머무는 게 나을 수도 있어요. 모르는 사람 몇백 명이 우리 집 벽을 뚫고 들어와서 재워달라고 한다면 우리는 무슨 생각을 했을지 상상해봐요."

"우리라면 들여보냈을걸." 보비가 말했다.

피츠가 코웃음을 쳤다. "자네야 말하기 쉽지. 애가 둘 있잖아. 티켓을 뽑아야 하는 우리는 어떻겠어?"

이번에는 여러 명이 동시에 입을 열었다. 에릭은 컨베이어 벨트를 내리쳐서 모두를 조용히 시켰다. "그만, 됐어." 그는 모인 사람들을 노려보았다. "줄리엣 말이 옳아. 우선 우리가 어디로 가는지 알아야 해. 그러면서 굴착기 가동 준비에 들어가도 되겠지. 여기 광산 안에 있는 버팀대란 버팀대는 다 필요할 텐데, 그러자면 퍼내야 할 물도 많고 탐사할 것도 많아."

"이걸 어떻게 방향을 설정해야 하지?" 보비가 물었다. "여기까지 조종하는 것도 보통 힘든 일이 아니었어. 이런 물건들은 방향 전환을 좋아하지 않아."

에릭은 고개를 끄덕였다. "그 생각은 이미 했어. 굴착기 주변을 파내고 제자리에서 한 바퀴 돌 정도의 공간을 만들 거야. 코트니가 한 번에 한 세트의 궤도를 달리는 건 가능하다더라. 앞으로 조금 갔다가, 뒤로 조금 갔다가 하면서. 그러니까 가로막는 흙이 없으면 조금씩 돌아갈 거야."

래프가 줄리엣 옆에 나타났다. 토론이 이루어지는 동안에는 뒤쪽에 있다가, 토론이 끝나자 다가와 말했다. "난 너와 같이 갈 거야."

줄리엣은 그게 질문이 아님을 깨닫고 고개를 끄덕였다.

에릭이 다음에 해야 할 일을 다 설명하자, 다들 일을 하러 흩어지려고 했다. 줄리엣은 에릭을 불러서 무전기를 보여줬다. "난 떠나기 전에 코트니와 아빠를 보러 갈 거고, 농장으로 간 친구들도 몇 명 있어. 다른 무전기를 찾는 대로 이 무전기는 사람을 시켜서 내려보낼게. 그리고 충전기도. 혹시 받아주겠다는 사일로와 접촉하면 알려줄게."

에릭은 고개를 끄덕였다. 그는 뭔가를 말하려다가, 아직 주위를 돌아다니고 있는 사람들을 훑어보더니 줄리엣에게 옆으로 오라고 손짓했다. 줄리엣은 무전기를 래프에게 넘기고 따라갔다.

에릭은 몇 걸음 떨어진 곳에서 주위를 둘러보더니, 더 오라고 손짓했다. 그리고 더. 아예 마지막 전구가 흔들흔들 깜박이고 있는 컨베이어 벨트 맨 끝까지 갔다.

"몇 사람이 하는 소리를 들었어." 에릭이 말했다. "그냥, 다 쥐똥 같은 소리라는 걸 네가 알았으면 좋겠다. 알았지?"

줄리엣은 당혹스러워서 얼굴을 찡그렸다. 에릭은 숨을 깊이 들이마시더니 멀찍이 떨어진 노동자들을 보았다. "이 사태가 벌어졌을 때 내 아내는 120층대에서 일하고 있었다. 주위에 있던 모두가 위로 뛰어 올라갔고, 아내도 같이 가고 싶은 충동을 느끼면서도 곧장 애들이 있는 아래로 내려왔지. 그 층에서 살아남은 건 아내뿐이야. 여기까지 오기 위해 지옥 같은 군중과 싸워야 했어. 사람들이 미친 것처럼 굴고 있었고."

줄리엣은 그의 팔을 꽉 잡았다. "부인이 무사해서 다행이야." 그녀는 머리 위에 대롱거리는 불빛이 에릭의 눈동자를 비추는 것을 보았다.

"빌어먹을, 줄리엣. 내가 하는 말 잘 들어. 오늘 아침에 난 녹슨 철판 위에서 깨어났고, 목은 평생 아플 것처럼 쥐가 났고, 망할 놈의 애들 둘은 매트리스처럼 날 깔고 자고 있었던 데다가, 엉덩이는 추워서 감각이 마비됐는데…….” 줄리엣은 소리 내어 웃었다. “……하지만 레슬리가 거기 누워서 날 보고 있었어. 한참을 보고 있었던 것 같아. 그리고 아내는 이 녹슨 지옥 구덩이를 쭉 둘러보더니, 여기 올 수 있어서 신께 감사하다고 했어.”

줄리엣은 고개를 돌리고 눈을 문질렀다. 에릭은 그녀의 팔을 잡고 돌려세웠다. 그런 식으로 빠져나가게 두려 하지 않았다.

“아내는 이 굴착을 싫어했어. 싫어했다고. 내가 두 번째 교대조를 떠맡은 것도 싫어했고, 네가 시킨 대로 터널에 지지대를 끌어넣느라 불평했기 때문에 그것도 싫어했어. 우리가 6번 갱에 한 짓도 싫어했어. 내가 싫어했기 때문에 아내도 싫어했지. 알아들어?”

줄리엣은 고개를 끄덕였다.

“나도 지금 우리가 어떤 상황인지 알아. 다음 굴착을 통해 어딘가로 갈 수 있을 거라는 생각도 안 해. 하지만 때가 올 때까지 할 일은 생기겠지. 그때까지 난 내가 사랑하는 여자 옆에서 쑤시는 몸으로 깨어날 거고, 운이 좋다면 다음 날 아침에도 그럴 거야. 그리고 하루하루가 선물이야. 여긴 지옥이 아니야. 지옥 이전에 있을 곳이지. 그리고 네가 우리에게 그걸 줬어.”

줄리엣은 뺨에 흘러내린 눈물을 닦았다. 마음 한구석으로는 에릭 앞에서 우는 게 싫었다. 그리고 또 마음 한구석으로는 에릭을 끌어안고 엉엉 울고 싶었다. 그 순간에는 도저히 가능하다고 생각할 수 없을 정도로 강렬하게 루카스가 보고 싶었다.

“네가 무슨 헛고생을 하려는지는 몰라도, 필요하다면 내 물건은 뭐든 가져가. 내가 맨손으로 굴을 파야 하는 한이 있어도, 그렇게 해. 그 개새끼들을 잡아. 내가 도착했을 때는 이미 지옥에 살고 있을 그놈들을 보고 싶다."

48

줄리엣의 아버지는 물건이 다 사라진 녹슨 창고에 임시변통으로 치료소를 차려놓고 있었다. 임신 9개월 차인 2조의 전기공 레일리가 침낭에 누워 있고, 그 남편이 옆에 있었으며, 둘 다 레일리의 배에 손을 올린 채였다. 줄리엣은 두 사람을 알아보고 그들의 아이가 다른 사일로에서 태어날 첫 아이가 될 거라는 사실을 깨달았다. 어쩌면 유일할 수도 있고. 그 아이는 부모가 살고 일하던 반짝이는 기계부를 영영 모를 테고, 시장에 올라가서 음악을 듣거나 연극을 보지도 못할 것이며, 아마도 제대로 작동하는 벽 스크린을 보면서 바깥 세계를 알 일도 없을 것이다. 그리고 만약 여자아이라면 해나처럼, 그러지 말라고 말해줄 사람 하나 없이 혼자서 아이를 낳을 위험에 직면하게 될 것이다.

"떠나니?" 줄리엣의 아버지가 물었다.

그녀는 고개를 끄덕였다. "그냥 작별 인사 하러 들렀어요."

"다시는 못 볼 것처럼 말하는구나. 일단 여기 상황을 정리하면 나도 애들을 확인하러 올라갈 거다. 새로 도착할 친구를 맞이하고 나면." 그는 레일리와 그 남편을 보고 미소 지었다.

"일단 지금은 작별 인사를 할게요." 줄리엣은 말했다. 다른 동료들에게는 그녀의 계획을 아무에게도 말하지 말라고 못을 박아 두었다. 특히 코트니와 아버지에게는 말해선 안 된다고. 그리고 그녀는 아버지를 마지막으로 한 번 꽉 끌어안으면서, 이 포옹으로 그녀가 하려는 일이 드러나지 않도록 조심했다.

"그리고 이것만 알아주세요." 그녀는 포옹을 풀면서 말했다. "그 아이들은 제가 직접 낳을 아이들에 제일 가까운 존재예요. 그러니까 언제든 제가 거기서 애들을 돌보지 못할 때는, 아버지가 솔로에게 손을 빌려주시면 좋겠네요……. 가끔은 솔로도 그냥 제일 큰 애 같거든요."

"그러마. 나도 알고 있다. 그리고 마커스에 대해서는 미안하다. 내 탓이야."

"그러지 말아요, 아빠. 제발 그러지 말아요. 그냥…… 그냥 제가 너무 바쁠 때는 애들을 돌봐줘요. 제가 멍청한 프로젝트에 얼마나 푹 빠질 수 있는지 알죠."

아버지는 고개를 끄덕였다.

"사랑해요." 줄리엣은 말했고, 다짐을 저버리고 계획을 더 드러내기 전에 떠나려고 몸을 돌렸다. 복도에 나가보니 래프가 무거운 가방을 어깨에 메고 있었다. 줄리엣도 다른 가방을 잡았다. 두 사람은 불이 들어오는 구간을 지나서 거의 캄캄한 곳으로 걸어갔지만, 손전등은 켜지 않았다. 워낙 익숙한 복도였고, 눈이 곧 적응할 터였다.

그들은 아무도 없는 보안문을 통과했다. 줄리엣은 호흡용 호스가 접혀서 되돌아가는 곳을 보고는, 이 지점을 헤엄쳐서 지나갔던 일을 기억해냈다. 앞쪽에서는 계단이 꿋꿋하게 유지되는 비상등의 흐릿한 초록색 불빛을 받아 빛났고, 줄리엣과 래프는 길고 힘든 계단 오르기를 시작했다. 줄리엣의 머릿속에는 가는 길에 누구를 만나고 무엇을 챙겨야 하는지 목록이 들어 있었다. 아이들은 예전 집이었던 하층부 농장에 있을 것이다. 솔로도 그곳에 있겠지. 그녀는 그들이 보고 싶었고, 그다음에는 더 올라가 부보안관실에서 충전기와 가능하다면 다른 무전기를 챙기려 했다. 운이 좋아 빠르게 올라갈 수 있다면, 그날 밤늦게는 예전에 집으로 삼았던 보호복 연구실에 도착해서 마지막 보호복을 조립하고 있을 것이다.

"워커가 준 기폭장치 잊지 않고 챙겼어?" 줄리엣은 뭔가를 잊은 듯한 기분에 물었다.

"응. 그리고 네가 원했던 배터리도. 또 우리 물통도 채웠지. 준비 잘됐어."

"그냥 확인해봤어."

"보호복 개조 작업은 어때?" 래프가 물었다. "저 위에 필요한 건 다 있는 거 맞아? 그런데 보호복이 몇 벌이나 남아 있어?"

"충분하고도 남아." 줄리엣은 말했다. 그 자리에서 두 벌은 너무 많다고도 말하고 싶었다. 분명히 래프는 끝까지 그녀와 같이 갈 생각일 터였다. 그녀는 그 문제를 두고 싸울 것에 대비해서 마음을 굳게 다졌다.

"그래, 하지만 몇 벌이나 있는데? 그냥 궁금해서 그래. 예전엔 아무도 그런 문제에 대해 말할 수 없었잖아……."

줄리엣은 34층과 35층 사이에 있을 창고를, 영원히 이어질 것 같은 바닥 아래 벙커를 생각했다. "200……, 어쩌면 300벌. 내가 셀 수 있는 것보다 많아. 난 몇 벌밖에 개조하지 않았어."

래프가 휘파람을 불었다. "그 정도면 몇백 년은 청소할 수 있겠는데? 1년에 한 명씩만 내보낸다고 치면 말이야."

줄리엣은 그 말대로라고 생각했다. 그리고 바깥 공기가 어떻게 오염되는지 알게 된 지금은 아마 그게 원래 계획이었으리라 짐작했다. 꾸준히 추방자를 내보내는 것. 청소가 아니라, 정확히 그 반대 일을 위해서였다. 세상을 더럽히기 위해서.

"어이, 공급부에 있었던 지나 기억해?"

줄리엣은 고개를 끄덕였고, 과거형이라는 점이 사무쳤다. 공급부에서 탈출한 사람이 꽤 있었지만, 지나는 아니었다.

"우리가 서로 만나고 있었다는 거 알아?"

줄리엣은 고개를 저었다. "몰랐어. 유감이야, 래프."

"그래."

그들은 계단을 한 굽이 돌았다.

"지나가 한번은 예비용 물품들을 분석했어. 공급부에 뭐가 어디에 있는지, 얼마나 많이 있는지, 오직 그런 걸 기록하기 위한 컴퓨터가 있었던 거 알지? 음, IT부에서 서버용 칩을 펑, 펑, 펑 하고 몇 개나 태워먹은 적이 있었어. 고장이 한꺼번에 줄지어 일어날 때 한 주 만에……."

"그때라면 나도 기억나." 줄리엣이 말했다.

"음, 지나는 칩이 다 떨어지려면 얼마나 걸리나 궁금해했지. 그건 공급부에서 더 만들 수 없는 부품이었거든, 알지? 복잡한 물건. 그래서 지나는 평균 고장률과 보관된 칩 수를 보았고, 248년은 가겠다는 결과가 나왔어."

줄리엣은 래프가 계속 말하기를 기다리다가 물었다. "그 숫자에 무슨 의미가 있어?"

"처음엔 아니었지. 하지만 그 숫자는 지나의 호기심을 끌었어. 몇 달 전에도, 역시나 호기심 때문에 비슷한 계산을 했었는데 비슷한 숫자가 나왔거든. 몇 주 후에는 사무실 전구가 나갔어. 전구 하나만. 지나가 무슨 일을 하고 있는데 전구가 깜박거리다가 꺼졌고, 그래서 지나는 또 생각했지. 공급부에 있는 전구 창고 본 적 있지?"

"실은 본 적이 없어."

"흠, 그 창고가 아주 크거든. 지나가 한번 날 데리고 갔었는데, 거기서……."

래프는 몇 계단을 가는 동안 말이 없었다.

"흠, 아무튼 그 창고는 반쯤 비어 있었어. 그래서 지나는 사일로 전체에 쓰이는 단순한 전구 숫자를 돌려봤고, 250년 치의 공급량이 있다는 결과를 얻었지."

"거의 같은 숫자네."

"맞아. 그래서 지나도 이젠 정말로 호기심을 느꼈지. 이게 지나의 정말 좋은 점이었는데……. 아무튼 그래서 남는 시간에 연료전지, 피임 임플란트, 타이머 칩 같은 돈 많이 드는 품목들을 다 계산해본 거야. 그리고 전부 다 250년쯤이 나왔어. 그래서 지나는 우리에게 그 정도 시간이 남아 있다고 생각했지."

"250년이라." 줄리엣은 말했다. "지나가 얘기해준 거야?"

"그래. 술을 마시면서 나와 몇 사람에게 말했지. 그때 지나는 꽤 취해 있었어. 그리고 내 기억에……." 래프는 소리 내어 웃었다. "조니가 지나는 맞힌 것만 기억하고 놓친 것은 잊어버린다면서, 자기는 놓치기 전에 자기 부인에게나 가봐야겠다고 말했던 게 기억나네. 그리고 지나의 공급부 친구 하나가 자기 할머니 시절부터 이런 소리는 늘 나왔다고, 언제나 종말에 관한 이야기는 있었을 거라고 했어. 하지만 지나는 모두가 이런 생각을 하지 않는 건 아직 시간이 일러서일 뿐이라고 했어. 200년쯤 기다려보라고, 그러면 사람들이 마지막 남은 물건들을 가지러 텅 빈 창고에 내려올 테고, 그때는 분명해질 거라고 했지."

"지나가 여기 없어서 정말 안타깝다." 줄리엣이 말했다.

"나도 그래." 그들은 몇 계단을 더 올라갔다. "하지만 내가 그 일을 떠올린 건 그래서가 아니야. 보호복이 몇백 벌이 있다고 했지. 그것도 같은 숫자 아니야?"

"그냥 추측이었어. 난 거기 몇 번밖에 내려가보지 않았어." 줄리엣은 말했다.

"하지만 얼추 비슷하지. 시계가 째깍째깍 가는 것 같지 않아? 신들이 물건을 얼마나 저장할지 알고 있었거나, 아니면 특정 날짜 이후에는 우리에 대한 계획을 갖고 있지 않은 것처럼. 그런 기분 안 들어? 어쨌든, 내가 보기엔 그래."

줄리엣은 고개를 돌려 알비노 친구를 찬찬히 보았다. 녹색 비상등 불빛을 받으니 친구의 피부가 으스스하게 빛을 발했다. "그럴지도 모르지." 줄리엣은 말했다. "지나가 뭔가를 발견했던 건지도 몰라."

래프는 코웃음을 쳤다. "그래, 하지만 알 게 뭐야. 그 전에 우린 다 죽은 지 오래일 텐데."

그렇게 말하고 웃는 래프의 목소리가 계단 위아래로 메아리쳤지만, 그 안에 담긴 정서 때문에 줄리엣은 슬퍼졌다. 그 날짜가 오기 전에 그녀가 아는 사람은 다 죽을 터였다. 하지만 그 사실을 알고 나니 끔찍하고 소름 끼치는 진실을 소화하기가 더 수월해졌다. 그들의 시간은 정해져 있으며, 무언가를 구하겠다는 생각은 어리석었다. 생명은 특히 더 그랬다. 인류 역사에서는 어떤 생명도 진정으로 구원받은 적이 없었다. 그저 연장될 뿐이었다. 모든 것에 끝이 있었다.

49

농장은 어두웠고, 머리 위 조명은 멀리서 딸깍거리는 타이머에 맞춰 잠들어 있었다. 무성한 잎으로 뒤덮인 긴 복도 저편에서는 재배지 소유권을 주장하고, 또 그 주장을 순식간에 반박하는 목소리들이 흘러나왔다. 누구의 소유도 아니었던 것들이 소유물이 되었다. 덕분에 해나는 힘들었던 시절이 떠올랐다. 그녀는 아이를 가슴팍에 꼭 끌어안고 릭슨에게 가까이 붙었다. 어린 마일스가 꺼져가는 손전등을 들고 앞장을 섰다. 손전등이 어두워질 때마다 손바닥으로 때리면 어찌어찌 다시 빛이 살아났다. 해나는 계단 쪽을 흘긋 돌아보았다. “솔로는 왜 이렇게 오래 걸리지?”

해나의 질문에 아무도 대답하지 않았다. 솔로는 엘리스를 찾으러 갔다. 엘리스가 엉뚱한 것에 홀려서 사라지는 일은 흔했지만, 지금은 사방에 사람들이 있으니 이전과 달랐다. 해나는 걱정스러웠다. 품에 안긴 아이가 울었다. 아이는 배고프면 울었고, 그래도 됐다. 해나도 배가 고팠지만, 스스로는 불평을 단속했다. 아이를 추스르고, 작업복 한쪽 끈을 풀고, 아기에게 젖을 물렸다. 두 사람 몫을 먹어야 했기 때문에 굶주림이 더 심했다. 그리고 예전에는 걸으면 작물이 팔을 쓸던 복도에, 그래서 굶어 죽을 걱정은 할 필요가 없었던 곳에 지금은 놀랄 만큼 텅 빈 밭들만 남았다. 황폐해진 데다가, 누군가의 소유가 되어서.

줄기와 잎이 종이처럼 바스락거리고, 난간을 넘어간 릭슨은 둘째 줄과 셋째 줄까지 탐색했다. 마구잡이로 자라 다른 작물이 있는 곳까지 퍼져서 덩굴손으로 형제들의 줄기를 휘감은 토마토나 오이, 아니면 베리 종류를 찾기 위해서였다. 그는 시끄러운 소리를 내며 돌아와서 해나의 손에 뭔가를 쥐여줬는데, 바닥에 너무 오래 놓여 있던 탓에 물러진 부분이 있는 작은 열매였다. "여기." 릭슨은 그렇게 말하고 다시 먹을 것을 찾으러 돌아갔다.

"저 사람들은 왜 한꺼번에 저렇게 많이 가져가는 거야?" 마일스도 식량을 찾으면서 물었다. 해나는 릭슨이 준 작은 열매를 킁킁거렸다. 희미하게 호박 같은 냄새가 났지만, 설익었다. 멀리서 흘러오는 목소리들이 다투느라 커졌다. 해나는 열매를 작게 한 입 베어 물고는 쓴맛에 움찔했다.

"저 사람들이 저렇게 많이 가져가는 건, 가족이 아니라서야." 릭슨이 지나가자 그 뒤로 흔들거리는 어두운 식물들이 보였다.

어린 마일스가 릭슨 쪽으로 손전등을 비췄고, 릭슨은 옥수수 줄기들 사이에서 빈손으로 나왔다. "그렇지만 우리도 가족이 아니잖아." 마일스가 말했다. "진짜 가족은 아니니까. 그래도 우린 이런 적 없어."

릭슨이 난간을 훌쩍 뛰어넘었다. "우리야 당연히 가족이지. 가족처럼 같이 살고, 같이 일하잖아. 하지만 이 사람들은 안 그래. 너 못 봤어? 서로를 구별하기 위해 옷도 다르게 입었잖아? 같이 살지도 않아. 저 낯선 사람들은 우리 부모들이 그랬던 것처럼 싸울 거야. 우리 부모들도 가족이 아니었어." 릭슨은 머리를 풀고 얼굴에 흘러내린 가닥을 다 모아서 다시 뒤로 묶었다. 목소리는 낮았고, 눈은 다른 목소리들이 다투고 있는 어둠 속을 보고 있었다. "저자들도 우리 부모들처럼 식량과 여자들을 두고 싸울 거야. 식량도 여자도 남지 않을 때까지. 그러니까 우리가 살려면 맞서 싸워야 해."

"난 싸우고 싶지 않아." 해나는 얼굴을 찡그리며 아픈 젖꼭지에 매달린 아기를 떼어내고, 반대쪽 가슴을 물리려고 작업복에 손을 댔다.

"넌 싸울 필요 없을 거야." 릭슨이 작업복을 여미고 풀 수 있도록 해나를 도왔다.

"전에는 다들 우릴 내버려뒀어." 마일스가 말했다. "우리가 여기에 몇 년을 살았는데, 부모들은 와서 필요한 것만 가져가고 우리와 싸우진 않았어. 이 사람들도 똑같을지 몰라."

"그건 오래전 일이야." 릭슨은 아기가 제 어미의 가슴에 자리를 잡는 모습을 지켜보더니, 식량을 더 찾기 위해 난간을 따라 어둠 속을 돌아다녔다. "부모들이 우릴 내버려둔 건 우리가 어렸고,

자기네 자식이었기 때문이야. 해나와 내가 너희 나이였으니까. 너희 형제는 걸음마나 겨우 했지. 싸움이 아무리 지독해져도 우리는 애들이니까 우리끼리 알아서 살거나 죽게 내버려뒀어. 우리를 그렇게 버린 건 나름 선물이었어."

"그렇지만 한 번씩 왔잖아." 마일스가 말했다. "우리에게 이것저것 가져오기도 했고."

"엘리스와 걔 동생 같은 거?" 해나가 물었다. 이제는 해나와 릭슨 둘 다 죽은 형제를 떠올렸다. 그녀는 문득 그 복도가 죽은 사람과 사라진 사람, '위에서 뽑아 간' 이들로 가득하다는 사실을 깨달았다. "싸움이 일어날 거야." 그녀는 아직도 못 믿는 듯한 마일스에게 말했다. "릭슨과 난 이제 아이들이 아니야." 그녀는 품에 안은 아기를 얼렀다. 그들이 얼마나 어른이 되었는지 일깨워주는 젖먹이를.

"그냥 다들 가버리면 좋겠다." 마일스가 시무룩하게 말하더니, 딸꾹질하는 아기처럼 깜박거리는 손전등을 때렸다. "모든 게 정상으로 돌아갈 수 있었으면 좋겠어. 마커스가 여기 있었으면 좋겠어. 걔가 없으니 제대로 되어가는 기분이 안 들어."

"토마토야." 릭슨이 어둠 속에서 의기양양하게 모습을 드러냈다. 릭슨이 마일스의 손전등 불빛에 빨간 토마토를 내밀자, 모두의 얼굴에 홍조가 떠올랐다. 칼이 나왔다. 릭슨은 토마토를 세 조각으로 잘랐고, 해나가 제일 먼저 먹었다. 릭슨의 손에서, 해나의 입술에서, 칼날에서 피처럼 빨간 즙이 떨어졌다. 그들은 상대적으로 조용하게 먹었고, 복도 저편에서 들리는 목소리는 멀고도 무서웠으며, 지금 생명의 즙을 떨어뜨리는 칼은 곧 피를 떨어뜨릴 수도 있었다.

지미는 계단을 오르면서 스스로를 욕했다. 예전처럼, 혼자만 들을 수 있게, 말이 멀리 가지도 않고 딱 그의 입술에서 귀까지만 가게 중얼중얼 욕했다. 스스로를 욕하면서 쿵쾅쿵쾅 계단을 돌고 돌자 위아래 진동음이 섞여 들었다. 이젠 엘리스를 계속 지켜보기가 힘든 일이 되어버렸다. 잠깐만 다른 방향을 보면 아이가 사라졌다. 재배등이 한꺼번에 켜질 때 '그림자'가 사라지던 순간과 비슷했다.

"아니지, '그림자' 같진 않아." 그는 혼자 중얼거렸다. '그림자'는 대개 그의 발치에 머물렀다. 그래서 언제나 '그림자'에게 걸려 넘어질 뻔했었다. 엘리스는 달랐다.

혼자인 채, 텅 빈 채로 또 한 층이 지나갔고 지미는 이런 시간이 새롭지 않다는 사실을 기억했다. 갑작스럽지도 않았다. 엘리스는 저 좋을 대로 끊임없이 오갔다. 그저 사일로가 비어 있을 때는 지미도 걱정하지 않았을 뿐이다. 그렇다면 어떤 곳을 위험하게 만드는 것은 과연 무엇일까. 애초에 장소는 문제가 아닐지도 몰랐다.

"당신!"

지미는 122층 층계참으로 올라갔다. 문간에서 한 남자가 손을 흔들었다. 금색 작업복을 입고 있었는데, 그런 게 의미가 있던 시절에는 뭔가를 의미했을 색깔이었다. 그 사람은 열두 층을 올라오는 동안 지미가 처음으로 본 얼굴이었다.

"여자애 하나 봤어요?" 지미는 이 남자가 뭔가를 물어보려고 한다는 사실을 무시하고 먼저 물었다. 그는 손을 허리에 댔다. "이 정도 키에, 일곱 살인데요. 이가 하나 빠졌고." 그는 턱수염에 묻힌 입을 가리켰다.

남자는 고개를 저었다. "못 봤는데요. 그런데 당신이 여기 원래 살던 사람 맞죠? 생존자?" 남자는 손에 칼을 하나 쥐고 있었는데, 그 칼이 물속의 물고기처럼 은빛으로 번득였다. 금색 옷의 남자는 웃음을 터뜨리더니 층계참 난간 너머를 보았다. "하긴, 우리 모두 생존자죠. 안 그래요?" 그는 손을 뻗어서 지미와 줄리엣이 침수를 해결하기 위해 벽에 고정해두었던 고무호스 하나를 잡았다. 칼을 한 번 빠르게 휘두르자 호스가 갈라졌다. 그는 한참 밑에 늘어진 호스 아랫부분을 감아올리기 시작했다.

"이건 침수 때문에……." 지미가 입을 열었다.

"여기에 대해 많이 아시겠죠." 남자가 말했다. "죄송합니다. 제 이름은 테리예요. 테리 할슨. 계획 위원회 소속인데……." 그는 눈을 가늘게 뜨고 지미를 보았다. "이런, 그런 건 모르거나 신경 쓰지 않는군요, 그렇죠? 당신에겐 우리 모두가 같은 곳에서 온 사람들이죠."

"지미입니다. 내 이름은 지미예요. 하지만 대부분이 솔로라고 불러요. 그리고 그 호스는……."

"여기 동력이 어디에서 오는지 혹시 알아요?" 테리는 고갯짓으로 계단 아랫면에 점점이 박힌 녹색 불빛을 가리켰다. "우린 여기에서 40층쯤 더 위에 있는데요. 거기 무전기엔 전원이 들어오더라고요. 사방에 달린 이 전선 중에 몇 개에도 전기가 들어오고요. 당신이 한 일이에요?"

"일부는요." 지미는 말했다. "몇 개는 이미 그랬어요. 엘리스라는 어린 여자애가 이 길로 왔을 텐데, 혹시……?"

"난 그 전기가 위에서 온다고 생각하는데, 톰이 여기 아래를 확인해보라고 했어요. 우리 사일로에서는 언제나 전기가 아래에서 왔으니, 여기도 똑같을 거라고요. 다른 건 다 그렇거든요. 하지만 내려가보니 이곳에 물이 가득했을 때 남은 물 자국을 봤어요. 한동안은 아래쪽에서 전기가 오지 못했지 싶네요. 하지만 당신은 알겠죠? 여기에 혹시 말해줄 수 있는 비밀이라도 있어요? 그 전기에 대해 정말 알고 싶은데요."

호스는 남자의 발치에 돌돌 말려 있었다. 다시 빠져나온 칼날이 남자의 손에서 반짝였다. "혹시 위원회에 들어올 생각 있어요?"

"난 내 친구를 찾아야 해요." 지미가 말했다.

다시 칼이 번득였지만, 전기선은 좀 더 저항했다. 중심부에 구리가 들어가 있었다. 남자는 검은 전선을 손에 쥐고, 땀에 젖은 속셔츠 아래 커다란 근육을 부풀리면서 전선을 톱질했다. 한동안 그렇게 힘을 쓰자 칼날이 빠져나오고, 전선이 둘로 갈라졌다.

"당신 친구가 농장에 들어간 사람들과 같이 있지 않다면, 아마 성가 부르는 작자들과 같이 올라갔을 거예요. 내려오는 길에 지나쳤거든요. 그 사람들이 예배당을 찾았더라고요." 테리는 칼날을 세워 위를 가리킨 후 칼을 접어 넣고 전선을 팔에 감았다.

"예배당요." 지미도 예배당을 알았다. "고마워요, 테리."

"별말씀을요." 남자는 어깨를 으쓱였다. "전력이 다 어디에서 오는지 말해줘서 고마워요."

"전력이요……?"

"그래요, 위에서 온다고 말했잖아요. 그게 몇 층이더라……?"

"34층이요? 내가 그렇게 말했어요?"

남자는 미소 지었다. "그랬을걸요."

50

엘리스는 이미 물이 차 있던 바닥에서 일하던 사람들을 본 경험이 있었다. 땅을 파서 나가려는 사람들, 전력을 돌리고 전등을 켜는 사람들. 또 농장에서 식량을 잔뜩 수확하면서 사람들을 어떻게 먹일까 궁리하는 사람들도 보았다. 그리고 이제는 가구를 배치하고 바닥을 쓸고 주위를 정돈하는 이 세 번째 그룹이 있었다. 이 사람들은 뭘 하려는 건지 짐작이 가지 않았다.

'강아지'를 보았다고 했던 친절한 남자는 한쪽에 가서, 아직 대머리가 되기엔 너무 젊어 보이지만 머리 한가운데가 동그랗게 비어 있는 하얀 옷의 남자와 대화를 나누고 있었다. 그 하얀 옷도 신기했다. 담요 같았다. 옷에 다리를 넣는 구멍이 두 개가 아니라 하나뿐이었고, 몸을 다 감쌀 정도로 커서 발이 제대로 보이지 않았다. 검은 수염을 기른 친절한 남자는 뭔가를 주장하는 것 같았다. 하얀 담요를 입은 남자는 얼굴만 찌푸리고 그대로 서 있었다. 가끔 둘 중 하나가 엘리스를 흘긋 보았고, 그러면 엘리스는 자기 이야기를 하는 걸까 걱정스러웠다. 혹은 '강아지'를 어떻게 찾을지 이야기하는 걸지도 모른다.

가구가 모두 같은 방향을 보고 가지런히 놓였다. 농장 안쪽에서 식사할 때 쓰던 방의 테이블들과는 전혀 달랐다. 엘리스가 가구 아래에 숨어서 쥐 가족 중 한 마리인 척하던 공간들, 모두가 찍찍대며 수염을 씰룩이던 방들과는 조금도 같지 않았다. 여기에서는 등받이가 있는 의자와 벤치들이 조금 깨진 색색의 유리 그림이 있는 벽을 마주 보고 놓여 있었다. 깨진 유리와 남아 있는 그림 너머로 그 벽 뒤에서 일하는 작업복 차림의 남자가 흐릿하게 보였다. 그 남자가 또 다른 누군가에게 말을 하자, 그 사람이 문을 통해 검은 선을 건넸다. 그들이 뭔가 일을 하자 안쪽에서 팟 하고 불이 켜져 방 전체에 색색의 빛이 드리워졌고, 가구를 옮기던 몇 사람이 멈춰 서서 그 광경을 바라보았다. 몇 사람은 소곤거리기도 했다. 다들 같은 말을 속삭이는 것 같았다.

"엘리스."

검은 수염의 남자가 엘리스 옆에 무릎을 꿇었다. 엘리스는 화들짝 놀라서 가방을 가슴께에 끌어안았다. "응?" 엘리스의 목소리도 속삭임이 되어 나왔다.

"〈협정Pact〉이라고 들어봤니?" 남자가 물었다. 어깨에 하얀 담요를 걸치고 정수리에 머리카락이 없는 남자가 여전히 얼굴을 찌푸린 채 뒤에 서 있었다.

엘리스는 고개를 끄덕였다. "팩Pack은 동물 무리야. 사슴들, 개들, 강아지들 같은 거."

남자는 미소 지었다. "팩이 아니라 팩트." 하지만 엘리스에게는 똑같이 들렸다. "그리고 개와 강아지는 같은 동물이란다."

엘리스는 굳이 바로잡아주고 싶지 않았다. 책에서나 비자르에서나 개를 보았는데, 개는 무섭게 생긴 동물이었다. 강아지는 무섭지 않았다.

"사슴에 대해서는 어디에서 들었지?" 하얀 담요 남자가 물었다. "여기에 어린이책이 있니?"

엘리스는 고개를 저었다. "우리에겐 진짜 책이 있어. 사슴을 봤는데, 깡마른 다리에 크고 웃기게 생겼고 숲에 살아."

오렌지색 작업복을 입은 수염 남자는 사슴에 대해 신경 쓰지 않는 것 같았다. 적어도 담요 남자만큼은 아니었다. 엘리스는 문을 쳐다보면서, 자기가 아는 사람들은 다 어디에 있는 걸까 생각했다. 솔로는 어디에 있을까? 솔로가 '강아지' 찾는 걸 도와줘야 했는데.

"〈협정〉은 아주 중요한 문서야." 오렌지색 작업복 남자가 말했다.

엘리스는 문득 그 남자의 이름이 래시 씨였다는 사실을 기억해냈다. 아까 자기소개를 했는데, 엘리스는 이름을 잘 외우지 못했다. 평생 알아야 할 이름이 몇 개 없었기 때문이다. 래시 씨는 엘리스에게 무척 친절했다. "〈협정〉은 책과 비슷한데, 단지 좀 작은 거야." 래시가 말하고 있었다. "네가 여자이긴 한데 작은 것과 비슷하지."

"난 일곱 살이야." 엘리스는 이제 작지 않았다.

"그리고 눈 깜박하면 열일곱 살이 되겠지." 수염 남자가 손을 뻗어 엘리스의 뺨을 건드렸다. 엘리스는 깜짝 놀라서 물러섰고, 그러자 남자는 얼굴을 찡그렸다. 그는 고개를 돌리더니, 내내 엘리스를 살펴보고 있던 하얀 담요 남자를 쳐다보았다.

"그건 무슨 책이었지?" 하얀 담요 남자가 물었다. "그런 동물들이 있는 책, 그게 여기 이 사일로에 있었니?"

엘리스의 두 손이 가방으로 내려가서, 메모리 북을 보호하듯 그 위를 감쌌다. 분명히 사슴이 있는 페이지도 그 책에 들어갔을 것이다. 엘리스는 초록색 세상에 관한 내용, 낚시와 동물들과 태양과 별들에 관한 내용을 좋아했다. 아무 말도 하지 않으려고 입술을 깨물었다. 수염 남자, 아니 래시 씨가 옆에 무릎을 꿇었다. 손에 종이 한 장과 자주색 분필 조각을 들고 있었다. 그 남자는 종이와 분필을 엘리스의 다리 옆 벤치에 놓고 엘리스의 무릎에 손을 얹었다. 하얀 담요 남자가 다가섰다.

"여기에 있는 책을 안다면, 우리에게 어디 있는지 알려주는 것이 주님에 대한 의무다." 하얀 담요 남자가 말했다. "신을 믿니?"

엘리스는 고개를 끄덕였다. 해나와 릭슨이 신과 밤에 올리는 기도에 대해 가르쳐줬다. 주변 세상이 뿌옇게 흐려졌고, 엘리스는 눈물이 고였음을 깨달았다. 눈물을 닦아냈다. 릭슨은 엘리스가 울면 싫어했다.

"그 책들이 어디 있지, 엘리스? 얼마나 많이 있고?"

"많아." 엘리스는 여기에서 한 장, 저기에서 한 장 뜯어냈던 모든 책들을 생각하며 말했다. 엘리스가 책들에서 사진과 설명들을 뜯어내고 있단 걸 알았을 때 솔로는 정말 화를 냈었다. 하지만 그 설명들이 엘리스에게 더 좋은 낚시 방법을 알려줬고, 그 후에 솔로는 페이지를 책에 꿰매어 넣고 뜯어내는 방법을 알려줬으며, 둘이 같이 낚시를 했다.

하얀 담요 남자가 엘리스 앞에 무릎을 꿇었다. "그 책들이 사방에 있니?"

"이분은 레미 신부님이야." 래시 씨가 머리카락이 없는 남자가 설 자리를 만들더니 엘리스에게 그를 소개했다. "레미 신부님은 이 심란한 시절을 버티도록 우리를 이끌어주실 거란다. 우린 양 떼야. 예전에는 웬델 신부님을 따랐지만, 몇 명이 그 양 떼를 떠났고 몇 명이 합류했지. 너처럼."

"그 책들 말이다." 신부님이라기엔 어리고, 릭슨보다 그렇게 나이가 많지도 않아 보이는 레미 씨가 말했다. "가까이에 있니? 어디에서 찾을 수 있을까?" 레미는 벽부터 천장까지를 손으로 쓸면서 말했다. 특이한 말투였고, 엘리스는 가슴속으로 느껴지는 큰 목소리를 들으며 대답을 하고 싶어졌다. 그리고 엘리스가 솔로와 함께 낚시하러 가던 물처럼 녹색을 띠는 눈동자를 보면 사실대로 말하고 싶어졌다.

"다 한곳에 있어." 엘리스는 코를 훌쩍이면서 말했다.

"어디지?" 남자가 속삭였다. 그는 엘리스의 손을 잡고 있었고, 수염 남자는 이상한 표정으로 이 모습을 지켜보고 있었다. "그 책들이 어디 있지? 정말 중요한 일이란다, 내 딸아. 세상에는 오직 하나의 책만 있어. 다른 책은 다 거짓말이다. 이제 그 책들이 어디 있는지 말하렴."

엘리스는 가방 안에 든 책을 생각했다. 그 책은 거짓말이 아니었다. 하지만 이 남자가 그 책을 만지게 하고 싶지 않았다. 자신을 만지게 하고 싶지도 않았다. 물러서려고 했지만, 남자의 커다란 손이 더 단단히 아이를 붙들었다. 그 눈 속에서 뭔가가 헤엄을 쳤다.

"34." 엘리스는 속삭였다.

"34층 말이니?"

엘리스가 고개를 끄덕이자 남자가 손을 놓았다. 그리고 남자가 물러나자 래시 씨가 다가와서 엘리스의 손 위에 자신의 손을 얹고, 하얀 담요 남자가 아프게 했던 자리를 덮었다.

"신부님, 저희는……?" 래시 씨가 물었다.

머리 가운데가 동그랗게 빈 남자가 고개를 끄덕였고, 래시 씨는 벤치에 놓아둔 종이를 집어 들었다. 한쪽 면에는 글자가 인쇄되어 있었고 반대쪽에는 손 글씨가 적혀 있었다. 자주색 분필이 있었고, 래시 씨는 엘리스에게 혹시 이름 철자를 아느냐고, 쓸 수 있느냐고 물었다.

엘리스는 고개를 끄덕끄덕했다. 손이 다시 한번 가방으로 내려가서 책을 지키려 했다. 엘리스는 마일스보다도 글을 잘 읽었다. 해나가 그렇게 가르쳤다.

"네 이름 철자를 써줄 수 있겠니?" 남자가 물으며 종이를 보여줬다. 맨 밑에 줄이 여러 개 그어져 있었다. 이미 두 개의 이름이 적혔고, 또 하나의 자리는 비어 있었다. "바로 여기야." 남자가 그 줄을 가리키며 말하고는, 엘리스의 손에 분필을 쥐여줬다. 엘리스는 나머지 내용을 읽으려 했지만, 글씨가 엉망이었다. 거친 종이 표면에 빠르게 휘갈겨 쓴 글씨였다. 게다가 눈물 때문에 앞이 잘 보이지도 않았다. "네 이름만." 남자가 다시 한번 말했다. "알려주렴."

엘리스는 벗어나고 싶었다. '강아지'와 솔로와 줄스가 보고 싶었고, 릭슨마저 보고 싶었다. 엘리스는 눈물을 닦고 숨을 막으려 드는 흐느낌을 삼켰다. 이 사람들이 원하는 대로 해주면 나갈 수 있겠지. 방 안에 사람이 점점 늘어났다. 몇 사람은 엘리스를 보면서 소곤거리고 있었다. 어떤 남자가 누구는 운도 좋다고, 여자보다 남자가 많다고, 조심하지 않으면 제외되는 사람들이 있을 거라고 말하는 소리가 들렸다. 그들은 엘리스를 바라보며 기다리고 있었고, 이제 가구는 다 똑바로 놓였고, 바닥도 다 쓸었고, 무대 여기저기에는 뽑아낸 식물에서 떨어진 녹색 잎사귀가 흩어져 있었다.

"여기." 래시 씨가 엘리스의 손목을 잡더니 빈칸 위로 분필을 옮겼다. "네 이름을 적는 거야." 그리고 모두가 지켜보고 있었다. 엘리스는 이름 철자를 알았다. 릭슨보다 글도 잘 읽었다. 하지만 앞이 잘 보이지 않았다. 예전에 잡던 물속의 물고기가 되어서, 굶주린 사람들 모두를 올려다보는 기분이었다. 하지만 엘리스는 이름을 적었다. 원하는 대로 해주면 이 사람들이 가버리기를 빌었다.

"착하구나."

래시 씨가 몸을 굽혀 엘리스의 뺨에 입을 맞췄다. 사람들이 박수를 치기 시작했다. 그러더니 책에 푹 빠진 하얀 담요 남자가 몇 마디를 외치는데, 목소리가 쩌렁쩌렁하면서도 아름다웠다. 〈협정〉의 이름으로 두 사람이 남편과 아내가 되었음을 선언한다고 하는 말이 엘리스의 가슴 깊은 곳을 울렸다.

4부

먼지

51

1번 사일로

다시는 승강기를 타고 무기고로 갔다. 총탄이 든 작은 봉지는 넣어놓고 혈액 검사 결과는 주머니에 쑤셔 넣은 채 승강기에서 내려 길게 늘어선 조명 스위치를 더듬더듬 찾았다. 왠지 비상 인력실의 냉동 수면 장치에서 사라진 파일럿이 여기에 숨어 있다는 예감이 들었다. '양치기' 행세를 하던 남자를 찾은 곳도 이 54층이었다. 또 한 달쯤 전에 바쁜 활동을 벌인 조종사들이 주둔하던 곳도 여기였다. 다시와 스티븐스와 다른 몇 명이 이 층을 이미 여러 번 수색했지만, 다시에겐 예감이 있었다. 다시가 여기에 오려면 그 전에 승강기 보안을 무효로 돌려야 한다는 사실부터 의심스러웠다.

보안을 무효로 돌릴 수 있는 사람은 꼭대기 몇 명과 보안팀 사람들뿐이었고, 이전에 몇 번 와보니 다시도 그 이유를 알 수 있었다. 탄약과 무기가 든 상자가 선반을 줄줄이 채우고 있었다. 아무리 봐도 군사용 드론 같은 물건들에 방수포가 씌워져 있었다. 폭탄이 피라미드 모양으로 쌓여 있기도 했다. 주방 직원이 감자 분말 한 통 찾겠다고 엘리베이터에 탔다가 엉뚱한 버튼을 눌러서 발견하면 곤란할 물건들이었다.

앞선 수색에서는 다른 사람이 나오지 않았지만, 커다란 플라스틱 통이 놓인 키 큰 선반들 사이에 숨을 만한 곳이 수천 군데는 있을 터였다. 다시는 머리 위 불빛이 들어오는 동안 이런 선반들을 들여다보았다. 자신이 그 파일럿이고, 한 사람을 살해한 후에 피투성이가 되어 엘리베이터를 타고 도착했으며, 도망치는 중이고 숨을 곳을 찾고 있다고 상상해보았다.

그는 쪼그려 앉아서 승강기 밖의 반질반질한 콘크리트 바닥을 조사했다. 걸음을 뒤로 옮기고 고개를 기울여서 바닥의 광택을 살폈다. 문 앞이 조금 더 반짝였다. 어쩌면 통행량이 일정하지 않고, 부츠가 유난히 끌려서, 서서히 마모되는 바람에 그랬을 수도 있었다. 몸을 바닥에 낮추고 숨을 깊이 들이마셨더니 잎사귀와 소나무 냄새, 레몬과 잊고 있던 시간의 냄새가 났다. 생명이 자라고 온 세상에서 신선한 냄새가 나던 시절을 불러일으키는 향기.

누군가가 이곳의 바닥을 청소했다는 증거였다. 그것도 최근이었다. 그는 쪼그려 앉은 채로 무기와 비상 용품이 저장된 통로 내부를 보면서, 여기에 누군가가 있다는 사실을 되새겼다. 곧장 브레버드에게 가서 지원 병력을 데리고 와야 했다. 이 안에 사람을 죽일 수 있는 남자, 군사 훈련을 받은 비상 인력, 저 상자들에 든 모든 무기를 손에 넣을 수 있는 사람이 있었다. 하지만 이 남자는 또한 부상을 입고, 겁에 질린 채 숨어 있기도 했다. 그리고 지원 병력 요청은 나쁜 생각 같았다.

이 일을 직접 알아낸 사람으로서 다시가 그 공을 인정받아야 해서만은 아니었다. 점점 더 이 살인 사건들이 꼭대기를 가리킨다는 확신이 더해가서였다. 이 사건에 연루된 사람들은 최고위 계층이었다. 파일을 변경하고, 심냉동을 건드린다는 것, 둘 다 원래는 불가능한 일이었다. 그러니 다시가 보고할 사람들이 얽혀 있을 수도 있었다. 그리고 다시는 진짜 '양치기'가 가짜에게 발길질을 하는 동안 그 노인을 부축하고 서 있었다. 발길질은 프로토콜과 무관했다. 아주 개인적이었다. 그는 그때 얻어맞은 남자를 알았고, 밤 근무시간에 늘상 보고 가끔은 대화도 나누었다. 그 남자가 누굴 죽인다는 건 상상하기 힘들었다. 모든 게 거꾸로 뒤집혔다.

다시는 허리에서 손전등을 빼내어 선반들을 살펴보기 시작했다. 밝은 불빛만으로는 부족했다. 야간 경비원에게 배정하는 장비 이상이 필요했다. 선반에 놓인 통들에는 전생에 알던 이름들이 붙어 있었다. 희미하게 기억나는 이름들. 그는 몇 군데 뚜껑을 뜯어 열다가(진공 포장이 조용히 공기 터지는 소리를 내며 열렸다) 찾던 물건을 발견했다. H&K45, 현대적이면서도 오래된 권총이었다. 공장에서 만들어졌을 당시에는 최신식이었지만, 그 공장 자체가 기억 속에만 남았으니 말이다. 그는 권총에 탄창을 넣고 탄약이 멀쩡하기를 빌었다. 총기를 손에 들자 자신감이 더 생긴 그는 80개의 층을 전부 수색해야 했던 요전 날의 날림 수색과 달리, 강한 목적의식을 갖고 창고 안을 조심스럽게 훑었다.

방수포도 하나하나 들춰보았다. 그중 하나에서는 늘어놓은 공구와 흩어진 부품들, 반쯤 분해했거나 수리 중인 드론이 나왔다. 최근에 한 일일까? 거기까지는 알아볼 수 없었다. 먼지가 없긴 했지만, 방수포에 덮여 있었으니 당연했다. 다시는 주위를 걸으며 혹시 천장 패널을 건드려서 바닥에 떨어진 하얀 스티로폼 조각이 있는지 찾아보고, 제일 안쪽에 있는 사무실들을 확인하고, 선반을 타고 오를 만한 자리가 있는지, 높은 곳에 놓인 큰 통들은 어떤지 살폈다. 그는 막사들 쪽으로 향하면서 처음으로 낮은 금속 격납고 문을 보았다.

다시는 권총의 안전장치가 풀려 있는지 확인했다. 문손잡이를 잡아서 확 돌린 다음, 몸을 숙이고 손전등과 권총으로 어둠 속을 겨눴다.

그러다가 누군가의 침낭을 쏠 뻔했다. 언뜻 자고 있는 사람처럼 보이는, 구겨진 담요와 베개 무더기가 있었다. 회의실에서 다시가 입수했던 서류들과 비슷한 서류 무더기가 더 있었다. 아마 여기가 그들이 찾던 남자가 숨어 지내던 곳이리라. 브레버드에게 보여주고 여기를 깨끗이 치워야 했다. 이렇게 쥐 새끼처럼 살다니, 상상할 수가 없었다. 그는 격납고를 닫고 벽 저편에 있는 문, 막사로 향하는 문으로 움직였다. 다시는 그 문을 살짝 열고 복도에 아무도 없음을 확인했다. 그는 조용히 움직이며 방마다 훑었다. 합숙소에는 사람이 산 흔적이 없었다. 화장실은 조용하기만 했다. 으스스하기까지 했다. 여자 화장실을 나서는데 목소리가 들린 것 같았다. 속삭임. 맨 끝에 있는 문 너머였다.

다시는 권총을 준비하고 복도 끝에 섰다. 문에 귀를 대고 들어 보았다.

누군가가 말을 하고 있었다. 손잡이를 돌려보니 잠겨 있지 않아서, 다시는 숨을 깊이 들이마셨다. 남자가 무기에 손이라도 뻗으려 한다면 쏠 것이다. 벌써 브레버드에게 무슨 일이 있었는지 설명하는 자신의 목소리가 들리는 것 같았다. 어떤 예감이 있었고, 단서를 따라왔고, 지원을 요청할 생각을 못 했고, 내려와봤더니 이 남자가 다친 채 피를 흘리고 있었다고……. 그리고 그 남자가 먼저 총을 뽑았다고. 다시는 자기방어를 했을 뿐이라고. 시체가 하나 더 늘어나고 또 한 사건이 종결되겠지. 사태가 나쁘게 흘러간다면 그렇게 말할 것이다. 문을 밀어 열고 무기를 들어 올리는 순간 이 넘쳐나는 생각들이 머릿속을 스쳐 지나갔다.

한 남자가 방 안쪽에서 몸을 돌렸다. 다시는 그에게 다가가면서 꼼짝 말라고 외쳤다. 몸에 깊이 밴 훈련이 심장박동처럼 자연스럽게 흘러나왔다. "움직이지 마." 그가 외치자, 남자는 두 손을 들어 올렸다. 회색 작업복을 입은 젊은 남자였는데, 한쪽 팔은 머리 위로 올리고 반대쪽 팔은 엉거주춤하게 들고 있었다. 그 순간 다시는 뭔가 잘못됐음을 알았다. 모든 것이 잘못됐다. 상대는 남자가 아니었다.

"쏘지 말아요." 샬럿은 애원했다. 그녀는 한 손을 든 채로 남자가 그녀의 가슴에 총을 겨눈 채 다가오는 모습을 지켜보았다.

"일어서서 책상에서 물러나." 남자의 목소리는 흔들림 없었다.

그는 총으로 벽 쪽을 가리켰다.

샬럿은 무전기를 흘긋 보았다. 줄리엣이 내 말 들리냐고, 하던 말을 마저 하라고 외쳤지만 샬럿은 송신 버튼에 손을 뻗는 식으로 이 남자를 시험할 생각이 없었다. 그녀는 흩어진 공구들, 드라이버와 와이어 커터들을 보면서 요전 날의 끔찍했던 싸움을 떠올렸다. 붕대를 감아놓은 팔이 욱신거렸다. 어깨까지 손을 올리기만 해도 아팠다. 남자가 거리를 좁혔다. "두 손 다 들어."

남자의 자세와 총을 든 방식을 보자 샬럿은 오래전에 받았던 군사 기초 훈련이 떠올랐다. 그녀는 남자가 자신을 쏘리라는 것을 의심치 않았다.

"이 이상 들어 올릴 수가 없어요." 샬럿이 말했고, 다시 한번 줄리엣이 무슨 말 좀 하라고 호소했다. 남자는 무전기를 보았다.

"누구와 대화하는 거지?"

"다른 사일로요." 샬럿은 천천히 볼륨에 손을 뻗었다.

"건드리지 마. 벽에 붙어. 당장."

샬럿은 시키는 대로 했다. 그나마 위안이라면 남자가 자신을 오빠에게 데려갈 것이라는 바람뿐이었다. 최소한 놈들이 오빠를 어떻게 했는지는 알게 되리라. 고립과 걱정 속에 보낸 나날도 끝났다. 샬럿은 발각당했다는 사실에 찌릿한 안도감을 느꼈다.

"돌아서서 벽을 마주해. 두 손을 등 뒤로 하고. 손목을 교차해."

샬럿은 그대로 했다. 그러면서 옆으로 고개를 돌려서 어깨 너머로 그 남자를 보고, 남자가 허리띠에서 뽑는 하얀 플라스틱 끈을 언뜻 보았다. "벽에 이마를 대." 남자가 말했다. 그 순간 샬럿은 남자가 접근하는 것을 느끼고, 그 남자의 체취를 맡고 숨소리를 들을 수 있었으며, 몸을 홱 돌려서 싸워볼까 했던 생각은 플라스틱 끈이 아프게 손목을 조이면서 증발해버렸다.

"다른 사람도 있나?" 남자가 물었다.

샬럿은 고개를 저었다. "나밖에 없어요."

"조종사?"

샬럿은 고개를 끄덕였다. 남자는 그녀의 팔꿈치를 잡고 돌려세웠다. "여기에서 뭘 하는 거지?" 그는 샬럿의 팔에 감긴 붕대를 보고 눈을 가늘게 떴다. "에렌이 쐈군."

그녀는 대꾸하지 않았다.

"당신은 좋은 사람을 죽였어." 그는 말했다.

샬럿은 눈물이 차올랐다. 남자가 자신을 그냥 데려가야 할 곳으로 데려갔으면 좋겠다고 생각했다. 다시 잠을 재우든, 도니를 보게 해주든, 뭐든 다음 절차로 넘어갔으면 좋겠다고. "그러고 싶진 않았어요." 그 정도가 그녀의 힘없는 변명이었다.

"어떻게 여기 있게 된 거지? 다른 조종사들과 함께였어? 그냥…… 여자는……."

"오빠가 날 깨웠어요." 샬럿은 그렇게 말한 후, 보안팀 엠블럼이 빛나는 남자의 가슴팍을 고갯짓으로 가리켰다. "당신들이 오빠를 데려갔고." 그러다 보니 놈들이 도니를 데려갔던 날, 서면을 부축하고 있던 젊은 남자가 기억났다. 정면에서 보니 이 남자였다. 눈물이 더 차올랐다. "오빠는…… 아직 살아 있나요?"

남자는 잠깐 시선을 돌렸다. "살아 있어요. 가까스로."

샬럿은 뺨에 흘러내리는 눈물을 느꼈다.

남자는 다시 그녀를 마주 보았다. "그 사람이 당신 오빠라고요?"

샬럿은 고개를 끄덕였다. 두 팔이 등 뒤로 묶여 있으니 코를 닦을 수도 없고, 고개를 어깨 쪽으로 틀어서 작업복에 비빌 수도 없었다. 이 남자가 혼자 왔다는 사실, 지원을 요청하지 않았다는 사실이 놀라웠다. "오빠를 볼 수 있나요?"

"그건 어려울 거예요. 그 사람은 오늘 다시 재운댔어요." 그는 줄리엣이 다시 한번 응답 좀 하라고 말하고 있는 무전기를 총으로 가리켰다. "이건 좋지 않아요. 누구와 이야기하고 있었는지는 몰라도, 그 사람들을 위험에 빠뜨린 겁니다. 대체 무슨 생각을 한 거예요?"

샬럿은 남자를 관찰했다. 그녀 또래인 30대 초반쯤으로 보였고, 경찰보다는 군인 같았다. "다른 사람들은 어디 있죠?" 그녀는 문 쪽으로 시선을 던졌다. "왜 날 잡아가지 않는 거예요?"

"잡아갈 겁니다. 하지만 그 전에 뭘 좀 이해하고 싶은데요. 어떻게 당신과 당신 오빠가……. 당신은 어떻게 나온 거죠?"

"말했잖아요. 오빠가 깨웠어요." 샬럿은 도니의 메모들이 놓인 테이블을 흘긋 보았다. 서류철을 펼쳐둔 채였다. 맨 위에 지도가 놓여 있고, 〈협정〉을 메모해둔 것이 보였다. 경비원은 샬럿이 무엇을 보는지 확인하려고 고개를 돌렸다. 그녀에게서 몇 걸음 떨어져서 서류철에 한 손을 얹었다.

"그러면 당신 오빠를 깨운 사람은 누군데요?"

"직접 물어보지 그래요?" 샬럿은 걱정이 되기 시작했다. 남자가 자신을 바로 잡아가지 않는 것이 나쁜 일처럼 느껴졌다. 남자가 규칙을 벗어나서 움직이고 있다는 뜻 같았다. 이라크에서 그녀는 규칙을 벗어나서 움직이는 남자들을 본 경험이 있었고, 결코 좋은 일일 때가 없었다. "그냥 날 잡아가서 오빠를 보게만 해줘요. 항복할게요. 그냥 잡아가요."

남자는 눈을 가늘게 뜨고 그녀를 보더니, 다시 서류철로 관심을 돌렸다. "이건 다 뭡니까?" 그는 지도를 집어 들고 살펴보다가 내려놓더니, 다른 종이를 집어 들었다. "다른 방에서도 이런 물건을 몇 상자나 실어 나갔죠. 대체 둘이서 뭘 하고 있는 겁니까?"

"그냥 날 잡아가요." 샬럿은 애원했다. 이젠 겁이 났다.

"곧 그럴 거예요." 남자는 무전기를 살펴보다가 볼륨을 줄였다. 그런 후 권총을 느슨하게 늘어뜨린 채 책상을 등지고 몸을 기댔다. 샬럿은 남자가 바지를 내릴 것이란 사실을 깨달았다. 분명히 샬럿에게 무릎을 꿇으라고 할 것이다. 이 남자는 수백 년 동안 여자라곤 보지 못했고, 어떻게 여자들을 깨우는지 알고 싶어 한다. 그걸 원하는 거다. 샬럿은 문으로 달아날까 고민했다. 남자가 그녀를 쏠지도 모르지만, 빗나갈지도 몰랐다. 아니면 차라리 제대로 맞혔으면 좋겠다는 생각도 들었다.

"이름이 뭡니까?" 남자가 물었다.

샬럿의 뺨에 눈물이 흘러내렸다. 목소리가 떨렸지만, 겨우 이름을 속삭이는 데에는 성공했다.

"내 이름은 다시예요. 긴장 풀어요. 해치진 않을 겁니다."

샬럿은 덜덜 떨기 시작했다. 딱 어떤 남자가 나쁜 짓을 하기 전에 할 것 같은 말이었다.

"난 그저 당신을 넘기기 전에 도대체 무슨 일이 벌어지고 있는지 알고 싶을 뿐이에요. 오늘 내가 본 모든 것을 감안할 때, 이 사건에는 당신 남매의 존재보다 더 큰 문제가 있거든요. 내 직장보다 더 큰 문제고요. 젠장, 내가 당신을 데려가자마자 놈들이 날 잠재우고 당신을 다시 여기서 일하게 할 수도 있잖아요."

샬럿은 웃음을 터뜨렸다. 그녀는 고개를 돌리고 턱 끝에 매달린 눈물을 어깨에 닦았다. "그럴 것 같진 않네요." 그렇게 말하고 나자 이 남자가 정말로 그녀를 해치지 않으려는 건가, 정말로 본인 말대로 호기심만 있는 것인가 하는 생각이 들었다. 그녀의 시선이 다시 서류철들 쪽으로 움직였다. "그자들이 우리를 어떻게 할 계획인지 알아요?" 그녀는 물었다.

"그건 말하기 어렵네요. 당신은 아주 중요한 사람을 죽였어요. 깨어 있어선 안 될 사람이고. 그러니 심냉동실에 넣을 거라는 게 내 추측인데요. 산 채로일지 아닐지는 모르겠네요."

"아니, 나와 오빠에게 어떻게 할지가 아니라요……. 우리 모두를 어떻게 할 계획인지 말이에요. 마지막 교대근무 이후엔 어떻게 되는지."

다시는 잠시 생각했다. "어……. 난 모르겠네요. 생각도 안 해봤어요."

샬럿은 다시 옆에 있는 서류철들 쪽으로 고갯짓했다. "다 그 안에 있어요. 어차피 다시 잠든다면 내가 살아 있을지 아닐지는 중요하지 않아요. 다시는 일어나지 못할 테니까요. 당신 누나든 엄마든 아내든, 누가 있든 간에 그쪽도 마찬가지예요."

다시는 그 서류철들을 쳐다보았고, 샬럿은 그 남자가 당장 그녀를 잡아가지 않는 것이 문젯거리가 아니라 기회라는 사실을 깨달았다. 이래서 그자들이 누구에게도 진실을 알리지 못하는 것이다. 사람들이 진실을 알게 되면 용납하지 않을 테니까.

"지어내는 거죠?" 다시가 말했다. "당신도 그 후에 어떤 일이 일어날지 모르면서……."

"상관에게 물어봐요. 그 사람이 뭐라고 하는지 봐요. 아니면 상관의 상관에게요. 그렇게 계속 물어봐요. 아마 당신을 심냉동실 내 옆자리에 넣을 거예요."

다시는 심장이 한 번 뛸 시간 동안 그녀를 관찰했다. 그는 권총을 내려놓고 작업복 맨 위 단추를 풀었다. 그다음 단추도 풀고, 허리까지 계속 풀어내렸다. 샬럿은 역시 자신이 그 남자가 뭘 하려고 하는지 제대로 예상했다고 생각했다. 그리고 그 남자에게 뛰어들어서 다리 사이를 걷어차고 깨물 준비를 했는데…….

다시가 서류철들을 집어서 등허리에, 반바지에 꽂아 넣더니 작업복 단추를 다시 잠갔다.

"내가 들여다보죠. 이제 갑시다." 남자는 총을 집어 들더니 몸짓으로 문을 가리켰고, 샬럿은 고마운 마음으로 숨을 들이켰다. 그녀는 드론 조종석들을 빙 둘러서 문으로 걸어갔다. 내면이 둘로 찢기는 느낌이었다. 이 남자가 체포해 갔으면 했지만, 이제는 더 대화하고 싶기도 했다. 그 남자가 무서웠는데, 이제는 그 남자를 믿고 싶었다. 체포되어 다시 잠드는 게 구원인 것 같았는데, 이제는 다른 구원이 손 뻗으면 닿을 곳에 있는 것 같았다. 복도로 걸어 나가는데 심장이 쿵쾅거렸다.

다시가 조종실 문을 닫았다. 그녀는 두 손을 쓰지 못하도록 뒤로 묶인 채 합숙소와 화장실을 지나, 복도 끝에서 다시가 무기고 문을 열기를 기다렸다.

"난 당신 오빠를 알고 지냈어요." 다시는 문을 잡아주면서 말했다. "도무지 그럴 사람 같진 않았어요. 당신도 그렇고요."

샬럿은 고개를 저었다. "난 아무도 해치고 싶지 않았어요. 우린 그저 진실을 뒤쫓고 있었을 뿐이에요." 그녀는 무기고를 통과해서 승강기로 향했다.

"진실은 그게 문제죠." 다시가 말했다. "거짓말쟁이나 정직한 사람이나 자기 말이 진실이라고 하거든요. 그러다 보면 내 위치에 있는 사람들은 곤란해진단 말이에요."

샬럿이 걸음을 멈췄다. 그러자 다시가 화들짝 놀라서 한 걸음 물러서더니, 권총을 꽉 잡았다. "계속 갑시다." 그는 말했다.

"잠깐만요. 진실을 알고 싶어요?" 샬럿은 몸을 돌리고 방수포가 덮인 드론들을 고갯짓으로 가리켰다. "사람들이 하는 말을 믿는 건 그만두는 게 어때요? 느낌대로 누굴 믿어야 하나 정하는 것도 그만두고요. 내가 보여줄게요. 밖에 무엇이 있는지 직접 봐요."

52

도널드의 옆구리는 자주색, 검은색, 파란색으로 이루어진 바다였다. 그는 작업복을 허리께에 늘어뜨린 채 속셔츠를 걷어 올리고, 화장실 거울로 옆구리를 점검했다. 멍 한가운데에 오렌지색과 노란색인 부분이 있었다. 손끝으로 살짝 그 부분을 건드렸더니 전기가 다리를 타고 내려가면서 무릎이 풀렸다. 그대로 쓰러질 뻔했고, 호흡을 되찾는 데 잠시 시간이 걸렸다. 그는 조심조심 속셔츠를 내리고, 작업복 단추를 잠그고, 절뚝거리면서 침대로 돌아갔다.

몸을 보호하느라 서먼의 발길질을 받아냈던 정강이가 아팠다. 팔뚝에는 두 번째 팔꿈치처럼 부풀어 오른 혹이 있었다. 그리고 기침 발작이 몸을 사로잡을 때마다 죽고 싶어졌다. 잠을 자려고도 해봤다. 잠은 현재를 피하고, 시간을 보내게 해주는 수단이었다.

우울한 자, 초조함에 시달리는 자, 죽어가는 자를 실어 가는 수레이기도 했다. 도널드는 셋 모두에 해당했다.

그는 침대 옆의 조명을 끄고 어둠 속에 누웠다. 냉동 수면 장치와 교대근무는 잠을 크게 확대한 형태라는 생각이 들었다. 부자연스러워 보였지만 사실은 종류가 다르다기보다 정도가 다를 뿐이었다. 동굴곰은 한 계절을 동면했다. 인간은 매일 밤 동면했다. 낮이 되고, 잠깐의 삶을 견디기 위한 단기적인 계획 끝에 다시 어둠이 찾아온다. 누구도 그 반복되는 날들을 엮어 무언가 쓸모 있는 것, 귀중한 진주 목걸이를 만들어낼 수 있을 것이라고는 생각하지 않았다. 그저 또 하루를 살아남을 뿐이었다.

기침을 하자 갈비뼈에 전류 같은 통증이 흐르고 눈앞에 빛이 번득였다. 도널드는 차라리 의식을 잃고 기절하기를 기도했지만, 그의 운명을 주재하는 신들은 고문에 일가견이 있었다. 딱 적당한 고통만 가할 뿐, 선을 넘지 않았다. '죽이지는 마.' 그는 상처가 서로 속삭이는 소리를 들은 것 같았다. '이놈이 죄의 대가로 고통받을 수 있게 살려둬야 해.'

기침이 지나가자 입술에 구리 맛이 남았고, 작업복에는 피가 흩뿌려졌다. 상관없었다. 그는 고통과 피로 때문에 흐른 땀으로 흠뻑 젖은 머리를 다시 누이고, 입술 사이로 흘러나오는 힘없는 신음에 귀를 기울였다.

몇 시간이 흘렀는지, 몇 분이 흘렀는지 알 수 없었다. 며칠일 수도 있었다. 문을 두드리는 소리, 자물쇠 안 쇠붙이가 미끄러지며 찰칵하는 소리가 나더니 누군가가 조명을 켰다. 저녁 식사 아니면 아침 식사, 그것도 아니면 다른 의미 없는 시간을 가리키는 뭔가를 들고 온 경비원이겠지. 아니면 그에게 설교를 하고, 심문을 하고, 데려가서 잠재울 서먼이거나.

"도니?"

샬럿이었다. 샬럿 뒤의 복도는 3교대 시간인 듯 어두웠다. 샬럿이 다가오는 동안 문 앞에는 어떤 남자가 서 있었는데, 보안 요원이었다. 그들이 동생을 발견했고 그와 함께 가두려는 모양이었다. 그래도 이런 시간을 주기는 하는구나. 도널드는 급히 일어나 앉으려다가 균형을 잃을 뻔했지만, 두 사람의 팔이 서로를 끌어안았고 그 포옹에 둘 다 얼굴을 찡그렸다.

"내 갈비뼈." 도널드가 잇새로 말했다.

"내 팔 조심해." 동생이 말했다.

도널드가 샬럿에게 다친 팔에 관해 물어보려고 했지만, 샬럿이 포옹을 풀고 뒤로 물러서더니 입술에 손가락을 댔다. "서둘러. 이쪽이야."

도널드는 샬럿 너머의 문 앞에 선 남자를 보았다. 그 보안 요원은 복도를 이리저리 보고 있었다. 도널드와 샬럿이 도망치는 것보다는 누군가가 올까 봐 더 걱정하는 모습이었다. 상황을 깨닫자 도널드의 갈비뼈 통증이 덜해졌다.

"우리 나가는 거야?" 그는 물었다.

동생은 고개를 끄덕이고 그를 부축해 일으켰다. 도널드는 샬럿을 따라 복도로 나갔다. 물어보고 싶은 게 너무 많았지만, 우선은 침묵해야 했다. 지금은 때가 아니었다. 보안 요원이 문을 닫아 잠갔다. 샬럿은 이미 승강기로 향하고 있었다. 도널드는 맨발로 절뚝거리며 따라갔다. 걸음을 옮길 때마다 왼쪽 다리가 욱신거렸다. 그들은 행정동이 있는 층에 있었다. 도널드는 여벌 용품과 공급 물품을 관리하는 회계 사무실들을 지나쳤다. 모든 사일로에서 일어나는 주요 사건을 기록하여 서버에 넣는 기록실. 예전에 도널드의 수많은 보고서를 만들어냈던 인구 통제실. 이른 아침인지 모든 사무실이 조용했다.

보안문 앞에는 사람이 없었다. 그 너머에서는 승강기 한 대가 멈춘 상태로 끈덕지게 진동하며 기다리고 있었다. 도널드는 승강기 안에서 강하게 풍기는 청소용 세제의 향기를 알아차렸다. 샬럿이 들어가서 정지 버튼을 누르고, ID 카드를 스캔하더니 무기고가 있는 층을 눌렀다. 보안 요원이 닫히는 문틈으로 몸을 비스듬히 돌려 들어왔고, 도널드는 그 남자의 손에 들린 총을 보았다. 그리고 남자가 다른 사람들에게 발각될 때를 대비해 총을 들고 있는 게 아님을 깨달았다. 그들은 완전한 자유의 몸이 아니었다. 그 청년은 승강기 반대쪽에 서서 도널드와 동생을 경계하는 눈으로 보았다.

"당신을 알아요." 도널드가 말했다. "야간에 일하죠."

"다시입니다." 그는 손을 내밀지 않았다. 도널드는 빈 보안대를 떠올리고, 원래 이 사람이 그 자리에 있어야 했다는 사실을 깨달았다.

"다시, 그래요. 이게 무슨 상황입니까?" 도널드는 동생을 돌아보았다. 짧은 소매의 속셔츠에서 삐져나온 붕대를 볼 수 있었다.

"너 괜찮아?"

"난 멀쩡해." 샬럿은 눈에 띄게 동요하는 얼굴로 승강기 버튼에 들어오는 빛이 이동하는 모습을 지켜보았다. "우리가 드론을 새로 날렸어." 그녀는 불타는 듯한 눈으로 도널드를 돌아보았다. "그 드론이 해냈어."

"봤어?" 그는 부상을 잊었다. 승강기 안에 총을 들고 서 있는 남자도 잊었다. 첫 번째 비행에서 파란 하늘을 잠깐 본 지가 너무 오래된 나머지, 내가 제대로 본 건가 의심하고 애초에 착각했던 걸까 생각하던 참이었다. 나머지 비행은 다 실패했고, 그만큼 멀리까지 가질 못했다. 승강기가 무기고에 접근하며 속도를 늦췄다.

"세상은 사라지지 않았어." 샬럿이 단언했다. "우리가 있는 곳만 없어진 거야."

"내립시다." 다시가 말하면서 총을 흔들었다. "그다음엔 도대체 이게 무슨 일인지 이해하고 싶군요. 그리고 보세요, 난 아침 교대조가 오기 전에 두 사람 모두를 가둘 마음도 아직 남아 있습니다. 이런 대화를 했다는 것도 부인할 거예요."

무기고 안에 들어선 도널드는 씨근거리는 숨을 깊이 들이마시고 뒷주머니를 뒤졌다. 그는 천 조각을 꺼내어 기침을 터뜨리고는, 갈비뼈에 가해지는 압력을 줄이려고 허리를 굽혔다. 그리고 샬럿이 볼 수 없게 손수건을 재빨리 접어서 치웠다.

"물 좀 마셔야겠다." 샬럿이 보급품이 가득한 창고를 보면서 말했다.

도널드는 손을 저어 제안을 물리치고 다시를 돌아보았다. "왜 우리를 돕는 겁니까?" 그는 쉰 목소리로 물었다.

"당신들을 돕는 게 아니에요." 다시는 주장했다. "끝까지 들어 보려는 것뿐입니다." 그는 고갯짓으로 샬럿을 가리켰다. "당신 동생이 대담한 주장을 했고, 난 저 사람이 드론을 조립하는 동안 서류를 좀 읽었어요."

"내가 이 사람에게 오빠 메모를 줬어." 샬럿이 말했다. "그리고 드론을 날렸지. 다시가 발사를 도와줬어. 난 드론을 초원에 내렸어. 진짜 풀밭이었어, 도니. 센서가 그러고도 30분을 더 버텨줬어. 우린 그냥 거기 앉아서 풀밭을 멍하니 봤지."

"하지만 그래도……." 도널드는 다시를 보고 말했다. "당신은 우리를 모르죠."

"내 상관들도 몰라요. 잘은 모르죠. 하지만 난 당신이 두들겨 맞는 걸 봤고, 그게 납득이 가지 않았어요. 당신들 둘은 뭔가를 위해 싸우고 있는데, 그게 나쁜 일일 수도 있고, 내가 막아야 할 일일 수도 있지만, 난 패턴을 알아차렸어요. 내가 직무 외의 질문을 뭐라도 던지면 정보의 흐름이 멈춘다는 걸요. 저들은 내가 야간 근무를 하고 아침이면 커피를 새로 끓이기만 바라는데, 난 다른 삶에서 더 많은 일을 했던 기억이 있어요. 명령을 따르라고 배우긴 했지만, 어느 지점까지만이죠."

도널드는 엄숙하게 고개를 끄덕였다. 이 청년이 해외 파병을 갔던 걸까 하는 생각이 들었다. 혹시 외상후스트레스장애로 고통받았고, 그래서 사일로 이전의 세상에서도 약을 처방받아서 먹고 있지 않았을까. 그 때문에 뭔가가 돌아온 거다. 양심 비슷한 무엇인가가.

“여기에서 무슨 일이 벌어지는지 말해주죠.” 도널드는 두 사람을 이끌고 승강기 문을 떠나 깡통에 든 물과 휴대 식량들을 보관한 통로로 향했다. “내 예전 상관이, 그러니까 나를 이 지경으로 때리던 그 남자가 몇 가지 설명을 해줬어요. 원래 의도보다 더 많이 말해줬죠. 지금 당신에게 말하려는 내용 대부분은 내가 짜 맞췄지만, 그 사람이 몇 군데 빈자리를 메꿔줬어요.”

도널드는 동생이 뜯어놓은 나무 상자 하나의 뚜껑을 들어 올렸다. 그가 통증에 얼굴을 찡그리자 샬럿이 얼른 도우려 했다. 도널드가 물을 한 캔 집어 들고 뚜껑을 따서 꿀꺽꿀꺽 마시는 동안 샬럿이 캔을 두 개 더 꺼냈다. 다시는 총을 반대쪽 손으로 바꿔 쥐고 캔을 받아 들었고, 도널드는 주위를 둘러싼 수많은 총기 상자의 압박을 느꼈다. 많은 것들에 넌더리가 났다. 어째서인지 다시의 손에 들린 총에 대한 두려움도 사라졌다. 그의 가슴 속 통증은 다른 부류의 총상이었다. 빠른 죽음이 차라리 축복일 터였다.

“사일로 하나를 도우려고 했던 사람들이 우리가 처음은 아니에요.” 도널드가 말했다. “서먼이 그렇게 말하더군요. 그리고 이젠 훨씬 더 많은 게 이해가 돼요. 따라와요.” 그는 두 사람을 데리고 그 통로에서 벗어나 다른 통로로 들어갔다. 머리 위 전등이 깜박거렸다. 곧 수명을 다할 것이다. 도널드는 누군가가 그 전구를 굳이 갈아 끼울까 궁금했다. 그는 바다처럼 쌓인 상자들 사이에 감춰진 플라스틱 상자를 찾아내어 끌어 내리려다가, 갈비뼈가 비명을 지르는 느낌을 받았다. 어쨌든 그는 비명을 삼키고 그 상자를 들어 올렸고, 동생의 한쪽 팔의 도움을 받아서 같이 회의실로 들고 갔다. 다시가 따라왔다.

"애나가 한 일이야." 그는 앓는 소리를 내고는, 다시가 조명을 켜는 사이에 그 상자를 회의실 테이블에 올렸다. 두꺼운 유리 아래에 사일로들이 그려진 도면이 있었고, 그 유리에 남은 오래된 펜글씨는 팔꿈치와 서류철과 위스키 잔에 긁혀서 읽기 힘들어진 상태였다. 도널드가 쓴 다른 메모는 모두 사라졌지만, 그래도 괜찮았다. 그는 좀 더 오래된 것, 과거의 물건, 이전에 근무할 때 남긴 기록을 찾아야 했다. 그는 상자에서 서류철을 몇 개 꺼내어 테이블 위에 떨궜다. 샬럿이 살펴보기 시작했다. 다시는 문가에 선 채로 마른 핏자국이 남아 있는 복도 바닥을 가끔 쳐다보았다.

"예전에 전체 채널로 방송을 하다가 폐쇄된 사일로가 하나 있었어요. 내 근무 때는 아니었죠." 그는 테이블 위로 빨간 X 자가 쳐진 10번 사일로를 가리켰다. "몇 군데의 채널에서 양심 고백 방송이 터져 나왔다가 폐쇄당했죠. 하지만 애나를 1년 가까이 바쁘게 만든 건 40번 사일로였어요." 그는 찾고 있던 서류철을 찾아서 펼쳤다. 애나의 필체를 보자 눈앞이 흐려졌다. 그는 멈칫하고 두 손으로 그 글씨를 만지며 자신이 한 짓을 떠올렸다. 그는 그를 도우려고 했던 단 한 사람, 그를 사랑했던 사람을 살해했다. 이 사일로들에게 도움의 손길을 뻗었던 단 한 사람을. 오직 그 역시 그녀를 사랑한다는 사실에 대한 죄책감과 자기혐오 때문에. "모든 사건이 여기로 요약되는군." 그는 무엇을 찾고 있었는지 잊고서 말했다.

"핵심으로 들어가시죠." 다시가 말했다. "이게 다 뭡니까? 내 근무시간은 두 시간만 있으면 끝나고, 곧 대낮이에요. 그 전에 두 사람 다 가둬놓아야 한다고요."

"이제 본론이 나옵니다." 도널드는 눈을 문지르고 마음을 가라앉힌 다음, 테이블 구석을 향해 손을 저었다. "이쪽 사일로들은 전부 오래전에 깜깜해졌어요. 열 곳이 넘었죠. 다 40번에서 시작했습니다. 분명히 조용한 혁명 같은 것을 치렀을 거예요. 아무 보고도 들어오지 않았으니 무혈 혁명이었겠죠. 이들은 전혀 이상하게 행동하지 않았어요. 바로 지금 18번에서 벌어지는 일과 많이 비슷한……."

"지금은 아니야." 샬럿이 말했다. "내가 소식을 들었는데, 18번은 폐쇄당했어."

도널드는 고개를 끄덕였다. "서먼이 말해줬어. 나도 과거형으로 말하려고 했는데……. 서먼은 또 원래는 사일로를 더 적게 지으려고 했다가 계속 여분을 더하게 됐다고 했지. 난 이 점을 암시하는 보고서도 몇 개 찾아냈어. 내 생각이 어떤지 알아? 난 저들이 사일로를 너무 많이 더했다고 생각해. 너무 많아져서, 충분히 잘 감시할 수가 없어진 거야. 길모퉁이마다 카메라를 달아놨는데, 그 카메라의 피드를 지켜볼 사람은 부족한 상황과 비슷해. 그래서 이 사일로가 눈에 띄지 않은 거야."

"이 사일로들이 깜깜해졌다는 건 무슨 뜻입니까?" 다시가 묻더니, 테이블에 가까이 다가가서 유리 아래 도면을 살폈다.

"모든 카메라 피드가 동시에 꺼졌어요. 우리 쪽 호출에 대답도 하지 않았죠. 〈규칙〉은 시설이 독자적으로 행동하면 폐쇄하라고 명령했기에, 우린 그 사일로에 가스를 살포했어요. 문도 열었죠. 그런데 그다음에 다른 사일로가 깜깜해졌어요. 그리고 또 다른 사일로도. 여기 근무 책임자들은 그 사람들이 카메라 피드만이 아니라 가스선도 처리했다고 생각했어요. 그래서 이 모든 사일로에 붕괴 암호를 보냈고…….”

“붕괴 암호요?”

도널드는 고개를 끄덕이고 물을 마셔서 기침을 가라앉혔다. 그런 후에는 소매로 입가를 닦았다. 모든 서류가 테이블 위에 놓인 모습을 보니 마음에 위로가 됐다. 조각들이 맞아 들어가고 있었다.

“사일로들은 무너지도록 설계됐고, 오직 하나의 사일로를 빼고는 전부 그럴 예정이거든요. 이런 건물은 중력에 쓰러질 수도 없으니, 그 사람들은 우리가 층과 층 사이에 거대한 콘크리트 판을 끼워서 짓게 만들었죠. 나에게 그렇게 설계하게 했어요.” 그는 고개를 저었다. “당시에는 도무지 이해가 가지 않았어요. 그러기 위해서는 땅을 더 깊이 파야 했고, 비용이 올라갔고, 말도 안 되는 양의 콘크리트가 들어갔으니까요. 난 그게 벙커버스터*나 방사성 물질 누출 때문이라는 말을 들었어요. 하지만 사실은 그보다 나빴죠. 무너뜨릴 경우를 생각해서 넣은 설계였어요. 벽은 땅에 붙어 있으니 어디로도 가지 않을 테고…….” 그는 물을 또 한 모금 마

* 벙커를 비롯한 지하의 강화 구조물을 뚫고 파괴하기 위해 만든 폭탄 종류.

셨다. "그래서 그런 콘크리트 판을 끼운 겁니다. 엘리베이터를 넣지 않으려고 한 건 가스 때문이었고요. 당시에는 왜 설계에서 엘리베이터를 빼게 했는지 이해가 가질 않았어요. 설계가 더 '열린' 느낌을 주길 바란다고 하더군요. 사실은 층과 층 사이를 막을 수 있게 되면 가스를 살포하기가 더 힘들어져서였어요."

그는 팔꿈치에 대고 기침을 한 다음, 손가락으로 회의실 테이블 한쪽 구석을 따라갔다. "이 사일로들은 암세포 같았어요. 40번이 이웃 사일로들과 소통을 하고 있었거나, 아니면 그냥 다른 사일로의 통신도 원격으로 해킹해 끊었을 겁니다. 여기, 우리 사일로의 근무 책임자들은 이 문제를 해결하려고 사람들을 깨우기 시작했죠. 붕괴 암호는 듣지 않았어요. 하나도 안 들었죠. 애나는 40번 사람들이 폭약을 찾아내고 폭파를 지시하는 주파수를 차단했다고 생각했어요."

그는 말을 멈추고 애나의 무전기에서 흘러나오던 잡음을, 그에게 두통을 안겨주긴 했지만 그녀를 영리하고 자신감 있어 보이게 만들던 전문용어들을 떠올렸다. 그의 시선이 예전에 간이침대가 놓여 있던 방구석, 애나가 한밤중에 건너와서 그의 품에 안기던 자리로 향했다. 도널드는 물을 마저 마시고는, 더 독한 걸 마실 걸 그랬다고 생각했다.

"애나는 결국 기폭장치를 해킹해서 그 사일로들을 무너뜨리는 데 성공했습니다." 그는 말했다. "그러지 않았다면 위에서 위험을 무릅쓰고 드론을 날리거나 사람을 직접 보냈을 테니까요. 그게 〈규칙〉의 마지막 페이지에 나오는 방법이죠. 책 말미에요."

"그리고 우린 그렇게 했지." 샬럿이 말했다.

도널드는 고개를 끄덕였다. "내가 널 깨우기 전에 그 이상을 해버렸지. 여기에 조종사들이 돌아다닐 때."

"그래서 이 사일로들은 어떻게 됐는데? 붕괴한 거였어?"

"애나는 그렇게 말했지. 모든 게 잘된 것 같았어. 여기 책임자들은 애나에게 의지했고, 그 말을 믿었어. 우린 모두 다시 잠들었지. 난 그게 내 마지막 수면이라고, 다시는 깨어날 일이 없을 거라고 생각했어. 심냉동이라고. 하지만 그러다가 다시 사람들이 나를 깨워 일으켰고, 날 다른 이름으로 불렀어. 난 다른 사람이 되어서 깨어난 거야."

"서먼이었죠." 다시가 말했다. "양치기요."

"그래요. 사실 난 그 이야기 속의 양이었을 뿐인데요."

"당신이 언덕을 거의 다 넘어갔다던 그 사람이었어요?"

도널드는 샬럿이 긴장하는 모습을 보았다. 그는 서류철들로 관심을 돌리고, 그 질문에는 답하지 않았다.

"당신이 말하는 그 여자 말인데, 그 사람이 데이터베이스를 건드린 사람인가요?" 다시가 물었다.

"그래요. 윗사람들은 당시 문젯거리를 해결하기 위해 애나에게 전면적인 권한을 줬죠. 그 정도로 심각한 문제기도 했고요. 그런데 애나는 호기심 때문에 다른 곳까지 들여다보고 말았어요. 그리고 자기 아버지와 다른 사람들의 계획에 관해 적힌 이 메모를 발견하고, 붕괴 암호와 가스 시스템이 비상시를 대비하기 위해서만 존재하는 장치가 아니었음을 알게 됐죠. 우리 모두가, 모든 사일로가 커다란 시한폭탄이었어요. 애나는 자신이 냉동 수면 장치에 들어가서 다시는 깨어나지 못하리란 사실을 알았죠. 그리고 원하는 건 다 바꿀 수 있다 해도 본인의 성별을 바꿀 수는 없었어요. 본인을 깨우게 만들 수가 없었기 때문에, 애나는 나에게 도움을 구하려고 했어요. 그래서 날 자기 아버지 자리에 집어넣었죠."

도널드는 말을 멈추고 눈물을 참았다. 샬럿이 그의 등에 손을 얹었다. 방 안은 한참 동안 조용했다.

"하지만 난 애나가 나에게 뭘 원했는지 이해하지 못했어요. 혼자서 정보를 알아내기 시작했죠. 그리고 40번 사일로는 사라지지 않은 상태였어요. 아직 멀쩡히 서 있었죠. 난 다른 사일로가 깜깜해지자 이 사실을 깨달았어요." 도널드는 말을 잠시 멈췄다. "당시에 난 책임자 노릇을 하고 있었고, 생각을 제대로 하지 못한 채 폭격을 지시하는 서류에 서명을 해버렸어요. 그 문제를 해결하기 위해 뭐든 해버렸죠. 난 폭격 후의 진동에 대해서도, 드론이 눈에 띄는 문제에 대해서도 신경 쓰지 않고 그냥 해치우라고 지시했어요. 아직 그곳에 서 있는 건 다 땅에 팬 구멍으로 만들어버렸죠. 드론과 폭탄들이 그 사람들을 없애버렸어요."

"기억납니다." 다시가 말했다. "내가 막 근무를 시작할 때쯤이었죠. 구내식당에 늘 조종사들이 있었어요. 한밤중에 일을 많이 했고."

"그리고 바로 여기에서 일했죠. 조종사들이 일을 끝내고 다시 잠들자, 난 동생을 깨웠어요. 그저 그 조종사들이 떠나기만 기다렸죠. 폭격을 멈추고 싶었던 게 아니에요. 바깥에 뭐가 있는지 보고 싶었어요."

다시는 벽에 걸린 시계를 확인했다. "그리고 이젠 우리 셋 다 봤군요."

"모든 사일로가 무너질 때까지 200년 정도 시간이 있어요." 도널드는 말했다. "혹시 이 사일로에는 왜 계단이 없고 승강기만 있나 생각해본 적 있어요? 급행이라고 불리는 그 망할 승강기가 왜 어디든 도착하려면 엄청나게 오래 걸리는지 알고 싶어요?"

"우리에게도 폭탄이 장치된 거군요." 다시가 말했다. "모든 층 사이에 똑같은 콘크리트 덩어리가 있는 거예요."

도널드는 고개를 끄덕였다. 이 청년은 머리가 빨리 돌아갔다. "계단을 오르게 하면 우리가 그것을 볼 수 있으니까요. 그러면 이 사일로에 있는 대부분이 그게 무엇을 위한 건지, 뭘 뜻하는 건지 알게 될 테고요. 모든 책상에 카운트다운 시계를 붙여놓는 것과 같아요. 사람들이 미쳐버렸겠죠."

"200년이라." 다시가 말했다.

"다른 사람들에게는 긴 시간처럼 느껴질지 몰라도, 우리에게는 몇 번의 낮잠이죠. 하지만 봐요, 그게 요점이에요. 그 사람들은 우리를 죽여야 해요. 아무도 기억하지 못하게. 이 모든 짓거리를……." 도널드는 사일로들의 도면이 놓인 회의실 테이블에 손짓했다. "이건 시한폭탄일 뿐만 아니라 시간 여행 기계이기도 해요. 지구를 깨끗하게 치우고, 사실상 무작위로 골라낸 일군의 사람들을 미래로 보내어 세상을 이어받게 하려는 수단이죠."

"그보다는 과거로 돌려보내는 것에 가깝지 않아?" 샬럿이 말했다. "원시 국가 같은 시절로."

"정확해. 내가 처음 나노 기기에 대해 알았을 때는 그걸 이란이 만들고 있었어. 특정 인종 집단을 목표로 삼겠다는 생각이었지. 우리에겐 이미 세포 수준에서 작동할 수 있는 기계가 있었어. 이건 다음 단계에 불과했지. 특정 생물 종을 목표로 삼는 건 인종을 목표로 삼는 것보다 더 쉽거든. 식은 죽 먹기였어. 이 계획을 생각해낸 어스킨이라는 사람은 피할 수 없는 일이었다고, 결국엔 누군가가 했을 거라고, 모든 인류를 지워버릴 소리 없는 폭탄을 만들었을 거라고 했어. 나도 그 말이 맞다고 생각해."

"그래서 당신이 이 서류 더미에서 찾고 있는 건 뭡니까?" 다시가 물었다.

"서먼은 애나가 무기고를 떠난 일이 있었는지 알고 싶어 했어요. 분명히 그랬을 겁니다. 내가 미처 알아보지 못한 내용이 여기 어디 있을 거예요. 그리고 서먼이 가스 배관에 대해 무슨 말을 했는데……."

"한 시간 반만 더 있으면 두 사람을 돌려보내야 해요." 다시가 말했다.

"그래요, 알았어요. 그러니까 난 서먼이 이 사일로에서 뭔가를 찾아냈다고 생각해요. 자기 딸이 한 짓, 딸이 몰래 빠져나가서 한 일이요. 난 애나가 또 한 가지 깜짝 선물을 남겨놨다고 생각해요. 18번에 가스를 살포했을 때, 서먼은 이번에는 제대로 했다고 말했어요. 누군가가 망쳐놓은 일을 바로잡았다고요. 처음에는 내가 18번을 구하려고 싸우면서 남긴 난장판을 두고 한 얘기라고 생각했는데, 상황을 바꿔놓은 사람은 애나였죠. 아마 애나가 밸브 몇 개를 옮겼거나, 혹시 모든 것이 전산화되어 있었다면 그냥 코드를 몇 개 바꿔놨을 겁니다. 나노 기기에는 두 종류가 있는데, 지금 내 핏속에 그 두 종류가 다 있어요. 냉동 수면 장치 속에서처럼 우리를 살려두는 나노 기기가 있고, 저 바깥의 사일로들 주위에는 우리가 사람들을 망가뜨리기 위해 주입하는 나노 기기가 있죠. 궁극적으로는 가진 자와 못 가진 자의 대결이 되는 거죠. 난 애나가 이 상황을 뒤집으려 했고, 우리가 폐쇄할 다음 사일로는 우리와 같은 나노 기기를 주입받게 하려 했다고 생각해요. 세포 수준에서 로빈 후드 행각을 벌이고 있었던 거죠."

그는 드디어 문제의 보고서를 찾아냈다. 너덜너덜했다. 수백 번은 들여다본 것 같았다.

"17번 사일로." 그는 말했다. "17번이 폐쇄됐을 때는 내가 깨어 있지 않았지만, 나중에 이걸 들여다봤죠. 가스가 살포된 이후에 호출을 받은 남자가 한 명 있었어요. 하지만 난 그곳에 가스가 살포됐다고 생각하지 않아요. 제대로 살포되지는 않은 겁니다. 애나가 우리의 냉동 수면 장치에서 우리를 치료해주는 나노 기기를 원래의 가스 대신 보냈다고 생각해요."

"어째서?" 샬럿이 물었다.

도널드는 고개를 들었다. "세상이 끝나는 사태를 막으려고. 아무도 살해하지 않으려고. 사람들에게 공감을 보여주려고."

"그러면 17번은 모두 괜찮은 거야?"

도널드는 보고서 페이지를 넘겼다. "아니. 이유는 모르지만, 애나도 에어록이 열리는 건 막지 못했어. 그게 폐쇄 절차 중에 들어가거든. 그리고 바깥에 있는 가스의 양을 생각하면, 그 사람들에겐 살아남을 가능성이 없었어."

"내가 17번의 누군가와 이야기를 했거든." 샬럿이 말했다. "오빠 친구…… 그 시장이 그쪽에 있어. 17번에 사람들이 있어. 터널을 뚫어서 넘어갔대."

도널드는 미소 지으며 고개를 끄덕였다. "과연. 역시 그렇군. 자기들이 우리를 쫓고 있다고 생각하게 만든 거였어."

"음, 지금은 우리를 쫓고 있는 게 맞을걸."

"그 사람과 연락을 해야 해."

"당장은 이번 근무 교대 시간에 대해서 생각해야겠는데요. 한 시간만 있으면 아주 난리가 날 겁니다."

도널드와 샬럿은 다시를 돌아보았다. 그는 문 옆, 바로 도널드가 몇 번이고 걷어차였던 자리 근처에 서 있었다.

"제 상관 말이에요." 다시가 말했다. "깨어나서 제 근무시간 중에 죄수가 탈출했다는 사실을 알면 잔뜩 화를 낼 거예요."

53

17번 사일로

줄리엣과 래프는 다른 무전기나 여분의 배터리를 찾으려고 하층부 부보안관실에 들렀다. 그러나 둘 다 없었다. 충전기는 아직 벽에 걸려 있었으나, 계단을 타고 내려온 임시 전력선에 연결되어 있지 않았다. 줄리엣은 그곳에 머물면서 휴대용 무전기에 조금이라도 충전을 해봐야 할지, 아니면 그냥 중층부 부보안관실이나 IT부까지 가보는 게 나을지 가늠했다.

“어이.” 래프가 속삭였다. “무슨 소리 안 들려?”

줄리엣은 손전등으로 부보안관실 깊숙한 곳을 비췄다. 누군가의 울음소리를 들은 것 같았다. “가자.” 그녀는 충전기를 내버려두고 유치장 쪽으로 들어갔다. 맨 마지막 유치장에 어두운 형체가 앉아서 흐느끼고 있었다. 처음에는 행크라고, 행크가 길을 헤매다가 집과 가장 가까운 곳으로 와서 이 세상이 어떤 상태인지 깨달아버린 거라고 생각했다. 하지만 그 남자는 로브를 입고 있었다. 쇠창살 안에서 그들을 올려다보는 사람은 웬델 신부였다. 그의 눈에 맺힌 눈물이 손전등 불빛을 받아 반짝였다. 웬델 신부 옆 벤치에는 작은 초 하나가 타면서 바닥으로 밀랍을 떨구고 있었다.

유치장 문은 완전히 닫혀 있지 않았다. 줄리엣은 문을 당겨 열고 안으로 들어갔다. "신부님?"

노인은 몰골이 엉망이었다. 손에는 너덜너덜한 낡은 책의 잔해를 들고 있었다. 아니, 책이 아니라 뜯어진 페이지 더미였다. 벤치 위와 바닥 여기저기에 페이지가 흩어져 있었다. 줄리엣은 손전등으로 아래를 비춰보고서 자신이 작은 글씨가 인쇄된 종이를 카펫처럼 밟고 서 있음을 알았다. 모든 페이지마다 여기저기에 검은 줄이 그어져 있어, 문장이며 단어들을 읽을 수 없게 만들어놓았다. 줄리엣은 새장 안에 보관되어 있던 책, 다섯 줄에 한 줄 정도만 읽을 수 있는 책에서 이런 페이지들을 본 적이 있었다.

"날 내버려둬라." 웬델 신부가 말했다.

줄리엣도 그러고 싶었지만, 그러지 않았다. "신부님, 저예요. 줄리엣이요. 여기에서 뭘 하시는 거예요?"

웬델은 코를 훌쩍이며 뭔가를 찾고 있다는 듯이 페이지들을 살폈다. "이사야. 이사야, 어디 있지? 모든 게 엉망이야."

"신도들은 어디 있어요?" 줄리엣이 물었다.

"이젠 내 신도들이 아니야." 그는 코를 닦았고, 줄리엣은 내버려두고 가자고 팔꿈치를 당기는 래프의 손길을 느꼈다.

"여기서 지내실 순 없어요. 식량이나 물은 있나요?" 줄리엣이 물었다.

"나에겐 아무것도 없다. 가거라."

"가자." 래프가 작은 소리로 말했다.

줄리엣은 등에 짊어진 무거운 다이너마이트 토막들을 추슬렀다. 웬델 신부는 부츠 주위에 페이지를 더 늘어놓고, 페이지마다 앞뒤를 확인하고 있었다.

"아래에 다시 굴착을 하려고 계획 중인 그룹이 있어요." 그녀는 신부에게 말했다. "제가 더 나은 곳을 찾아주면, 그 그룹이 우리 사람들을 여기에서 데리고 나갈 거예요. 신부님은 저희와 같이 농장에 가서 식량을 좀 구하고, 도움을 줄 수 있는지 알아보면 어떨까요. 저 아래 사람들에게 신부님이 도움이 될지도 몰라요."

"내가 어디에 쓸모가 있다고?" 웬델이 벤치 위에 한 페이지를 탁 내려놓자, 다른 페이지 몇 장이 흩어졌다. "지옥 불, 아니면 희망. 둘 중에 골라보렴. 둘 중 하나야. 저주 아니면 구원. 모든 페이지가 그래. 골라보렴. 골라봐." 그는 애원하는 눈으로 그들을 올려다보았다.

줄리엣은 물통을 흔들어서 뚜껑을 열고 웬델에게 내밀었다. 벤치에 놓인 촛불이 탁탁 소리를 내며 연기를 피워 올리자, 그림자들이 길어졌다가 줄어들었다. 웬델은 물통을 받아서 한 모금 마시고는 돌려줬다.

"내 눈으로 봐야만 했어." 웬델은 속삭였다. "난 악마를 보려고 어둠 속으로 들어갔지. 그랬어. 걷고 또 걷고, 그랬더니 여기가 나오더구나. 다른 세상이. 난 내 양 떼들을 지옥에 떨어뜨린 거야."

그는 얼굴을 일그러뜨리더니, 잠시 동안 한 페이지를 살폈다. "아니면 구원으로 이끌었거나. 골라보렴."

그는 벤치에 놓인 초를 들어 올리더니, 잘 볼 수 있도록 페이지 한 장을 촛불에 가까이 댔다. "아, 〈이사야〉, 여기 있었구나." 그러더니 그는 주일예배에 쓰는 바리톤 음성으로 읊었다. "은혜의 때에 내가 네게 응답하였고, 구원의 날에 내가 너를 도왔도다. 내가 장차 너를 보호하여 너를 백성의 언약으로 삼으며, 나라를 일으켜 그들에게 그 황무하였던 땅을 기업으로 상속하게 하리라."* 웬델은 그 페이지 한쪽 끝을 불꽃에 대고 다시 우렁차게 말했다. "그 황무하였던 땅을!"

그 페이지는 웬델이 손을 놓을 때까지 불타다가 오렌지색으로 오그라드는 새처럼 허공을 너풀너풀 날았다.

"가자." 래프가 이번에는 더 강하게 속삭였다.

줄리엣은 한 손을 들어 올렸다. 그녀는 웬델 신부에게 다가가서 그 앞에 쪼그려 앉고는, 무릎에 한 손을 올렸다. 마커스 문제로 웬델에게 느꼈던 분노는 사라졌다. 웬델이 그녀와 그녀의 굴착을 두고 신도들에게 격분을 불어넣었을 때 느꼈던 분노도 사라졌다. 분노가 있던 자리를 죄책감이 차지했다. 그들의 두려움과 불신이 다 정당했다는 사실을 알게 되면서 느끼는 죄책감.

"신부님, 여기에 머물다간 다들 망할 거예요. 전 사람들을 도울 수 없어요. 전 여기 없을 거라서요. 그 사람들이 다른 곳으로 가려

* 〈이사야서〉 49장 8절.

면 신부님의 인도가 필요해요."

"사람들에겐 내가 필요 없어." 웬델이 말했다.

"아니, 필요해요. 이 사일로 깊은 곳에서 여자들은 아기들 때문에 울고, 남자들은 집 때문에 울고 있어요. 그 사람들에겐 신부님이 필요해요." 줄리엣은 진심이었다. 사람들은 힘들 때 사제를 가장 필요로 했다.

"네가 끝까지 견디도록 돕겠지." 웬델 신부는 말했다. "네가 끝까지 도와줄 거야."

"아니요, 저는 아니에요. 신부님이 그 사람들의 구원이에요. 저는 이런 짓을 한 자들을 무너뜨리러 가요. 그놈들을 지옥에 제대로 처박을 거예요."

웬델이 무릎만 보던 시선을 들었다. 뜨거운 밀랍이 손가락을 타고 흐르는데도 느끼지 못하는 것 같았다. 타버린 종이 냄새가 방 안을 가득 채웠고, 신부는 줄리엣의 머리에 한 손을 얹었다.

"그렇다면 얘야, 내가 네 여정을 축복하마."

그 축복을 짊어진 후 계단을 오르는 여정이 더 무거워졌다. 아니면 등에 짊어진 폭탄의 무게 탓일지도 몰랐다. 줄리엣은 아래쪽에 터널을 파는 데 이 폭탄이 유용했으리라는 사실을 알았다. 구원에 쓰일 수도 있는 물건을, 그녀가 저주에 쓰려 하고 있었다. 구원과 저주를 모두 다 넘치도록 제공한다는 점에서는 웬델의 책과 비슷했다. 그리고 농장으로 다가가면서 그녀는 에릭이 다이너마이트를 가져가라고 했다는 사실을 상기했다. 줄리엣이 이걸 터뜨리기를 간절히 원하는 다른 사람들이 있었다.

줄리엣과 래프는 하부 농장에 도착했고, 그녀는 안으로 들어서는 순간 뭔가 잘못되었음을 알았다. 문을 여는 순간 열기가, 성난 공기가 쏟아져 나왔다. 처음에는 불이 났나 생각했고, 이 사일로에서 지내본 경험으로 이제는 작동하는 소방 호스가 없다는 사실을 알고 있었다. 그러나 복도를 따라 바깥쪽 재배지까지 쭉 이어진 눈부신 전등 빛은 다른 상황을 암시했다.

보안문 옆 바닥에, 복도를 비스듬히 가로질러 누운 남자가 하나 있었다. 반바지와 속셔츠 차림이었다. 줄리엣은 가까이 다가가고 나서야 부보안관 행크를 알아보았다. 행크가 움직이자 마음이 놓였다. 그는 눈을 가리고 가슴 위에 놓아두었던 권총을 꽉 잡았다. 땀이 옷을 흠뻑 적셨다.

"행크? 괜찮아요?" 줄리엣도 벌써부터 땀으로 끈적끈적해진 느낌이었고, 가엾은 래프는 시들시들해진 것 같았다.

부보안관이 일어나 앉더니 목덜미를 문질렀다. 그는 보안문을 가리켰다. "보안문에 바싹 붙으면 조금이나마 그늘에 들어갈 수 있어."

줄리엣은 복도 저편의 불빛들을 보았다. 그들은 엄청난 전력을 끌어들이고 있었다. 모든 재배지에 한꺼번에 불이 켜진 것 같았다. 열기의 냄새마저 맡을 수 있었다. 그 열에 구워지는 식물의 냄새가 났다. 그녀는 계단의 빈약한 전선으로 이런 전류를 얼마나 오래 버텨낼 수 있을까 생각했다.

"타이머가 망가졌어요? 어떻게 된 거예요?"

행크는 고갯짓으로 복도 저편을 가리켰다. "사람들이 재배지를 확보하고 있었어. 첫 싸움이 어제 터졌지. 진 샘플이라는 사람 알아?"

"진이라면 내가 알아요." 래프가 말했다. "하수처리장에서 일했죠."

행크는 얼굴을 찌푸렸다. "진은 죽었어. 등이 꺼졌을 때 일어난 일이야. 그러고 났더니 불쌍한 진을 무슨 비료 취급하면서, 진을 묻을 권리를 두고 또 싸우더군. 몇 사람이 힘을 모아서 질서를 되찾으려고 날 고용했어. 난 사태가 진정될 때까지 등을 계속 켜놓으라고 했고." 그는 목덜미를 닦았다. "날 비난하기 전에 하는 말인데, 나도 이게 작물에 나쁜 줄은 알아. 하지만 작물은 이미 다 털렸어. 이렇게 땀이라도 쭉 빼면, 그놈들 중 상당수가 이동해서 모두에게 숨 쉴 공간이 생길 거라는 게 내 희망이야. 하루만 더 있으면 될 거야."

"하루를 더 이렇게 지냈다간 어딘가 불이 나겠어요. 행크, 바깥에 놓인 전선은 이미 재배등을 순환해서 켜는 것만으로도 뜨겁게 달아오르거든요. 이 많은 등에 전력을 댈 수 있다는 게 놀랍네요. 30층대에서 차단기라도 내려가면, 여기 아래는 아주 오랫동안 어둠밖에 안 남을 거예요."

행크는 복도 저편을 보았다. 줄리엣은 보안문 반대편에 쌓인 껍질과 씨와 부스러기들을 보았다. "행크에게 대가는 어떻게 주는 거예요? 식량?"

그는 고개를 끄덕였다. "식량이 다 썩을 거야. 사람들이 모든 걸 뽑아냈어. 여기 도착했을 때는 다들 미친 사람처럼 굴고 있었거든. 몇 명은 위로 올라간 것 같은데, 이 사일로 문이 열려 있어서 더 올라가면 죽는다는 소문이 돌고 있어. 그리고 아래로 내려가도 죽는다는 소문이 있지. 소문만 많아."

"그렇다면 행크가 그런 소문들을 가라앉혀야겠네요." 줄리엣이 말했다. "분명히 여기보다는 위나 아래가 나을걸요. 솔로와 아이들 봤어요? 원래 여기 살던? 이쪽으로 올라갔다고 들었는데요."

"응. 내가 불을 다 켜기 전에 그 애들 몇 명이 바로 저 복도 아래 재배지를 지키고 있었어. 하지만 몇 시간 전에 떠났지." 행크가 줄리엣의 손목을 보았다. "그런데 지금 몇 시야?"

줄리엣은 손목시계를 보았다. "2시 15분이네요." 그녀는 행크가 다른 질문을 하려는 것을 알고 말했다. "오후요."

"고맙다."

"우린 놈들을 잡으러 갈 거예요." 줄리엣이 말했다. "이 재배등 문제는 아저씨가 해결하도록 맡겨도 되겠죠? 이렇게 많은 전력을 끌어다 쓰면 곤란해요. 그리고 여기에서 사람들을 더 위로 올려 보내요. 중층부 농장은 상태가 훨씬 나아요. 어쨌든 내가 있었을 땐 그랬어요. 그리고 혹시 할 일을 찾는 사람들이 있다면, 기계부에서 일할 수 있을 거예요."

행크는 고개를 끄덕이고 힘겹게 일어났다. 래프는 이미 작업복이 땀에 전 채 출구로 향하고 있었다. 줄리엣은 행크의 어깨를 두드려주고 그리로 향했다.

"어이." 행크가 외쳤다. "시간은 알려줬는데, 요일은?"

줄리엣은 문 앞에서 멈칫했다. 그녀는 고개를 돌려서, 손으로 눈 위를 가리고 쳐다보고 있는 행크를 보았다. "그게 중요해요?" 그녀는 물었다. 그리고 행크가 대꾸하지 않자, 중요하지 않다는 뜻이라고 생각했다. 이제는 모든 날이 똑같은 날이었고, 모든 날에 번호가 매겨졌다.

54

지미는 엘리스를 찾아서 두 층만 더 올라가보고 돌아가자고 마음먹었다. 엘리스와 엇갈린 게 아닌지, 엘리스가 강아지를 따라갔거나 화장실을 쓰느라고 어느 층 안으로 뛰어 들어갔는데 미처 모르고 지나친 게 아닌지 의심이 들었다. 그보다는 엘리스가 농장으로 돌아가서 다른 모두와 함께 있는데 지미 혼자 사일로 위아래를 돌아다니고 있을 가능성이 컸다.

다음 층계참에서 지미는 문 안을 들여다보았고, 어둠과 정적밖에 없는 내부에 대고 엘리스의 이름을 외친 다음, 한 층을 더 올라갈지 말지 고민했다. 계단으로 돌아가는데, 위쪽에 퍼뜩 지나가는 갈색의 무언가가 눈길을 사로잡았다. 늙은 눈 위에 손을 얹고 녹색 어둠 속을 올려다보았더니 남자애 하나가 난간 너머로 그를 보고 있었다. 아이가 손을 흔들었다. 지미는 손을 흔들지 않았다.

하부 농장으로 돌아갈 마음을 먹고 계단으로 향하는데, 곧 나선 계단을 따라 다가오는 가벼운 발소리가 들렸다. 그는 돌봐야 할 아이가 또 하나 늘었다고 생각했다. 그는 그 남자애를 기다리지 않고 계속 걸었다. 계단을 한 굽이 반 돌고 나서야 아이가 그를 따라잡았다.

지미는 귀찮게 한다고 아이를 질책하려 몸을 돌렸지만, 가까이에서 보자 누군지 알아볼 수 있었다. 갈색 작업복과 뻣뻣한 옥수수 빛깔의 더벅머리. 시장에서 엘리스를 쫓아 달리던 아이였다.

"이봐요." 소년은 숨을 몰아쉬면서 잇새로 말했다. "당신이 그 남자죠."

"내가 그 남자다." 지미는 맞장구를 쳤다. "넌 식량을 찾고 있겠지. 음, 난 아무것도 없는데……."

"아뇨." 아이는 고개를 저었다. 아홉 살이나 열 살쯤 되었을까. 마일스와 비슷한 나이였다. "같이 가줘야겠어요. 도움이 필요해요."

모두가 지미의 도움을 필요로 했다. "나는 좀 바쁜데." 지미는 몸을 돌리려 했다.

"엘리스 일이에요." 아이가 말했다. "난 엘리스를 따라왔거든요. 광산을 통과해서요. 그런데 저 위의 사람들이 엘리스를 놓아주지 않아요." 아이는 소곤거리면서 계단 위쪽을 보았다.

"엘리스를 봤어?" 지미가 물었다.

아이는 고개를 끄덕였다.

"사람들이라니, 무슨 소리냐?"

"교회 사람들 한 무리가 있어요. 우리 아빠가 거기 주일예배에 가거든요."

"그놈들이 엘리스를 데리고 있다고?"

"네. 그리고 내가 걔네 개도 찾았는데요. 개는 여기서 몇 층 아래 망가진 문 뒤에 껴 있었어요. 풀려나지 않게 내가 잘 가둬놨어요. 그런 다음에 그 사람들이 엘리스를 가둬둔 곳을 찾았어요. 내가 엘리스에게 가려고 했더니 어떤 남자가 꺼지라고 했어요."

"그게 어디라고?" 지미가 물었다.

아이는 위를 가리켰다. "두 층 위요."

"네 이름이 뭐였지?"

"쇼."

"잘했다, 쇼." 지미는 서둘러 계단으로 가서는 내려가기 시작했다.

"난 위라고 했는데." 아이가 말했다.

"뭘 좀 챙겨야 해. 멀지 않아."

쇼는 서둘러 지미를 따라왔다. "좋아요. 그리고 저기, 아저씨. 내가 얼마나 배고팠는지 알아줬으면 좋겠는데요. 그래도 그 개는 먹지 않았을 거예요."

지미는 멈칫하고 소년이 따라잡기를 기다렸다. "네가 개를 먹을 거라곤 생각하지 않았다."

쇼는 고개를 끄덕였다. "엘리스도 그렇게 알면 됐어요. 내가 절대 강아지를 먹지 않았으리라는 걸 엘리스도 알았으면 좋겠어요."

"내가 확실히 알려주마." 지미가 말했다. "이제 가자. 서둘러."

두 층을 내려간 지미는 어두운 복도 안을 들여다보았다. 그는 손전등으로 벽을 비춰보다가, 뒤에 바싹 붙어 있던 쇼를 미안한 얼굴로 돌아보았다. "너무 왔구나." 지미는 실수를 인정했다.

그는 스스로를 답답해하면서 몸을 돌려 다시 한 층을 올라갔다. 모든 물건을 어디에 뒀는지 기억하기가 너무 힘들었다. 너무 오래전에 한 일이었다. 예전에는 숨겨둔 물건들을 기억하는 연상기호가 있었다. 소총 한 자루는 51층에 숨겨두었는데, 소총을 쥐려면 손이 하나 필요하고 방아쇠를 당기려면 손가락이 하나 더 필요하니까 51이라는 식으로 기억했다. 다섯 그리고 하나. 그 소총은 킬트에 감싸서 낡은 트렁크 밑에 묻어두었다. 그러나 여기 어디쯤에도 한 자루를 두었다. 오래전에 공급부까지 가지고 내려왔었다. 아마 '그림자'를 찾아냈던 그때였을 것이다. 그 총은 집까지 가지고 돌아가지 않았다. 손이 모자라서였다. 118층. 그랬다. 119층이 아니었다. 그는 다리가 아파오는 가운데 서둘러 층계참에 올라섰고, 아까 쇼와 함께 잠시 시간을 보냈던 바로 그 복도 안으로 들어갔다.

여기였다. 거주지들. 많은 집 안에 물건들을 남겨두었다. 주로 배설물이었다. 그는 농장에서라면 흙에 바로 싸도 된다는 사실을 몰랐다. 그건 나중에 아이들이 가르쳐줬다. 엘리스가 가르쳐줬다. 지미는 엘리스에게 나쁜 짓을 하는 사람들을 생각하고, 자신이 어렸을 때 사람들에게 했던 짓을 떠올렸다. 혼자서 소총 쏘는 방법을 배웠을 때 그는 어렸다. 그는 총을 쐈을 때 났던 소리를 기억했다. 총이 빈 수프 깡통과 사람들을 어떻게 만들었는지 기억했다. 튀어 올랐다가 잠잠히 쓰러지게 만들었던 것을. 왼쪽 세 번째 집이었다.

"들고 있어라." 그는 집 안으로 들어가면서 쇼에게 손전등을 건넸고, 쇼는 그 손전등으로 방 한가운데를 비췄다. 지미는 한쪽 벽에 밀어놓은 금속 서랍장을 붙잡아서 당겼다. 어제 일 같았다. 서랍장 위에 두껍게 쌓인 먼지만 빼면. 예전에 남긴 그의 부츠 자국은 사라지고 없었다. 그는 서랍장 위로 올라가서 천장 패널을 밀어 올려 옆으로 치운 다음, 손전등을 달라고 했다. 불빛을 비추자 쥐 새끼 한 마리가 찍찍거리면서 달아났다. 검은 소총이 그를 기다리고 있었다. 지미는 총을 내리고 쌓인 먼지를 후후 불었다.

엘리스는 새 옷이 마음에 들지 않았다. 사람들은 색깔이 다 잘못됐다면서 엘리스의 작업복을 벗겨내더니, 앞면을 꿰매놓은 따끔거리는 담요를 씌웠다. 몇 번이나 나가고 싶다고 했지만 래시 씨가 여기 있어야 한다고 했다.

복도 여기저기에 낡은 침대가 있는 방들이 있었고, 모든 곳에서 퀴퀴한 냄새가 났지만 청소를 하며 더 낫게 만들려는 사람들이 있었다. 그러나 엘리스는 그저 '강아지'와 해나와 솔로를 보고 싶었다. 그 사람들이 방을 하나 보여주면서 여기가 너의 새로운 집이라고 했지만, 엘리스는 야생지 너머에 살았고 다른 곳에 살고 싶었던 적이 없었다.

그들은 강제로 이름을 쓰게 했던 큰 방으로 엘리스를 다시 데려가더니, 벤치에 좀 더 앉아 있게 했다. 엘리스가 가려고 하면 래시 씨가 손목을 꽉 잡았다. 엘리스가 울자 더 세게 잡았다. 그들은 어떤 남자가 큰 소리로 책을 읽는 동안 이상한 이름의 벤치에 엘리스를 앉혀놓았다. 하얀 로브를 입고 정수리에 머리카락이 없는 남자는 가버렸고, 새로운 남자가 그를 대신해 책을 읽었다. 한쪽 옆에는 다른 남자 둘과 여자 한 명이 있었는데, 행복해 보이지 않았다. 벤치에 앉은 많은 사람들이 책 읽는 남자보다는 그 여자를 지켜보며 시간을 보냈다.

엘리스는 졸리면서도 좀이 쑤셨다. 이곳을 벗어나 다른 곳에서 자고 싶었다. 그때 남자가 책 읽기를 끝내더니, 그 책을 허공에 높이 들어 올렸고 엘리스 주위에 있던 사람 모두가 같은 말을 했다. 정말 이상했다. 다들 무슨 말을 할지 미리 알고 있는 것 같았고, 무슨 말인지는 알면서도 정작 뜻은 모르는 것처럼 목소리들이 이상하고 텅 비어 있었다.

책을 든 남자가 두 남자와 한 여자에게 손짓하자, 두 남자가 여자를 들고 가는 것 같았다. 반짝반짝 빛이 통과해 들어오는 색깔 유리창 근처에 테이블 두 개가 맞붙은 채 놓여 있었다. 남자들이 여자를 테이블 위에 올리자 여자가 소리를 냈다. 그 여자는 엘리스와 비슷한데 더 큰 담요를 입고 있어서, 남자들이 쉽게 그 여자의 맨다리를 드러낼 수 있었다. 벤치에 앉은 사람들이 더 잘 보려고 애를 썼다. 엘리스는 아까보다 덜 졸렸다. 엘리스가 무슨 일인지 알고 싶어서 소곤소곤 물었더니, 래시 씨가 조용히 하라고, 말하지 말라고 했다.

책을 든 남자가 로브 속에서 칼을 꺼냈다. 긴 칼이었고 반짝이는 물고기처럼 번득였다.

"너희는 생육하고 번성하라."* 남자가 사람들을 마주 보았고, 여자는 테이블 위에서 꿈틀거렸지만 아무 데도 가지 못했다. 엘리스는 사람들에게 그 여자의 손목을 그렇게 꽉 잡지 말라고 말하고 싶었다.

"보아라." 남자가 책을 읽었다. "내가 내 언약을 나와 너 사이, 그리고 너 다음에는 네 씨앗과 사이에 세우리니." 엘리스는 이 사람들이 무슨 식물이라도 심으려는 걸까 생각했다. 이어서 남자가 계속 말했다. "다시는 살을 끊어내지 않으리라. 내가 지상에 구름을 드리우고, 그 구름 속에 칼이 보이는 것이 그 증거이리니."**

남자가 칼을 더 높이 들어 올렸고, 벤치에 앉은 사람들이 뭐라고 중얼거렸다. 엘리스보다 더 어린 남자애도 해야 할 말을 알고 다른 사람처럼 입술을 움직였다.

남자가 칼을 여자에게 가져갔지만, 칼을 넘겨주지는 않았다. 남자 한 명이 그 여자의 발을 잡고 또 한 명이 손목을 잡고 있었으며, 여자는 꼼짝 않고 있으려고 했다. 그때 엘리스는 그들이 무엇을 하는지 알았다. 엘리스의 엄마나 해나의 엄마와 똑같았다. 그리고 칼이 들어가자 여자가 무시무시한 비명을 터뜨렸고, 엘리스는 시선을 돌릴 수가 없었으며, 피가 그 여자의 다리를 타고 흘러내렸고, 엘리스는 마치 자기 다리에 피가 흐르는 듯한 느낌이 들

* 〈창세기〉 9장 7절.

** 〈창세기〉 9장에 나오는 구절들을 변형한 것.

어 풀려나려고 꿈틀거렸는데, 잡혀 있는 건 엘리스의 다리가 아니라 손목이었고, 엘리스는 언젠가 자신이 그 여자처럼 될 것을 알았다. 비명은 계속해서 이어졌고, 칼과 손가락으로 살을 파내던 남자가 정수리에 땀을 번들거리면서 여자를 붙잡고 있기 힘들어하는 남자들에게 뭐라고 말을 하더니, 벤치에 소곤대는 소리가 퍼져나갔고, 엘리스는 더워졌고, 피가 더 나더니 칼을 든 남자가 뭐라고 소리를 지르면서 손가락 사이에 뭔가를 쥔 채 벤치를 마주보고 섰다. 남자의 팔에서 팔꿈치로 피가 흘러내렸고, 여자가 입은 담요는 축 처져서 열려 있었으며, 남자의 얼굴에 미소가 떠오른 가운데 비명은 잦아들었다.

"보아라!" 남자가 외쳤다.

그러자 사람들이 박수를 쳤다. 남자들이 테이블 위에 있던 여자에게 붕대를 감더니, 제대로 서지도 못하는 사람을 끌어 내렸다. 엘리스는 무대 옆에 또 다른 여자가 있는 것을 보았다. 여자들이 줄지어 서 있었다. 그리고 엘리스와 쌍둥이들이 서로의 발을 보면서 계단을 올라갈 때처럼 박수 소리가 동시에 탁, 탁 울리면서 리듬을 얻었다. 그 소리는 점점 커졌다. 점점 커지다가, 엄청난 탕 소리와 함께 모두가 조용해졌다. 엘리스의 심장이 펄쩍 뛰어오를 정도로 큰 박수 소리였다.

사람들이 방 뒤쪽으로 고개를 돌렸다. 엘리스는 커다란 탕 소리 때문에 귀가 아팠다. 누군가가 소리를 지르면서 손가락질을 했고, 엘리스가 고개를 돌려보니 문 앞에 솔로가 보였다. 천장에서 하얀 가루가 우수수 쏟아졌고, 솔로의 손에는 기다랗고 검은 물건이

들려 있었다. 그 옆에는 비자르에서 만난 갈색 작업복의 소년 쇼가 서 있었다. 엘리스는 어쩌다가 쇼가 거기 있게 되었을까 궁금했다.

"실례합니다." 솔로는 벤치를 쭉 훑어보다가 엘리스를 보더니, 턱수염 사이로 이를 번득였다. "저 어린 여성분은 내가 데려가야겠는데요."

고함이 터져 나왔다. 남자들이 자리에서 일어나 소리를 지르며 손가락질을 했고, 래시 씨는 아내가 어떻고 재산이 어떻고, 감히 어떻게 끼어드냐는 소리를 고래고래 질렀다. 다음 순간 피를 묻히고 칼을 든 남자가 격분해서 통로를 달려갔는데, 그러자 솔로는 손에 든 검은 물건을 어깨에 올렸다.

마치 신이 제일 큰 손바닥을 마주치는 듯한 탕 소리가 다시 울렸다. 너무 소리가 커서 엘리스의 내장이 아플 정도였다. 그 후에는 유리 부서지는 소리가 들렸고, 엘리스가 고개를 돌려보니 예쁜 색유리 창이 전보다 더 깨어져 있었다.

사람들이 소리를 지르면서 솔로에게 다가가기를 멈췄고, 엘리스는 아주 잘된 일이라고 생각했다.

"가자." 솔로가 엘리스에게 말했다. "서둘러."

엘리스는 벤치에서 일어나 통로를 향해 나가려고 했지만, 래시 씨가 손목을 붙잡았다. "내 아내야!" 래시 씨가 외쳤고, 엘리스는 그게 나쁜 말임을 깨달았다. 그건 엘리스가 떠날 수 없다는 뜻이었다.

"댁들은 결혼식을 빨리도 해치우는군." 솔로는 조용한 사람들을 향해 말했다. 솔로가 검은 물건을 모두에게 휘두르자 다들 긴장하는 것 같았다. "장례식은 어때?"

검은 물건이 래시 씨를 겨눴다. 엘리스는 손목이 느슨하게 풀리는 것을 느꼈다. 엘리스는 통로로 나가서, 피를 뚝뚝 떨구고 있는 남자를 지나쳐 솔로와 쇼에게 달려갔다. 그리고 복도를 따라 내려갔다.

55

줄리엣은 다시 물에 빠지고 있었다. 목구멍에 물이 차고, 눈은 따끔거리고, 가슴은 타는 듯했다. 계단을 오르며 그녀는 사방에서 예전의 침수 흔적을 느낄 수 있었지만, 숨을 못 쉬겠다는 기분이 드는 건 그 때문이 아니었다. 계단통 위아래에 울려 퍼지는 목소리들, 이미 파괴와 절도가 이루어지고 있다는 증거, 길게 끊어진 전선과 파이프의 흔적, 훔친 식물을 서둘러 가지고 가느라 떨어뜨린 줄기와 잎과 흙 때문이었다.

그녀는 흩뿌려진 불의를 넘어서 올라갈 수 있기를, 혼돈이 지배하기 전에 문명이 일으키는 이런 마지막 발작에서 벗어날 수 있기를 빌었다. 혼돈이 올 것이라는 사실을 알고는 있었다. 그러나 줄리엣과 래프가 아무리 높이 올라가도 탐구하고 약탈하기 위해, 영역을 주장하기 위해, 층계참에서 아래에 대고 전리품을 말하거나 위에 대고 질문을 던지기 위해 문을 열어젖히는 사람들이 있었다. 심층 기계부에서 그녀는 얼마나 적은 수의 사람들만이 살아남았는지를 두고 비통해했었다. 그런데 이제는 생존자가 너무 많아 보였다.

이런 일과 싸우려고 멈춰 서봤자 시간 낭비일 터였다. 줄리엣은 솔로와 아이들이 걱정스러웠다. 약탈당한 농장들도 걱정스러웠다. 그러나 배낭에 짊어진 다이너마이트의 무게가 그녀에게 목적의식을 심어주고, 주위에 펼쳐진 재앙은 결심을 굳혀줬다. 그녀는 두 번 다시 이런 일이 일어나지 않도록 할 것이다.

"운반인이 된 기분이네." 래프가 헉헉거리면서 말했다.

"혹시 뒤처지거나 하면, 우린 34층으로 가고 있어. 중층부 농장에는 둘 다 먹을 게 있을 거야. 펌프에서 물도 받을 수 있고."

"나도 뒤지지 않고 갈 수 있어." 래프는 고집을 세웠다. "그냥 어울리지 않는다고 말하는 것뿐이야."

줄리엣은 이 자부심 강한 광부를 보고 웃었다. 자신이 얼마나 여러 번 이런 경주를 했는지 지적해주고 싶었다. 솔로는 언제나 뒤처져서 줄리엣에게 손을 내저으며 곧 따라잡는다고 다짐하곤 했다. 그 시절로 생각이 날아가자, 갑자기 그녀의 사일로가 아직 살아서 번창하고 있으며 문명을 유지하고 있을 것만 같았다. 너무나 멀고, 줄리엣 없이 점점 더 멀리 나아가고 있기는 해도 여전히 그곳에 살아 숨 쉬고 있는 것처럼 느껴졌다.

이제는 아니었다.

하지만 다른 사일로들이 있었다. 생명과 삶이 우글거리는 사일로가 수십 개나 있었다. 어딘가에서는 부모가 아이를 가르치고 있었다. 10대 아이가 도둑 키스를 하고 있었다. 따뜻한 식사가 나오고 있었다. 종이가 펄프로 재활용되었다가 종이로 다시 만들어졌다. 석유가 부글부글 올라온 후 불탔다. 배기가스가 금지된 거대한 바깥으로 빠져나갔다. 그 모든 세계가 서로의 존재를 모르는 채 흥얼흥얼 나아가고 있었다. 어딘가에서는 감히 꿈을 꾼 사람이 청소형에 처해졌다. 누군가는 묻히고, 누군가가 태어났다.

줄리엣은 폭력으로 가득한 세상에서 태어나 다른 세상을 모르는 17번 사일로의 아이들을 생각했다. 그런 일이 다시 일어날 것이다. 바로 여기에서 일어날 것이다. 그리고 계획 위원회와 웬델 신부의 신도들에게 화를 내도 변하는 것은 없었다. 그녀의 기계공들이 그들을 몰아세우지 않았던가? 바로 지금도 그녀가 그들을 몰아세우고 있지 않은가? 어떤 그룹이든 한 무리의 사람들일 뿐이지 않나? 그리고 사람들이란 부츠 소리에 겁먹는 쥐 새끼 같은 짐승들과 무엇이 다른가?

"……그럼 나중에 따라잡을게." 래프가 멀리서 외쳤고, 줄리엣은 자신이 마구 올라가고 있었음을 깨달았다. 그녀는 속도를 늦추고 래프를 기다렸다. 지금은 혼자 있을 때가 아니었고, 동행도 없이 올라갈 때가 아니었다. 그리고 이 고독한 사일로 안에 있으니 그 전보다도 더 끔찍하게 루카스가 그리웠다. 여기에 있었을 때 목소리와 영혼으로 함께해준 루카스와 사랑에 빠졌기에.

희망은, 어리석은 희망은 떨어져 나갔다. 루카스를 되찾을 가능성은 없었고, 두 번 다시 볼 수도 없었다. 분명 곧 함께하게 되리라는 확신은 있었지만 말이다.

두 번째 중층부 농장에서는 식량을 구할 수 있었지만, 줄리엣의 기억 속에서보다 깊이 들어가야 했다. 래프가 손전등을 비추자 최근까지 이곳에 누군가가 있었다는 사실을 알 수 있었다. 진흙에 찍힌 부츠 자국은 아직 마르지 않았고, 물을 마시느라 부러뜨린 파이프에서는 물이 뚝뚝 떨어졌지만 아직 텅 비지는 않았으며, 누군가 밟아 뭉갠 토마토엔 아직 개미가 바글거리지 않았다. 줄리엣과 래프는 가져갈 수 있는 것들을 챙겼다. 초록색 고추와 오이, 블랙베리, 귀중한 오렌지 한 알, 덜 익은 토마토 10여 개……. 몇 끼니는 되는 양이었다. 여정 내내 부실한 식사를 했기 때문에, 줄리엣은 블랙베리를 양껏 먹었다. 보통은 손가락이 즙에 물드는 게 싫어서 피하던 편이었는데, 예전에는 성가셨던 것도 지금은 축복 같았다. 이렇게 해서 남은 물자가 빨리 사라지는 것이었다. 몇백 명 모두가 필요한 것보다 많이, 심지어는 원하지 않는 것들까지 챙겼기 때문에.

농장에서 34층까지는 멀지 않았다. 줄리엣에게는 마치 집에 돌아가는 느낌마저 드는 여정이었다. 그곳이라면 전력이 넉넉할 것이다. 공구와 침대, 무전기도 있을 것이다. 그곳은 죽어가는 사람들이 벌이는 이 마지막 발악 속에서 일하고 생각하고 후회하고 마지막 보호복 한 벌을 만들 공간이었다. 다리와 허리에 쌓인 피로도가 느껴졌고 줄리엣은 이번에도 다시 한번 탈출을 위해 올라가고 있다는 사실을 깨달았다. 그녀가 뒤쫓고 있는 것은 복수만이 아니었다. 그녀는 자신이 저버린 친구들의 시야에서 달아나려 하고 있었다. 숨을 수 있는 구멍을 찾고 있었다. 그러나 서버실 아래 구멍에서 살았던 솔로와 달리 그녀는 다른 사람들의 머리 위에 구멍을 내고 싶어 했다.

"줄스?"

그녀는 34층 층계참까지 가다 말고, IT부 사무실의 문을 바로 앞에 두고 멈춰 섰다. 래프가 맨 위 계단에 멈춰 서 있었다. 래프가 무릎을 꿇고 손가락으로 디딤판을 쓴 다음 손을 들어 올리자, 붉은 것이 보였다. 그는 그 손가락을 혀에 댔다.

"토마토야." 래프가 말했다.

누군가가 이미 와 있었다. 줄리엣이 굴착기 속에서 몸을 말고 울면서 허비한 시간이 지금 그녀를 괴롭혔다.

"우린 괜찮을 거야." 줄리엣은 말했다. 솔로를 뒤쫓았던 날이 되살아났다. 그때 이 계단을 쿵쾅거리며 뛰어 내려왔다가, 문이 막혀 있는 것을 발견하고, 안으로 들어가느라 빗자루를 반으로 부러뜨렸지. 이번에는 문이 쉽게 열렸다. 내부 조명은 환히 밝혀져 있었다. 사람의 흔적은 없었다.

"가자." 그녀는 조용하면서도 빠르게 걸음을 서둘렀다. 모르는 사람들 눈에 띌 생각은 없었고, 그 사람들에게 미행당하고 싶지도 않았다. 솔로가 최소한 서버실과 쇠살대를 닫을 만큼이라도 조심성이 있었을지 궁금했다. 하지만 아니었다. 복도 끝에 다다라서 보니 서버실 문이 열려 있었다. 어딘가에서 목소리들이 들렸다. 연기 냄새도 났다. 공기가 탁했다. 아니면 줄리엣이 정신이 나가서 루카스와 루카스를 쫓는 가스를 상상하고 있는 걸까? 그래서 여기 온 걸까? 무전기를 찾거나, 친구들이 살 집을 찾기 위해서가 아니고, 보호복을 만들기 위해서도 아니고, 여기가 그녀의 사일로와 똑같은 거울상이어서, 어쩌면 루카스가 이 죽은 세계에 살아남아 저 밑에서 그녀를 기다리고 있을지도 모른다는 생각에?

그녀는 서버실로 밀고 들어갔고, 연기는 진짜였다. 천장에 모여 있었다. 줄리엣은 서둘러서 친숙한 서버들 사이를 지나쳤다. 연기에서 과열된 펌프가 탄 기름 냄새나 전기 화재 특유의 날카로운 맛, 날개바퀴가 마르면서 탄 고무 냄새, 엔진 배기가스의 쓴맛과는 다른 맛이 났다. 이건 깨끗한 화재였다. 줄리엣은 팔로 입을 막고서, 매연에 대해 불평하던 루카스를 떠올리며 서둘러 연기 속으로 들어갔다.

통신 서버 뒤에 숨은 해치에서 연기 기둥이 올라오고 있었다. 솔로의 굴, 어쩌면 솔로의 침구에 난 화재였다. 줄리엣은 그 밑에 있을 무전기와 식량을 생각했다. 그녀는 작업복 지퍼를 내리고 땀에 젖은 속셔츠를 얼굴 위로 끌어 올리고는, 가지 말라는 래프의 고함을 들으면서 아래 사다리로 몸을 내렸다. 아니, 사실상 부츠가 아래 쇠살대에 부딪칠 때까지 그냥 미끄러져 내려갔다. 몸을 낮추고 있자 연기 사이로 간신히 앞을 볼 수 있었다. 불이 타는 소리를 들을 수도 있었는데, 이상하게 산뜻한 소리였다. 식량과 무전기와 컴퓨터와 귀중한 벽의 도면들. 그런 생각을 하면서 급히 달려가는 그녀의 머릿속에 떠오르지 않은 보물이 하나 있다면 책들이었다. 그리고 타고 있는 것도 그 책들이었다.

책이 쌓여 있었고, 빈 금속 통이 쌓여 있었으며, 하얀 로브를 입은 젊은 남자 하나가 그 무더기에 책을 더 던져 넣으면서 연료 냄새를 풍겼다. 줄리엣에게 등을 돌린 채, 정수리의 벗어진 부분이 땀에 젖어 반짝거렸는데, 불길에 신경도 쓰지 않는 것 같았다. 그는 불길에 먹이를 주고 있었다. 더 태울 것을 찾으려고 서가로 돌아갔다.

줄리엣은 그 남자 뒤에서 솔로의 침대로 달려가서 담요를 집어 들었다. 담요를 들어 올리자 숨어 있던 쥐가 재빨리 달아났다. 그녀는 눈이 따끔거리고 목이 아픈 가운데 불길로 달려가서 담요를 책 더미 위에 던졌다. 곧 담요가 불길을 삼키기는 했지만, 이음매로 새어 나왔다. 담요에서도 연기가 피어오르기 시작했다. 줄리엣은 셔츠에 대고 기침을 하고는 불을 누르기 위해 매트리스를 가지러 달려갔다. 옆방에 있을 텅 빈 물 저장고를 생각하고, 사라져가는 모든 것을 생각했다.

줄리엣이 매트리스를 들어 올리는데 로브를 입은 남자가 그녀의 존재를 알아차렸다. 그는 울부짖으면서 그녀에게 몸을 던졌다. 그들은 매트리스와 침구 더미에 굴러떨어졌다. 부츠 한쪽이 그녀의 얼굴을 향해 휙 날아들었고, 줄리엣은 고개를 뒤로 젖혔다. 젊은 남자가 비명을 질렀다. 시장에서 풀려나 홰를 치며 사람들 머리를 쪼아대는 하얀 새 같았다. 줄리엣은 그 남자에게 도망치라고 소리쳤다. 불길이 더 높이 솟구쳤다. 그녀는 남자가 올라가 있는 채로 매트리스를 당겼고, 남자는 반대쪽으로 미끄러져 떨어졌다. 몇 분 안에 불을 진압하지 않으면 모든 것을 잃을 터였다. 몇 분밖에 없었다. 그녀는 솔로의 다른 담요를 집어 들고 불길을 두드렸다. 불길과 남자, 둘 다와 싸울 수는 없었다. 시간이 없었다. 기침을 하면서 래프를 외쳐 부르는데, 로브를 입은 남자가 미친 사람 같은 눈을 하고 팔을 마구 휘두르면서 다시 덤벼들었다. 줄리엣이 그 팔을 피해 몸을 숙이고 어깨를 그 남자의 배까지 낮추자 남자는 그녀의 등 위에 엎어졌다. 그는 바닥으로 떨어지면서 그녀의 다리를 붙잡아 같이 쓰러뜨렸다.

줄리엣은 발버둥을 쳤지만, 남자는 그녀의 발목을 잡은 손을 할퀴듯이 올리며 허리까지 잡았다. 그 뒤에서 불길이 솟아올랐다. 담요가 불타고 있었다. 남자는 정신을 놓고 끔찍한 격분의 비명을 질렀다. 줄리엣은 엉덩방아를 찧은 채 풀려나려고 남자의 어깨를 밀어내며 꿈틀거렸다. 숨을 제대로 쉴 수가 없었고, 앞을 제대로 볼 수도 없었다. 그녀를 깔아뭉갠 남자가 새로이 강렬한 비명을 터뜨렸다. 이번에는 로브에 불이 붙어서였다. 불길이 그의 등을 타고 올라서 두 사람 모두에게 번졌고, 줄리엣은 순간 다시 에어록으로 돌아간 기분이 들었다. 머리에 담요를 뒤집어쓰고 산 채로 불타던 그때로.

부츠 한쪽이 그녀의 얼굴 앞을 스치더니 젊은 사제를 걷어찼고, 그녀를 잡고 있던 두 팔에서 힘이 빠져나갔다. 누군가가 뒤에서 그녀를 잡아당겼다. 줄리엣은 발로 사제를 걷어차며 풀려났다. 이제는 연기가 너무 짙어서 앞이 보이지 않았다. 그녀는 걷잡을 수 없이 기침을 하면서 방향을 잡으려고 했고, 무전기가 어디 있을까 생각하다가 그것이 사라졌다는 사실을 깨달았다. 그리고 누군가가 좁은 복도로 그녀를 끌고 가고 있었다. 창백한 얼굴 탓에 연기 속의 유령처럼 보이는 래프가 먼저 사다리를 올라가라고 재촉했다.

서버실에는 연기가 가득했다. 아래에 난 화재는 탈 수 있는 것은 모두 먹어치우고, 새까맣게 탄 금속과 녹아버린 전선만 남을 때까지 번질 터였다. 줄리엣은 래프가 사다리를 타고 올라올 수 있게 도운 후 뚜껑 문을 붙잡았다. 사다리 위로 문을 닫았지만, 망할 쇠살대는 연기를 막는 데는 쓸모가 없었다.

래프가 서버 뒤로 사라지더니 외쳤다. "빨리!" 줄리엣이 네발로 기어가보니 래프는 통신 허브 뒤에서 한쪽 발을 서버 옆에 대고 힘을 줘 등으로 쓰러뜨리고 있었다.

줄리엣도 거들었다. 아픈 근육이 부풀어 올라 타는 듯했다. 그들은 꿈쩍도 하지 않는 금속 덩어리를 앞뒤로 흔들었다. 줄리엣은 서버 밑을 나사로 바닥에 고정해놓았음을 어렴풋이 인식했지만, 그래도 서버의 무게가 도움이 됐다. 금속이 신음을 냈다. 한숨과 함께 나사가 풀리고 높은 검은색 탑이 부르르 떨리면서 기울더니, 바닥에 난 구멍 위로 무너져 구멍을 덮었다.

줄리엣과 래프도 공기를 찾아 기침을 하면서 쓰러졌다. 방 안에 연기가 자욱했지만, 구멍 안에서 더 새어 나오는 연기는 없었다. 그리고 저 아래에서 들려오던 비명도 마침내는 잦아들었다.

56

1번 사일로

드론 승강기 바깥에서 목소리들이 들렸다. 부츠 소리도. 남자들이 오가면서 그들을 찾고 있었다.

도널드와 샬럿은 천장이 낮고 어두운 공간에서 서로에게 매달려 있었다. 샬럿이 문을 잠글 방법을 찾아보았지만, 단조로운 금속 벽에 걸쇠를 걸 수 있는 아주 작은 장치만 있을 뿐이었다. 도널드는 기침을 참으면서 목구멍의 간지러움이 온몸을 뒤덮을 정도로 커져가는 것을 느낄 수 있었다. 그는 두 손으로 입을 막은 채 벽에 막혀 작게 들리는 "확인", "확인 완료" 소리에 귀 기울였다.

샬럿은 문을 더듬거리기를 멈췄고, 그들은 가만히 서로를 안은 채 움직이지 않으려고 노력했다. 그들이 무게중심을 옮기면 언제든 바닥에서 텅 소리가 날 터였다. 두 사람은 하루 종일 그 작은 승강기 안에서 수색팀이 그 층에 다시 오기를 기다렸다. 다시는 모두가 깨어날 때쯤 근무를 하기 위해 떠났다. 도널드와 샬럿에게는 잠깐씩 졸다 깨기를 반복하는 길고 힘든 날이었고, 수색팀이 범위를 넓히고 더 절박하게 찾아다닐 것은 뻔했다. 이제는 잡지 못한 살인자에 더해서 심냉동으로부터 탈출한 죄수까지 있으니 말이다. 그는 이 사태가 서먼을 얼마나 실망시킬지 상상해볼 수 있었다. 발각당한다면 얼마나 얻어맞을지도 상상할 수 있었다. 그는 그저 이 부츠 굽 소리가 사라지기만을 기도했다. 하지만 그들은 떠나지 않았다. 오히려 점점 가까워졌다.

금속 격납고 문에서 쾅 소리가 났다. 성난 주먹이 두드리는 소리였다. 도널드는 그의 등을 끌어안은 샬럿의 팔에 힘이 들어가서 금 간 갈비뼈가 눌리는 것을 느낄 수 있었다. 문이 움직였다. 도널드는 그 문을 마주 밀어서 붙들어두려고 했지만, 지렛대로 쓸 게 없었다. 땀에 젖은 그의 손바닥에 닿은 강철 문이 삐걱거렸다. 이제 끝이었다. 샬럿이 도널드를 도우려 했지만, 누군가가 그들이 숨어 있는 곳을 열고 있었다. 손전등 불빛에 둘 다 눈이 멀 것 같았다. 불빛이 곧바로 그들의 눈을 비췄다.

"확인!" 고함이 들렸다. 도널드가 다시의 입김에서 커피 냄새를 맡을 수 있을 정도로 가까웠다. 문이 쾅 닫히고, 손바닥 하나가 두 번 두드렸다. 샬럿은 무너져 내렸다. 도널드는 감히 목청을 가다듬기까지 했다.

두 사람이 지치고 굶주린 채 겨우 빠져나왔을 때는 저녁 식사 시간이 지난 후였다. 무기고 안은 조용하고 어두웠다. 다시가 근무시간이 시작되면 다시 와보겠다고 했었지만, 야간 근무가 평소처럼 조용하지 않아서 빠져나오기가 쉽지 않을 수도 있다는 걱정도 했다.

도널드와 샬럿은 급히 막사 복도를 달려서 따로 화장실에 들어갔다. 도널드는 누이가 물을 내리자 파이프가 덜그럭거리는 소리를 들을 수 있었다. 그는 개수대에 물을 틀고 피가 섞인 기침을 토해내고, 뱉어낸 진홍색 피가 나선을 그리며 배수구로 빠져나가는 모습을 지켜보고, 수도꼭지로 물을 마신 후에 다시 침을 뱉고 나서야 겨우 변기를 사용했다.

도널드가 복도 끝에 이르렀을 때는 샬럿이 이미 무전기에서 비닐을 벗겨내고 전원을 켠 후였다. 그녀는 누구든 듣고 있냐고 말했다. 도널드는 그 뒤에 서서 샬럿이 18번에서 17번으로 채널을 바꾸며 같은 말을 반복하는 모습을 지켜보았다. 아무도 응답하지 않았다. 그녀는 채널을 17번에 맞춰둔 채 잡음에 귀를 기울였다.

"지난번에는 어떻게 불러냈어?" 도널드가 물었다.

"이번과 똑같이." 샬럿은 잠시 무전기를 바라보다가 앉은 자리에서 고개를 돌리더니, 걱정으로 이마에 주름을 잡은 채 그를 마주했다. 도널드는 수많은 질문이 날아오리라 생각했다. 그들이 잡혀가기까지 얼마나 걸릴지, 다음에는 무엇을 할지, 어떻게 안전한 곳으로 갈지 등등. 수많은 질문을 예상했지만, 샬럿이 서글프게 속삭인 질문만은 대비하고 있지 않았다. "언제 바깥에 나갔어?"

도널드는 한 걸음 물러섰다. 어떻게 대답해야 할지 몰랐다.

"무슨 뜻이야?" 물으면서도 무슨 뜻인지는 알고 있었다.

"오빠가 언덕을 거의 넘어갔다고 한 다시의 말을 들었어. 그게 언제였어? 여전히 밖에 나가? 내 곁을 떠났을 땐 그리로 가는 거야? 그래서 아픈 거야?"

도널드는 드론 조종석에 털썩 주저앉았다. "아니야." 그는 잡음을 뚫고 누군가의 목소리가 들려와서 그를 구해주길 바라며 무전기를 보았다. 하지만 동생이 답을 기다리고 있었다. "딱 한 번 나갔어. 그때는…… 다시는 돌아오지 않을 생각이었어."

"죽으러 나갔구나."

그는 고개를 끄덕였다. 그리고 샬럿은 그에게 화내지 않았다. 소리를 지르거나 비명을 지를지도 모른다는 두려움이 있었고, 그래서 이제까지 말하지 않았던 건데 그러지도 않았다. 샬럿은 그저 일어서서 그에게 달려들더니 허리를 와락 끌어안았다. 그리고 도널드는 울었다.

"저들은 우리에게 왜 이런 짓을 하지?" 샬럿이 물었다.

"모르겠어. 난 이걸 멈추고 싶어."

"하지만 그런 식은 아니야." 동생이 물러서더니 눈을 문질렀다. "오빠, 나한테 약속해야 해. 그런 식은 아니라고."

그는 대답하지 않았다. 동생이 끌어안는 바람에 갈비뼈가 아팠다. "난 헬렌을 보고 싶었어." 그는 마침내 말했다. "헬렌이 살고 죽은 곳을 보고 싶었어. 그때는…… 안 좋을 때였어. 애나와. 이 아래에 갇혀 지냈지." 그는 당시에 애나에게 어떤 감정을 느꼈는지, 지금은 어떤 감정을 느끼는지 기억했다. 너무 많은 실수를 저질렀다. 그는 매번 실수를 저질렀다. 그러다 보니 결정을 내리고 행동하기가 더 힘들어졌다.

"분명히 우리가 할 수 있는 일이 있을 거야." 샬럿의 눈에 불이 반짝 들어왔다. "드론이 우리를 싣고 갈 만큼 가볍게 만들 수도 있어. 벙커버스터 폭탄은 60킬로그램쯤 나갈 거야. 다른 드론을 가볍게 만들면 오빠를 싣고 갈 수도 있어."

"그래서 비행은 어떻게 하고?"

"내가 여기 남아서 조종하지." 샬럿은 그의 표정을 보고 얼굴을 찌푸렸다. "둘 중 하나라도 나가는 게 나아. 내 말이 옳다는 거 알잖아. 해가 뜨기 전에 발사하면 오빠를 최대한 멀리 보낼 수 있어. 최소한 여길 벗어난 곳에서 하루를 살 수 있게."

도널드는 드론의 등을 타고 날면서, 헬멧을 두드리는 바람을 느끼다가, 거친 착륙으로 굴러떨어져서 풀밭에 누운 채 별들을 올려다보는 상상을 했다. 그는 넝마 같은 손수건을 꺼내어 피를 가득 토해내고는, 손수건을 치우면서 고개를 내저었다. "난 죽어가고 있어." 그는 말했다. "서먼이 나에겐 하루나 이틀밖에 없다고 했어. 그 말을 하루인가 이틀 전에 했지."

샬럿은 조용했다.

"다른 조종사를 깨울 수도 있어." 그는 제안했다. "내가 그 사람 머리에 총을 겨누고 있을 수 있겠지. 그러면 너와 다시를 둘 다 여기에서 내보낼 수 있을 거야."

"난 오빠를 두고 가지 않아." 동생이 말했다.

"그러면서 나는 혼자 내보내겠다고?"

샬럿은 어깨를 으쓱였다. "난 위선자거든."

도널드는 소리 내어 웃었다. "그래서 널 군대에 데려갔나

보다."

그들은 무전기에 귀를 기울였다.

"지금 다른 모든 사일로들에서는 무슨 일이 벌어지고 있을까?" 샬럿이 물었다. "오빠는 그 사람들을 대해봤잖아. 거기도 여기만큼 나빠?"

도널드는 생각해보았다. "모르겠다. 어떤 사람들은 충분히 행복한 것 같아. 결혼도 하고 아이도 갖고. 일자리도 있지. 그 사람들은 벽 너머에 대해 아무것도 모르니까, 아마 너와 내가 느끼는 것처럼 저 밖에 무엇이 있나를 두고 스트레스를 받지는 않을 거야. 하지만 우리에겐 없는 다른 문제가 있을 거야. 마음 깊은 곳에서 자기들이 사는 방식이 뭔가 잘못됐다는 느낌을 받겠지. 묻혀서 사는 것 말이야. 그리고 우린 그 감정을 이해하고, 거기에 숨이 막히지만, 그 사람들에겐 만성적인 불안감만 있겠지. 모르겠어." 그는 어깨를 으쓱였다. "난 여기에서도 교대근무를 끝까지 해낼 만큼 만족하고 사는 남자들을 봤어. 미쳐버리는 사람들도 봤고. 예전에 나는…… 위층에 있는 내 컴퓨터로 몇 시간이고 솔리테르 게임을 했는데, 그럴 때면 뇌가 정말로 꺼져 있었고 비참하지도 않았어. 하지만 그때 나는 제대로 살아 있지도 않았지."

샬럿이 손을 뻗어서 그의 손을 꼭 잡았다.

"아마 깜깜해진 사일로 중에서도 어떤 곳은 최선……."

"그런 말은 하지 마." 샬럿이 속삭였다.

도널드는 샬럿을 올려다보았다. "아니, 그런 게 아니야. 난 그 사람들이 죽었다고 생각하지 않아. 전부 다 죽진 않았어. 일부는

철수해서 아무도 뒤쫓지 않을 만큼 조용히 원하는 대로 살고 있을 거라고 생각해. 그저 아무도 자기들을 건드리지 않고 통제하지 않는 환경에서, 어떻게 살고 죽을지 자유롭게 선택하면서 살고 싶은 거겠지. 그게 애나가 그 사람들에게 주고 싶어 했던 삶이라고 생각해. 여기 이 층에서 1년을 살면서, 밖으로 나가지도 못하는 채로 삶을 찾으려다 보니 이 모든 것을 보는 애나의 관점이 바뀐 걸 거야."

"아니면 한동안 그 상자에서 나와 있어보니 그랬을 수도 있지." 샬럿이 말했다. "보관당하는 기분이 썩 좋지 않았을 거야."

"그럴 수도 있고." 도널드는 동의했다. 그는 다시 한번 어느 정도라도 믿음을 갖고 애나를 깨웠더라면, 애나의 말을 들어줬더라면 얼마나 달라졌을지를 생각했다. 애나가 도움을 줬다면 모든 게 더 나았을 텐데. 아픈 일이지만, 헬렌이 보고 싶은 만큼이나 애나도 그리웠다. 애나는 그를 구했고, 다른 사람들도 구하려 했는데, 도널드가 두 가지 행동 모두를 오해하고 그녀를 미워했었다.

샬럿이 그의 손을 놓고 무전기를 조정했다. 양쪽 채널에서 사람을 불러내려고 해보고, 손가락으로 머리카락을 빗으며 잡음에 귀를 기울였다.

"한동안은 나도 이게 좋은 일이라고 생각했었어." 도널드는 말했다. "그자들이 세상을 구하려고 한 짓. 그자들은 내게 대량 멸종은 피할 수 없었다고, 전쟁이 터져서 모두를 죽이기 직전이었다고 믿게 만들었지. 하지만 지금 생각은 어떤지 알아? 난 그자들이 이 보이지 않는 나노 기기들 사이에 전쟁이 터지면, 군데군데 조금씩 사람들이 살아남을 것을 알고 있었다고 생각해. 그래서 이걸 지은 거야. 자기들이 통제할 수 있게, 확실히 파괴를 완료하려고 한 거야."

"살아남은 사람들이 확실히 자기네 주머니 속에만 있게 하고 싶었던 거지." 샬럿이 말했다.

"바로 그거야. 그자들은 세상을 구하려던 게 아니야. 자기들을 구하려던 거지. 우리가 멸종한다 해도, 세상은 우리 없이 잘 살아갈 거야. 자연은 길을 찾아내."

"사람들도 길을 찾아내. 우리 둘을 봐." 샬럿은 말하더니 웃음을 터뜨렸다. "우리 둘, 잡초 같지 않아? 길 가장자리에 슬그머니 빠져나오는 자연이지. 우린 얌전히 행동하지 않는 그 사일로들과 비슷해. 그 사람들은 어떻게 이 모든 걸 통제할 수 있다고 생각한 걸까? 어떻게 이런 일이 일어나지 않을 거라고 생각했지?"

"모르겠다." 도널드는 말했다. "세상을 멋대로 빚어내려는 부류는 자기들이 혼돈 자체보다 영리하다고 생각하나 보지."

샬럿은 누군가 듣고 있을 경우에 대비해서 채널을 이리저리 바꿨다. 몹시 화가 난 것 같았다. "그자들은 그냥 우릴 내버려둬야 해. 다 멈추고 어떻게든 우리 식으로 자라게 놔둬야 해."

도널드가 의자에 앉은 몸을 확 기울이더니 똑바로 일어섰다.

"뭔데?" 샬럿은 무전기에 손을 뻗었다. "무슨 소리라도 들었어?"

"그거야." 도널드는 말했다. "우릴 내버려두라는 거." 그는 손수건을 찾아서 기침했다. 샬럿은 무전기를 만지던 손을 멈췄다.

그는 책상을 향해 손을 내저었다. “어서 공구 챙겨.”

“드론을 고치라고?” 샬럿이 물었다.

“아니. 우린 보호복을 새로 조립해야 해.”

“보호복?”

“밖으로 나갈 보호복. 그리고 그 벙커버스터 폭탄이 60킬로그램이라고 했지. 그게 정확히 어느 정도 무게야?”

57

"이건 좋은 계획이 아니야." 샬럿은 헬멧에 붙은 호흡기를 조이고, 커다란 산소통을 하나 집어서 호스를 연결하기 시작했다. "밖에서 우리가 뭘 할 건데?"

"죽겠지." 도널드는 말하고 나서 샬럿의 표정을 보았다. "하지만 아마 일주일은 지나서일 거고. 여기에서는 아닐 거야." 그는 보급품을 쭉 늘어놓고 보더니, 만족한 듯 작은 군용 배낭에 집어넣기 시작했다. 휴대 식량, 물, 구급상자, 손전등, 권총 한 정과 탄창 두 개, 여분의 탄약, 부싯돌 하나, 그리고 주머니칼 하나.

"이 공기가 얼마나 갈 것 같아?" 샬럿이 물었다.

"그 산소통들은 지상으로 다른 사일로까지 군대를 보내기 위한 물건이니까, 제일 먼 사일로까지 갈 산소는 있을 거야. 우린 그보다 조금만 더 가면 되고, 그만큼 무거운 짐을 지고 가지도 않을 거야.” 그는 배낭을 단단히 조여서 다른 배낭 옆에 놓았다.

“드론을 가볍게 만들 때와 비슷하네.”

“바로 그거야.” 그는 테이프를 집어 들고 주머니에서 접힌 지도를 꺼내더니 보호복 한 벌의 소매에 고정하려고 했다.

“그거 내 보호복 아니야?”

도널드는 고개를 끄덕였다. “네가 더 실력 있는 항해사잖아. 난 널 따라갈 거야.”

선반들 너머, 승강기가 있는 방향에서 땡 소리가 울렸다. 도널드는 하던 일을 내려놓고 샬럿에게 서두르라고 속삭였다. 그들은 드론 승강기로 향했지만, 다시가 소리를 쳐서 혼자 왔음을 알렸다. 그는 높은 선반 사이로 품에 짐을 한가득 안고 나타났다. 새 작업복과 먹을 것이 잔뜩 쌓인 쟁반이었다.

“미안해요.” 그는 자기 때문에 두 사람이 공포에 질린 것을 알고 말했다. “경고를 할 수가 없었어요.” 그는 사과하듯 쟁반을 내밀었다. “저녁 식사 남은 걸 가져왔어요.”

다시는 쟁반들을 내려놓았고, 샬럿은 그를 끌어안았다. 도널드는 절박한 시절에 얼마나 빨리 유대감이 형성되는지 이해했다. 여기 자신을 때리지 않는다고, 조금이나마 연민을 보여줬다고 간수를 끌어안는 죄수가 있었다. 도널드는 두 번째 보호복을 만든 것이 흡족했다. 좋은 계획이었다.

다시는 흩어진 공구와 물품들을 내려다보았다.

“뭘 하고 있는 겁니까?”

샬럿이 괜찮냐는 듯 오빠를 보았고, 도널드는 고개를 저었다.

"이봐요." 다시가 말했다. "난 두 사람 상황에 공감해요. 정말입니다. 나도 여기 돌아가는 모습이 마음에 들지 않아요. 그리고 기억이 돌아올수록, 예전의 내가 기억이 나면 날수록 두 사람과 함께 싸울 가능성도 커지는 것 같아요. 하지만 다 동의한 건 아니에요. 그리고 이건……." 그는 보호복 두 벌을 가리켰다. "이건 좋아 보이지 않네요. 영리한 계획 같지 않아요."

샬럿은 도널드에게 접시와 포크를 건넸다. 그리고 플라스틱 보관함 위에 앉아서 통조림 로스트와 비트, 감자처럼 보이는 물건을 맛있게 먹기 시작했다. 도널드는 그 옆에 앉아서 미끄러운 로스트를 포크로 잘랐다.

"이 모든 일 이전에 뭘 했는지 기억이 나요?" 도널드가 물었다. "기억이 돌아와요?"

다시는 고개를 끄덕였다. "일부는요. 난 알약 먹는 것을 멈췄고……."

도널드는 웃음을 터뜨렸다.

"뭐예요? 뭐가 그렇게 웃겨요?"

"미안해요." 도널드는 사과하고 손을 내저었다. "그냥…… 아무것도 아니에요. 잘됐군요. 군대에 있었나요?"

"그래요. 하지만 오래 있진 않았어요. 비밀 경호원으로 일했던 것 같아요."

다시는 두 사람이 먹는 것을 잠시 지켜보았다. "두 사람은요?"

"공군요." 샬럿이 말하고는 입이 음식으로 가득 찬 도널드를 포크로 가리켰다. "하원의원."

"장난 아니고요?"

도널드는 고개를 끄덕였다. "사실은 건축가에 더 가까웠지만요." 그는 방 안 이곳저곳을 가리켰다. "이걸 위해 내가 학교에 다닌 셈이에요."

"이런 걸 지었어요?" 다시가 물었다.

"이걸 지었죠." 도널드는 음식을 한 입 더 먹었다.

"제기랄."

도널드는 고개를 끄덕이고 물을 마셨다.

"그럼 누가 우리에게 이런 짓을 한 겁니까? 중국?"

도널드와 샬럿은 서로를 쳐다보았다.

"왜요?" 다시가 물었다.

"우리가 한 짓입니다." 도널드는 말했다. "여기는 만약의 경우에 대비해서 지어진 게 아니에요. 정확히 이 일을 위해 설계됐죠."

다시는 입을 벌린 채 두 사람을 번갈아 보았다.

"아는 줄 알았어요. 내 서류에 다 있어서요." 도널드는 생각했다. '무엇을 찾아야 할지 알았다면 보였겠지.' 너무 분명하고 대담해서 모르는 사람은 보지 못했을 것이다.

"아니. 난 여기가 산속 벙커 같은 거라고 생각했어요. 정부가 살아남으려고 가는……."

"그건 맞아요." 샬럿이 말했다. "하지만 이렇게 하면 타이밍을 딱 맞출 수 있죠."

다시는 도널드와 샬럿이 먹는 동안 자기 부츠만 내려다보았다. 마지막 식사치고는 그렇게 나쁘지 않았다. 도널드는 샬럿에게 빌려 입은 작업복 소매를 내려다보고, 처음으로 그 옷에 뚫린 총탄 구멍을 보았다. 그래서 도널드가 그 옷을 입겠다고 했을 때 샬럿이 미친 사람 취급했던 모양이다. 맞은편에 있던 다시는 이제 천천히 고개를 끄덕였다. "그렇군요. 맙소사, 그래요. 그놈들이 한 짓이군요." 그는 도널드를 쳐다보았다. "난 몇 근무 전에 어떤 남자를 심냉동에 넣었어요. 그 사람이 온갖 미친 소리를 외쳐댔죠. 회계부 사람이었어요."

도널드는 쟁반을 치우고 물을 마저 마셨다.

"그 사람이 미친 게 아니었던 거죠?" 다시가 물었다. "멀쩡한 사람이었던 거죠?"

"아마도요." 도널드는 말했다. "적어도 나아지고 있었겠죠."

다시는 손가락으로 짧은 머리카락을 훑었다. 그의 관심이 다시 흩어진 물품들로 돌아갔다. "보호복이라. 떠날 생각입니까? 내가 그런 일을 도울 수 없다는 건 알 텐데요."

도널드는 그 질문을 무시했다. 그는 통로 끝으로 가서 손수레를 되찾았다. 샬럿과 둘이서 이미 그 수레에 벙커버스터를 실어놓았다. 폭탄의 코끝에 플라스틱 태그가 매달려 있었는데, 샬럿이 그걸 폭파시키려면 그 부분을 당겨야 한다고 했다. 이미 고도 통제기와 안전장치는 떼어낸 후였다. 그 작업을 다 끝낸 후에 샬럿은 그 벙커버스터를 '멍청이 폭탄'이라고 불렀다. 도널드는 손수레를 승강기 쪽으로 밀고 가려 했다.

"이봐요." 다시가 일어나 통로를 막았다. 샬럿이 헛기침을 했고, 다시가 고개를 돌려보니 그녀가 총을 겨누고 있었다.

"미안해요." 샬럿이 말했다.

다시의 손이 불룩한 주머니 위를 맴돌았다. 도널드는 수레를 다시 승강기 쪽으로 밀고 갔고, 다시는 뒤로 물러섰다.

"의논을 해야겠는데요." 다시가 말했다.

"우린 이미 의논했어요. 움직이지 말아요." 그는 다시 옆에 손수레를 세워놓고 젊은 보안 요원의 주머니에 손을 넣었다. 그곳에서 권총을 꺼내어 자기 주머니에 넣은 후, 다시의 ID 카드를 요구했다. 다시는 ID 카드를 건넸다. 도널드는 그것 역시 주머니에 넣은 다음, 손수레를 다시 기울이고 바퀴를 굴려 승강기를 향해 계속 걸어갔다.

다시는 멀찍이서 그를 따라갔다. "속도만 좀 늦춰봐요. 그걸 터뜨릴 생각이에요? 거참, 진정해요. 이야기 좀 합시다. 이건 큰 결정이에요."

"장담하는데, 가볍게 결정하지 않았어요. 우리 아래에 있는 원자로는 서버들에 전력을 공급해요. 그 서버들은 모두의 삶을 통제하고. 우린 이 사람들을 해방시킬 겁니다. 다들 원하는 대로 살고 죽게 할 거예요."

다시가 초조한 웃음을 터뜨렸다. "서버들이 삶을 통제하다뇨? 무슨 소릴 하는 겁니까?"

"서버들이 추첨 번호를 골라요." 도널드는 말했다. "서버 컴퓨터들이 누가 자손을 남길 자격이 있는지 결정하죠. 자격이 없는 사람들을 도태시키면서 원하는 형태를 빚는 거죠. 승자를 뽑기 위해 모의전도 하고. 하지만 그것도 오래가진 않아요."

"알았어요, 하지만 우리 셋밖에 없잖아요. 우리끼리 결정하기엔 너무 큰 문제예요. 정말이지……."

도널드는 손수레를 승강기 바로 앞에 세웠다. 다시를 돌아보았더니, 샬럿이 그에게 가까이 붙기 위해 일어선 모습이 보였다.

"역사에서 한 사람이 수백만의 죽음을 초래한 경우를 다 읊어줄까요?" 도널드는 물었다. "지금 이 사일로를 만드는 일도 다섯 명인가, 열 명인가가 했어요. 최소한으로 줄이면 아마 세 명까지로도 좁힐 수 있을 겁니다. 그리고 그중 한 명이 나머지 둘에게 영향을 미쳤는지는 또 어떻게 알겠어요? 한 명이 이걸 지을 수 있다면, 무너뜨리는 데에도 한 명 이상은 필요하지 않아요. 중력은 내 편이 되면 끝내주는 개새끼죠." 도널드는 통로를 가리켰다. "이제 저리 가서 앉아요."

다시가 움직이지 않자, 도널드는 방금 빼앗은 총이 아니라 반대쪽 주머니에 들어 있던 장전된 총을 꺼냈다. 청년이 몸을 돌려 명령에 따르기 전에 지은 실망스럽고 상처받은 듯한 표정을 보니 실제로 한 방 얻어맞는 느낌이었다. 도널드는 다시가 통로를 따라 걸어가서 샬럿 옆을 지나치는 모습을 지켜보았다. 그리고 샬럿이 그를 따라가기 전에 동생의 팔을 잡고, 한 번 손에 힘을 준 다음 뺨에 입을 맞췄다. "가서 네 보호복 입어." 그는 말했다.

샬럿은 고개를 끄덕이고 다시를 따라가더니, 다시 플라스틱 보관함에 앉아서 보호복을 입기 시작했다.

"이럴 순 없어." 다시는 샬럿이 보호복에 몸을 집어넣느라 내려놓은 권총을 보았다.

"꿈도 꾸지 말아요." 도널드는 말했다. "그보다는 당신도 보호복을 입어줘야겠는데요."

보안 요원과 그의 동생, 둘 다 어리둥절한 눈으로 그를 돌아보았다. 샬럿은 막 보호복에 다리를 집어넣던 중이었다. "무슨 소릴 하는 거야?"

도널드는 공구 사이에 놓여 있던 망치를 집어 들어 샬럿에게 보여줬다. "난 이게 터지지 않는 위험을 감수할 생각이 없어."

샬럿이 일어서려고 했지만, 발이 보호복 다리 안에 다 들어가지 않은 상태였다. "멀리서 터뜨릴 방법이 있다고 했잖아!"

"사실이야. 너와 먼 곳에서 터뜨릴 방법이지." 그는 다시에게 총을 겨눴다. "보호복 입어요. 5분 내로 드론 승강기 안에 들어가야 할 겁니다……."

다시가 샬럿 옆에 놓인 총을 향해 덤벼들었다. 그러나 샬럿이 더 빨리 그것을 낚아챘다. 도널드는 한 걸음 물러섰다가, 동생이 그를 겨누고 있음을 깨달았다. "오빠가 입어." 샬럿이 말했다. 목소리는 떨렸고, 눈에는 눈물이 반짝였다. "이건 우리가 의논한 대로가 아니야. 약속했잖아."

"난 거짓말쟁이야." 도널드는 팔 안쪽에 대고 기침을 한 다음에 미소 지었다. "너는 위선자고 나는 거짓말쟁이지." 그는 다시에게 총을 겨눈 채로 승강기를 향해 물러서기 시작했다. "넌 날 쏘지 못할 거야." 그는 동생에게 말했다.

"총 이리 줘요." 다시가 샬럿에게 말했다. "내가 들고 있으면 말을 들을 겁니다."

도널드는 소리 내어 웃었다. "당신도 날 쏘진 못할걸요. 그 총은 장전이 되어 있지 않아요. 이제 보호복 입어요. 둘 다 여기에서 나가는 겁니다. 30분 주겠어요. 드론 승강기가 꼭대기까지 올라가는 데 20분이 걸려요. 문이 움직이지 못하게 하려면 빈 통을 끼우는 게 가장 좋아요. 거기 하나 남겨놨습니다."

샬럿은 울면서 보호복 바지를 당겨서 발을 마저 밀어 넣으려 하고 있었다. 도널드는 이렇게 하지 않으면 샬럿이 절대로 혼자 떠나지 않을 테고, 뭔가 어리석은 일을 할 것이라는 사실을 알고 있었다. 샬럿은 달려와서 그를 끌어안고 이러지 말라고 애원하면서, 자기도 남아서 같이 죽겠다고 고집을 부릴 것이다. 샬럿을 내보내려면 다시를 같이 남겨두는 수밖에 없었다. 다시는 영웅이었다. 그러니 스스로와 샬럿 둘 모두를 구할 것이다. 도널드는 급행이 아닌 일반 엘리베이터 호출 버튼을 때렸다.

"30분이에요." 그는 다시 말했다. 다시는 이미 보호복 지퍼를 내리고 있었다. 도널드의 동생은 소리를 질러대면서 일어서려다가 발이 꼬여서 넘어질 뻔했다. 샬럿은 보호복을 마저 입는 대신 걷어차서 벗어버리려고 했다. 승강기가 땡 소리를 내며 열렸다. 도널드는 손수레를 뒤로 기울여서 끌고 승강기 안으로 들어갔다. 자신이 샬럿에게 초래한 고통을 보니 눈물이 솟았다. 문이 닫히기 시작했을 때 샬럿은 통로를 반쯤 달려오고 있었다.

"사랑해." 샬럿이 그 말을 들었을지는 확실치 않았다. 샬럿을 보여주던 문이 닫혔다. 그는 다시의 ID 카드를 스캔하고, 버튼을 눌렀다. 승강기가 움직이기 시작했다.

58

17번 사일로

불이 아래에서 맹위를 떨치고 있는 동안에도, 통신 허브 서버는 식었다. 그 밑에서 연기 가닥이 덩굴처럼 피어났다. 줄리엣이 그 커다란 검은색 기계 안을 살폈더니 부서진 회로판들이 보였다. 길게 늘어서 있던 헤드셋 잭들은 부서졌고, 기계 밑바닥에 붙어 있던 전선 몇 가닥은 기계가 뒤집혔을 때 늘어나다가 끊어졌다.

"다 타고 나서 꺼질까?" 래프는 연기 가닥을 보면서 물었다.

줄리엣은 기침을 했다. 아직도 목구멍에서 연기가 느껴지고, 불타는 종이의 맛이 나는 것 같았다. "모르겠어." 그녀는 솔직하게 말하고, 머리 위의 불빛들이 조금이라도 약해지는지 지켜보았다. "이 사일로에 남은 전력이 저 쇠살대 아래에서 흐르고 있는데."

"그렇다면 이 사일로도 언제든 광산처럼 깜깜해질 수 있는 건가?" 래프는 허둥지둥 일어섰다. "우리 가방 가져올게. 손전등을 가까이 둬야겠어. 그리고 넌 물을 좀 마셔야 해."

줄리엣은 래프가 빠르게 걸어가는 모습을 보았다. 아래에서 책 더미가 불타는 것을 느낄 수 있었다. 무전기 안의 전선도 녹아내리겠지. 희망일지는 몰라도 전력이 끊길 것 같지는 않았지만, 다른 것은 대부분 잃었다. 그녀가 굴착기를 찾을 수 있게 도와줬던 커다란 도면들은 이미 잿더미가 되었을 것이다. 어느 사일로에 연락해볼지, 어느 사일로를 향해 땅을 팔지 선택하도록 도와줄 도면들이 다 없어졌다.

사방에서 키 큰 검은색 기계들이 웅웅대며 돌아갔다. 사각의 어깨를 조금도 움직이지 않는 거인들. 하나 빼고는 그랬다. 줄리엣이 일어서서 쓰러진 서버를 살펴보았더니, 그 기계들과 사일로들 간의 연결 고리가 전보다 더 뚜렷해졌다. 여기에 그녀의 집처럼, 솔로의 집처럼 쓰러진 서버가 한 대 있었다. 그녀는 서버들의 배열을 살펴보다가 이 배치가 사일로들의 배치와 똑같다는 사실을 기억해냈다. 래프가 두 사람의 가방을 들고 돌아와서, 줄리엣에게 물통을 건넸다. 그녀는 생각에 빠진 채 물을 마셨다.

"네 손전등도 가져……."

"잠깐만." 줄리엣은 물통 뚜껑을 닫고 서버들 사이를 걸었다. 어느 서버 뒤로 가서, 둥지처럼 얽혀 있는 전선 더미 위에 붙은 은색 판을 살펴보았다. 세 개의 역삼각형이 그려진 사일로의 상징이 붙어 있었다. 중앙에는 '29'라는 숫자가 새겨졌다.

"뭘 찾고 있는 건데?" 래프가 물었다.

줄리엣은 그 판을 두드렸다. "루카스는 예전에 6번 서버를 수리해야 한다거나, 30번 서버를 만져야 한다거나 그런 식으로 말했어. 이 서버들이 꼭 사일로들처럼 배치되어 있다고 보여줬던 기억이 나. 도면은 바로 여기에 있어."

그녀는 17번과 18번 사일로가 있는 방향으로 향했다. 래프가 따라왔다. "전력에 대해 걱정해야 하지 않아?" 래프가 물었다.

"우리가 어떻게 할 수 있는 일이 없어. 저 아래 마룻장과 벽은 불이 붙을 만큼 뜨거워지지 않을 거야. 불이 다 타고 나면 가서 살펴봐야지……." 서버들 사이 경로를 따라가는데 뭔가가 줄리엣의 시선을 끌었다. 바닥 쇠살대 아래 전선들이 활송 장치 안팎을 들락거리면서 서버 기계들 아래쪽으로 이어졌다. 온통 검은색인 전선들 사이에 보이는 일련의 붉은색 전선이 줄리엣을 멈춰 세웠다.

"또 뭔데?" 래프는 걱정하는 얼굴로 그녀를 지켜보고 있었다. "어이, 너 괜찮은 거야? 머리에 돌을 맞았다가 하루 종일 이상하게 구는 광부들을 본 경험이 있는데……."

"난 멀쩡해." 줄리엣은 전선들을 가리키고, 몸을 돌려 그 전선들이 한 서버에서 다른 서버로 이어진다고 상상했다. "지도야." 그녀는 말했다.

"그래, 지도." 래프는 맞장구를 치고 그녀의 팔을 잡았다. "앉는 게 어때? 연기를 많이 들이마셨는데……."

"내 말 잘 들어. 무전기에서 말하던 여자, 1번 사일로에 있다던 여자 말이야. 그 여자가 이런 붉은 선들이 그려진 지도가 있다고 했어. 내가 굴착기에 대해 말하고 나서 나온 얘기였지. 그 여자는 정말로 흥분한 것 같았고, 왜 그 모든 선이 바깥쪽에서 만나는지 이해했다고 했어. 그다음에 무전기가 작동을 멈췄고."

"그래."

"이것들이 사일로들이야." 줄리엣은 키 큰 서버들을 향해 두 손을 펼쳤다. "이리 와서 봐." 그녀는 다음 줄로 서둘러 넘어가서 은색 판을 살피며 찾아다녔다. 14번. 16번. 17번. "여기야. 이게 우리가 터널을 뚫은 곳이야. 저게 우리 예전 사일로고." 그녀는 다음 서버를 가리켰다.

"그러니까 누가 가까이 있는지 보고 이 중에 어디를 무전기로 호출할지 고를 수 있다는 소리야? 저 밑에 딱 이런 지도가 있으니까? 에릭이 하나 가지고 있잖아."

"아니야. 난 그 여자의 지도에 그려진 붉은 선이 이 전선들과 비슷하다는 말을 하는 거야. 보여? 저 아래에서 지하를 깊이 파는 거야. 그 굴착기들은 한 사일로에서 다른 사일로로 가기 위한 물건이 아니었어. 그 굴착기 방향을 돌리기가 얼마나 힘든지는 보비가 말해줬지. 어딘가 향하는 목표가 있어서였어."

"어디?"

"몰라. 그걸 알아내려면 그 지도가 필요해. 그렇지 않고는……." 그녀는 래프를 돌아보았다. 그의 창백한 얼굴은 연기와 그을음으로 얼룩져 있었다. "넌 굴착팀에 있었지. 그 굴착기 탱크에 연료가 얼마나 있었어?"

래프는 어깨를 으쓱였다. "몇 갤런인지 재보진 않았어. 그냥 끝까지 차 있었지. 코트니가 얼마나 연료를 태우고 있나 보려고 몇 번 탱크를 들여다보긴 했는데, 그 안에 든 연료를 다 써버리는 건 불가능할 거라고 한 기억이 나."

"원래는 더 멀리 가게 되어 있었기 때문이야. 훨씬 멀리. 짐작을 해보려면 탱크를 다시 들여다봐야겠지. 그리고 에릭의 지도는 굴착기가 처음에 어느 쪽을 향하고 있었는지 보여줄 거야. 다만……." 그녀는 손가락을 딱 울렸다. "우리에겐 다른 굴착기가 있었어."

"무슨 소린지 못 따라가겠어. 왜 우리에게 굴착기가 두 대나 필요해? 작동하는 발전기는 하나밖에 없는데."

줄리엣은 그의 팔을 꽉 잡으면서도 스스로가 활짝 웃고 있는 것을 느낄 수 있었다. 머리가 빠르게 돌아갔다. "다른 굴착기는 땅을 파는 데 필요한 게 아니야. 어디를 가리키는지 방향을 보는 데 필요한 거야. 지도에서 그 선을 따라가보고, 우리 굴착기가 갔어야 하는 곳도 따라가보면, 그 두 선이 교차할 거야. 그리고 연료 공급량이 그 거리와 맞아떨어진다면 확실해지는 거지. 그 여자가 나한테 말하던 장소가 어디이고 얼마나 멀리 있는지 알 수 있어. 이 씨앗이라는 장소 말이야. 그 여자는 그게 다른 사일로인데, 공기가 멀쩡한 곳에 있는 것처럼 말을……."

그때 방 반대편에서 목소리들이 들렸다. 누군가가 복도에 들어서는 듯했다. 줄리엣은 래프를 잡아당겨서 어느 서버에 밀어붙이고 입에 손가락을 댔다. 하지만 누군가가 곧장 그들에게 다가오는 소리를 들을 수 있었다. 손가락으로 금속을 두드리는 것처럼 조용한 딸깍딸깍 소리. 줄리엣이 도망치고 싶은 충동과 싸우고 있는데 발치에 갈색 덩어리가 나타나더니, 한쪽 다리를 들면서 쉬 소리가 나고, 줄리엣의 부츠에 오줌이 튀었다.

"'강아지'야!" 엘리스가 외치는 소리가 들렸다.

줄리엣은 아이들과 솔로를 끌어안았다. 그녀의 사일로가 무너진 후 지금까지 그들을 보지 못했었다. 그들을 보니 왜 그녀가 이런 일을 하고 있는지, 무엇을 위해 싸우고 있는지, 무엇이 싸울 가치가 있는지가 다시 생각이 났다. 내면에 분노가 쌓여, 저 아래 땅속을 파서 밖에 있는 답을 찾고야 말겠다는 마음만 외곬으로 품고 있었다. 그러느라 이것을, 구할 가치가 있는 것들을 보지 못하게 되었다. 저주받아 마땅한 자들만 너무 생각하고 있었다.

엘리스가 목에 매달리고, 솔로의 수염이 얼굴을 긁자 그 분노가 녹아 사라졌다. 여기에 아직 남은 것이, 아직 그들이 가진 것이 있었고 이걸 지키는 게 복수보다 더 중요했다. 그게 웬델 신부가 발견한 것이었다. 그는 책에서 엉뚱한 대목을 읽고 있었다. 희망이 아니라 증오에 대한 구절을. 그리고 줄리엣도 똑같이 눈이 멀어 있었다. 모두를 뒤에 남겨두고 마구 달려 나갈 준비만 하다니.

래프가 줄리엣과 아이들에게 합류했고, 그들은 서버 하나를 둘러싸고 함께 모여 앉아서 아래쪽에서 본 폭력에 대해 의논했다. 솔로는 소총을 들고 있었는데, 계속 문을 막아야 한다고, 아래에 숨어야 한다고 말했다.

"우린 여기 숨어서 그 사람들이 서로 죽이길 기다려야 해요." 그는 사나운 눈빛으로 말했다.

"이쪽에서 그 긴 세월을 그렇게 살아남은 거예요?" 래프가 물었다.

솔로는 고개를 끄덕였다. "아버지가 날 집어넣었어요. 여길 떠나기까지 오래 걸렸죠. 여기 있는 편이 더 안전해요."

"당신 아버지는 무슨 일이 벌어질지 알았던 거죠." 줄리엣은 말했다. "그분은 당신이 그 모든 위험으로부터 안전할 수 있게 가둬두셨어요. 그건 우리가, 우리 모두가 이렇게 지하에서 사는 이유와 같아요. 누군가가 오래전에 같은 일을 한 거예요. 우릴 구하겠다고 집어넣은 거죠."

"그러면 다시 숨어야겠네." 럭슨이 말하고 다른 사람들을 보았다. "맞지?"

"저장고에 식량이 얼마나 남아 있어요?" 줄리엣은 솔로에게 물었다. "화재가 거기까지 번지지 않았다고 치고요."

솔로는 수염을 잡아당겼다. "3년 치요. 어쩌면 4년 치. 하지만 나만 있을 때 그래요."

줄리엣은 계산을 해봤다. "200명이 먹는다고 칩시다. 아마 그 정도 수도 안 될 테지만. 그러면 얼마죠? 5일쯤?" 그녀는 휘파람을 불었다. 예전 사일로에 있었던 다양한 농장들에 대해 새로운 감탄이 피어났다. 수천 명에게 수백 년 동안 식량을 제공하다니, 세심한 균형이었다. "우린 다 같이 숨기를 그만둬야 해요." 줄리엣은 말했다. "우리에게 필요한 건……." 그녀는 자신을 완전히 믿어주는 몇 사람의 얼굴을 보았다. "우리에게 필요한 건 시청 회의야."

그녀가 농담을 한다고 생각한 래프가 웃음을 터뜨렸다.

"뭐요?" 솔로가 물었다.

"회의를 해야 해. 모두와. 남아 있는 사람 모두. 계속 숨어 있을지, 여기에서 나갈지 결정해야 해."

"다른 사일로로 땅을 파고 가는 게 아니었어?" 래프가 말했다. "아니면 그 다른 어디라는 곳으로."

"땅을 팔 시간이 없을 것 같아. 그러려면 몇 주는 걸리는데, 농장은 다 유린당하고 있어. 게다가 나에게 더 좋은 생각이 났거든. 더 빠른 방법이야."

"지고 온 다이너마이트는? 우리에게 이런 짓을 한 자들을 쫓을 줄 알았는데."

"여전히 그 선택지도 남아 있어. 봐, 어차피 우린 이 일을 해야 해. 우린 여기에서 나가야 해. 그러지 않으면 지미 말대로, 그냥 서로를 죽이고 말 거야. 그러니까 모두를 모아야 해."

"다시 발전실로 내려가야겠네." 래프가 말했다. "충분히 큰 곳이 있어야 하잖아. 아니면 농장이라거나."

"아니야." 줄리엣은 몸을 돌려 방 안을 둘러보았다. 그녀는 키 큰 서버들을 지나서 안쪽 벽을 보고는, 이 공간이 얼마나 넓은지 보았다. "여기에서 하죠. 사람들에게 여길 보여주는 거예요."

"여기를요?" 솔로가 물었다. "200명이? 여기에?" 그는 눈에 띄게 동요해서 두 손으로 수염을 잡아당겼다.

"모두가 다 어디에 앉아?" 해나가 물었다.

"보기는 어떻게 보고?" 엘리스가 알고 싶어 했다.

줄리엣은 키 큰 검은색 기계들이 가득한 넓은 홀을 살폈다. 상당수가 윙윙대며 돌아가고 있었다. 서버 위에 달린 전선들이 구불구불 천장을 뚫고 지나갔다. 그녀는 예전 사일로에서 카메라 피드를 추적해보았기에, 그 전선들이 다 서로 연결된다는 사실을 알고 있었다. 그녀는 전력이 어떻게 기단부에 들어가는지, 어떻게 사이드 패널을 떼어내는지도 알았다. 그녀는 솔로가 어렸을 때 지나가는 날수를 기록해두었던 기계 한 대를 손으로 쓸었다. 그 날들이 더해져서 몇 년이 되어 있었다.

"보호복 연구실에 가서 내 공구 가방 좀 가져와요." 그녀는 솔로에게 말했다.

"프로젝트예요?" 솔로가 물었다.

그녀가 고개를 끄덕이자, 솔로가 키 큰 서버들 사이로 사라졌다. 래프와 아이들은 그녀를 빤히 보았다. 줄리엣은 미소 지었다. "너희들도 재미있을 거야."

꼭대기에서 전선을 잘라내고 바닥에서 나사를 제거하고 나면, 잘 밀기만 하면 됐다. 다른 서버들은 통신 허브보다 훨씬 수월하게 넘어갔다. 줄리엣은 기계가 기울어지고, 부르르 떨리다가, 부츠에도 느껴질 정도로 쾅 소리를 내며 쓰러지는 모습을 만족스럽게 지켜보았다. 마일스와 릭슨이 손을 부딪치더니 딱 남자애들이 뭔가를 부쉈을 때 보이는 태도로 환호했다. 해나와 쇼는 이미 다음 서버로 넘어가고 있었다. 손에 전선 커터를 든 엘리스가 줄리엣의 도움을 받아서 꼭대기로 기어올랐다. '강아지'가 조심하라는 듯 짖어댔다.

"머리카락 자를 때와 비슷해." 줄리엣은 엘리스가 일하는 모습을 지켜보며 말했다.

"다음엔 솔로의 수염을 자를 수도 있겠다." 엘리스가 제안했다.

"솔로가 좋아할까 모르겠는데." 래프가 말했다.

줄리엣이 돌아보니 심부름 갔던 래프가 돌아와 있었다. "쪽지를 100개 정도 떨궈놨어. 그보다 더 쓸 수는 없었어. 손에 쥐가 나더라. 흩뿌렸으니 몇 개는 바닥까지 확실히 떨어질 거야."

"좋아. 그리고 이 위에 먹을 게 있다는 말도 썼어? 모두가 먹을 만큼 있다고?"

래프는 고개를 끄덕였다.

"그러면 저 기계를 치우고, 아래에서 먹을 걸 확보할 수 있나 확인해야겠네. 안 되면 위쪽 농장들을 털어야 할 거야."

래프가 줄리엣을 따라 통신 허브로 향했다. 그들은 연기가 더 올라오지 않는다는 것을 확인했고, 줄리엣은 서버 아래쪽을 만져서 열기를 재보았다. 솔로의 은신처는 사방이 금속이었으니, 불이 책 더미를 태우고 나서 더 번지지 않았으리라는 게 줄리엣의 희망이었다. 하지만 확언할 순 없었다. 쓰러진 채 입구를 막고 있던 통신 허브를 옆으로 밀자 끔찍한 쇳소리가 났다. 검은 연기가 뭉게뭉게 빠져나왔다.

줄리엣은 얼굴 앞에 손을 내저으며 기침을 했다. 래프는 반대편으로 달려가서 다시 허브를 밀어 입구를 막으려고 했다. "잠깐만." 줄리엣은 연기 구름을 피하면서 말했다. "걷히고 있어."

서버실이 뿌옇게 변했지만, 연기가 엄청나게 쏟아져 나오지는 않았다. 아래에 갇혀 있던 연기가 새어 나오는 정도였다. 래프가 구멍 속으로 몸을 내리려 했지만, 줄리엣이 먼저 가겠다고 우겼다. 그녀는 손전등을 켜고 흩어져가는 연기 속으로 내려갔다.

그녀는 바닥에 쭈그려 앉아서 속셔츠로 입을 막고 숨을 쉬었다. 손전등 불빛이 단단한 기둥처럼 튀어 나가는 모습이, 마치 누가 다가오기라도 하면 때릴 수 있을 것 같았다. 하지만 아무도 오지 않았다. 복도 중간에 아직 타들어가는 형체가 있었다. 냄새가 끔찍했다. 연기가 더 걷히자, 줄리엣은 래프에게 내려와도 괜찮다고 소리쳤다.

래프가 시끄러운 소리와 함께 내려오는 동안, 줄리엣은 시체를 타 넘어서 방 안의 피해 정도를 조사했다. 공기는 따뜻하고 텁텁했으며, 숨 쉬기가 힘들었다. 줄리엣은 잠시 그 밑에서 질식했을 루카스가 어떤 시간을 겪었을지 상상했다. 눈물이 고인 것은 연기 때문만은 아니었다.

"저건 책들이었지."

래프가 합류해서 방 한가운데에 남은 검은 부분을 바라보았다. 분명히 줄리엣을 구할 때 책 더미를 보았을 것이다. 지금은 아무 흔적도 남아 있지 않았다. 이제 그 책의 페이지들은 허공으로 날아갔고, 그들의 폐 속으로 들어갔다. 줄리엣은 과거의 기억들에 목이 메었다.

그녀는 벽으로 가서 무전기를 살폈다. 금속 새장은 오래전에 그녀가 벽에서 무전기를 뜯어냈을 때 그대로 구부러져 있었다. 전원 스위치를 켰지만, 아무 일도 일어나지 않았다. 플라스틱 손잡이가 따뜻하게 끈적였다. 아마 무전기 내부는 고무와 구리가 같이 눌어붙은 덩어리일 터였다.

"그 식량이라는 건 어디 있어?" 래프가 물었다.

"저 안에." 줄리엣은 대답했다. "천으로 잡고 문을 열어."

래프가 거주 공간과 식품 저장실을 탐색하러 간 사이에 줄리엣은 오래된 책상의 잔해, 책상 한가운데에 앉은 일그러진 컴퓨터 모니터, 열 때문에 부서진 패널을 살폈다. 솔로의 침구는 흔적도 없었고, 한때 책이 담겨 있었던 금속 상자 무더기만 남아 있었다. 몇 개는 고열 때문에 축 처지기도 했다. 줄리엣은 등 뒤에 남은 검은 발자국을 보고 열 때문에 부츠 바닥의 고무가 녹고 있음을 깨달았다. 옆방에서 래프가 신이 나서 지르는 소리가 들렸다. 줄리엣이 문으로 들어가보니, 래프가 깡통을 한 아름 안고 그 위에 턱을 얹은 채 얼빠진 웃음을 짓고 있었다.

"이런 게 몇 선반이나 있어." 래프가 말했다.

줄리엣은 식품 저장실 문으로 가서 손전등으로 안을 비춰보았다. 여기저기에 조금씩 통조림이 놓인 거대한 동굴이었다. 하지만 안쪽 선반들은 더 가득 차 있는 듯했다. "모두가 온다면 며칠 이상은 못 갈 거야." 그녀는 말했다.

"모두를 부르진 말았어야 했나."

"아니야." 줄리엣은 말했다. "우린 옳은 일을 하고 있어." 그녀는 작은 식탁 옆 벽을 돌아보았다. 화재도 그 문을 통과하지는 못했다. 담요 크기의 세로로 긴 도면들이 온전하게 걸려 있었다. 줄리엣은 그 도면들을 훌훌 넘기다가, 필요한 지도들을 찾아서 뜯어냈다. 지도를 접고 있는데 멀리 위에서 소리 죽인 쿵 소리가 들렸다. 서버가 또 한 대 쓰러지는 소리였다.

59

그들은 찔끔찔끔 모습을 드러내다가, 조금씩 무리 지어 오다가, 우르르 몰려왔다. 도착해서는 복도의 안정적인 불빛에 감탄하고 사무실들을 탐색했다. 아무도 IT부 안을 본 경험이 없었다. 청소 직후의 순례가 아니면 상층부에서 시간을 많이 보내본 사람 자체가 거의 없었다. 가족들이 이 방, 저 방을 돌아다녔고 아이들은 넉넉한 종이 뭉치를 움켜쥐었다. 많은 수가 래프가 접어서 떨어뜨린 쪽지를 들고 줄리엣이나 다른 사람에게 와서 거기 적힌 식량에 대해 물었다. 겨우 며칠 만에 전과 달라진 모습들이었다. 작업복은 얼룩지고 찢어졌으며, 얼굴은 수척해지고 수염이 파르라니 올라왔고, 눈 주위가 시커메졌다. 겨우 며칠 만에. 줄리엣은 며칠만 더 있으면 사태가 더 절망적으로 변할 것을 알았다. 모두가 알았다.

일찍 도착한 사람들이 식사 준비를 돕고 마지막 남은 서버들을 같이 넘어뜨렸다. 따뜻한 채소와 수프 냄새가 방 안을 가득 채웠다. 제일 뜨거운 서버인 40번과 38번, 두 대는 전원을 끊지 않고 바닥에 내려놓은 상태였다. 내용물을 데우기 위해 그 뜨거운 금속판 위에 뚜껑을 딴 통조림들을 올렸다. 식기는 부족했기에 많은 사람이 그냥 따뜻한 캔을 들고 수프와 채소즙을 마셨다.

릭슨이 아기를 돌보고, 해나는 줄리엣을 도와서 시청 회의를 준비했다. 도면 하나는 이미 벽에 박혀 있었고, 해나가 다른 도면을 붙이고 있었다. 조심스럽게 빨간 선을 따라 실을 꿰어놓았는데, 해나가 줄리엣의 작품을 한 번 더 확인했다. 목탄 조각을 써서 경로도 표시했다. 줄리엣은 또 한 무리가 들어서는 모습을 보았다. 그러고 보니 이게 그녀의 두 번째 시청 회의라는 사실과 첫 번째 회의는 잘 끝나지 않았다는 사실이 떠올랐다. 이번이 마지막 회의가 될 가능성이 크다는 생각도 들었다.

모여든 사람들 대부분은 농장에서 왔지만, 이윽고 기계공과 광부도 몇 명씩 나타났다. 중층부 부보안관실에 있던 톰 히긴스와 계획 위원회가 도착했다. 줄리엣은 그중 한 명이 목탄과 종이를 들고 쓰러진 서버 위에 올라서서 손가락질을 하며 머릿수를 헤아리려다가, 돌아다니는 사람들 때문에 셈이 어려워지자 욕을 하는 모습을 보았다. 그녀는 웃음을 터뜨렸다가 그 일이 중요하다는 사실을 깨달았다. 숫자를 알아야 했다. 그녀의 발치에 청소용 보호복 한 벌이 놓여 있었는데, 시청 회의를 위한 소품 중 하나였다. 그들은 보호복 개수와 사람 수를 알아야 했다.

코트니가 도착해서 군중 사이를 헤치고 다가오는데, 그건 충격이었다. 줄리엣은 활짝 웃으면서 친구를 끌어안았다.

"너한테서 연기 냄새 난다." 코트니가 말했다.

줄리엣은 웃었다. "네가 올 줄 몰랐어."

"쪽지에 사느냐 죽느냐의 문제라고 썼던데."

"그랬어?" 그녀는 래프를 쳐다보았다.

래프는 어깨를 으쓱였다. "몇 장은 그랬을지도."

"그래서 이게 무슨 일인데?" 코트니가 말했다. "수프 좀 먹으라고 한참을 올라오게 한 거야? 무슨 일이 벌어지는 건데?"

"모두에게 한 번에 말할 거야." 줄리엣은 그러고 나서 래프에게 말했다. "모두 이 안에 들어오게 해줄래? 마일스나 쇼, 아니면 운반인 한 명을 계단으로 보내서 혹시 오는 사람이 더 있는지 봐도 좋겠고."

래프가 나간 사이, 줄리엣은 모두가 이미 서버 위에 앉아서 서로 등을 맞대고 캔을 후루룩 마시고 있음을 알아차렸다. 솔로가 뒤에 쌓인 큰 무더기에서 캔을 더 열어서 내놓고 있었다. 그는 바닥 콘센트에 꽂아놓은 전기 기계로 캔을 따는 일을 맡았다. 많은 사람들이 식품 저장실에서 들고 나온 캔 더미를 보고 있었다. 더 많은 사람은 줄리엣을 보고 있었다. 소곤거리는 소리가 수증기가 빠져나가는 소리 같았다.

줄리엣은 방 안의 숫자가 불어나는 동안 조바심을 내며 서성였다. 쇼와 마일스가 돌아와서 계단은 아주 조용하다고, 몇 명 정도나 더 올라오는 것 같다고 말했다. 줄리엣과 래프가 서버실 아래에서 화재와 싸운 후 하루는 꼬박 지난 느낌이었다. 굳이 손목

시계를 보고 확인하고 싶지는 않았다. 피곤했다. 특히 모두가 그 방에 앉아서 캔을 입가에 기울이고 바닥을 두드리거나, 소매로 얼굴을 닦으며 그녀를 지켜보고 있으니 더 그랬다. 그들은 기다리고 있었다.

먹을 것이 사람들을 잠시 조용하게 만들고 만족시키기는 했다. 통조림 음식들이 그들의 손과 입을 바쁘게 만들었다. 그래서 줄리엣은 약간의 유예 시간을 얻었다. 지금이 아니면 영영 불가능했다.

"이게 다 무슨 일인가 궁금하다는 거 압니다." 줄리엣은 입을 열었다. "왜 우리가 여기 있는지요." 그녀가 목소리를 키우자, 쓰러진 서버 위에서 오가던 대화들이 잦아들었다. "여기라는 건 이 방 이야기가 아닙니다. 이 사일로죠. 왜 우리가 도망쳤을까? 수많은 소문이 돌아다니고 있습니다만, 제가 진실을 말하려고 합니다. 가장 비밀스러운 이 공간으로 데려온 것도 여러분에게 진실을 말하기 위해서예요. 우리 사일로는 파괴당했습니다. 오염됐어요. 우리와 같이 넘어오지 못한 사람들은 죽었습니다."

날카로운 소곤거림. "누가 오염시킨 거요?" 누군가가 외쳤다.

"몇백 년 전에 우리를 지하에 집어넣은 바로 그 사람들이요. 여러분이 잘 들어주셔야 합니다. 제발 들으세요."

군중이 조용해졌다.

"우리 조상들이 지하에 들어오게 된 건, 세상이 나아지는 동안 우리가 살아남기 위해서였습니다. 많이들 아시겠지만 전 우리의 집을 빼앗기기 전에 밖에 나가봤어요. 나가서 공기 샘플을 채취했는데, 여기에서 멀리 가면 갈수록 조건이 나아진다고 생각합니다. 우리가 측정한 샘플 결과 때문에 의심하기도 했지만, 다른 사일로에서 저 너머에는 파란 하늘이 있다는 말을 해줬고……."

"쥐똥 같은 소리!" 누군가가 외쳤다. "그건 거짓말이라고 들었어. 청소하러 나가기 전에 뇌에다 하는 짓이라고."

줄리엣은 누가 그 말을 했는지 찾았다. 나이가 있는 운반인이었는데, 운반인이란 직업은 소문만이 아니라 팔기엔 너무 위험한 비밀들의 중심이기도 했다. 사람들이 다시 소곤거리는 동안 그녀는 방 저편의 두꺼운 금속 문으로 발을 끌며 들어오는 새로운 사람을 보았다. 두 손을 소매 안에 밀어 넣은 채로 팔짱을 낀 웬델 신부였다. 바비가 모두에게 닥치라고 소리치자 서서히 소곤거림이 잦아들었다. 줄리엣이 손을 흔들어 웬델 신부를 환영하자, 사람들이 돌아보았다.

"지금부터 하려는 말을 믿어주셔야 합니다." 줄리엣이 말했다. "지금 하는 말 중에 일부는 확실한 내용이에요. 저는 압니다. 우리는 여기 남아서 살아갈 수도 있지만, 얼마나 오래 버틸지는 모른다는 것을요. 그리고 우린 두려움 속에 살 겁니다. 서로에 대한 두려움만이 아니라, 재난이 언제든 찾아올 수 있다는 두려움 속에서요. 놈들은 묻지도 않고 우리 문을 열 수 있고, 말도 없이 우리 공기를 오염시킬 수도 있고, 경고 없이 우리 목숨을 빼앗을 수도 있습니다. 전 그게 어떤 삶이 될지 모르겠습니다."

방 안은 쥐 죽은 듯 고요했다.

"대안은 떠나는 겁니다. 하지만 나간다면 돌아오는 일은 없을 것이고……."

"어디로 가는데?" 누군가가 외쳤다. "또 다른 사일로? 거기가 여기보다 더 나쁘면?"

"다른 사일로가 아닙니다." 줄리엣은 사람들이 벽에 붙은 도면을 볼 수 있게 옆으로 비켰다. "여기 사일로들이 있어요. 총 50개죠. 여기가 우리 집이었던 곳입니다." 그녀가 도면을 가리키자, 다들 보려고 하는 통에 소란이 일어났다. 줄리엣은 사람들에게 진실을 말한다는 사실에 벅차오르는 기쁨과 슬픔으로 목이 메었다. 그녀는 옆에 붙은 사일로로 손가락을 옮겼다. "여기가 지금 우리가 있는 곳입니다."

"정말 많다." 누군가가 속삭이는 소리가 들렸다.

"얼마나 멀리 떨어져 있는 거죠?" 또 누군가가 물었다.

"우리가 어떻게 여기 왔는지 보여줄 선을 그렸습니다." 그녀는 선을 가리켰다. "뒤쪽에서는 보기 힘들지도 모르겠네요. 그리고 여기 이 선, 이 선이 우리의 굴착기가 가리키고 있었던 방향입니다." 그녀는 선이 어디로 이어지는지 모두가 볼 수 있게 손가락으로 그 선을 따라갔다. 그녀의 손가락은 비스듬히 지도를 벗어나서 벽으로 넘어갔다. 줄리엣은 손짓해서 엘리스를 부른 다음, 엘리스의 손가락을 이미 표시해놓았던 지점에 눌렀다.

"이 도면은 지금 우리가 있는 사일로를 위해 만들어진 겁니다." 그녀는 다음 지도로 이동했다. "여기에도 밑에 굴착기가 있는데……."

"또 그 망할 굴착!"

줄리엣은 듣고 있던 사람들을 돌아보았다. "저도 땅을 파고 싶진 않습니다. 솔직히 말해서, 충분한 연료가 남아 있다고 생각하지도 않아요. 여기 오면서부터 연료를 태웠고, 또 그 굴착기 방향을 돌리기는 힘들거든요. 그리고 우리에게 1, 2주 이상 버틸 식량이 있다고 생각하지도 않습니다. 모두가 먹는다면요. 우린 땅을 파지 않을 겁니다. 하지만 우리가 집에서 찾아냈던 굴착기의 크기와 위치는 우리 도면에 있던 그림과 일치했어요. 규모도, 가리키는 방향도 완벽하게 일치했죠. 그리고 여기엔 이 사일로와 이 굴착기 도면이 있습니다." 그녀는 다른 도면을 손으로 쓸고 나서 큰 지도로 돌아갔다. "제가 이걸 표시할 때, 그 선이 다른 어느 사일로도 건드리지 않고 그 사이로 이어진다는 점을 잘 보세요." 그녀는 걸으면서 그 선을 따라 손가락을 움직였다. 엘리스와 그녀의 손가락이 한 점에서 만났다. 엘리스가 활짝 웃었다.

"우린 이 사일로에 도착할 때까지 연료를 얼마나 썼는지, 연료가 얼마나 남아 있는지 대략 추측하고 있어요. 처음에 연료가 얼마나 됐고 얼마나 빨리 타는지도 알죠. 그리고 우리가 내린 결론은, 그 굴착기에 정확히 우리를 여기까지 데려올 만큼의 연료가 차 있었다는 겁니다. 어쩌면 10퍼센트 정도 여유분을 더해서요." 그녀는 다시 엘리스의 손가락을 건드렸다. "그리고 굴착기들은 전부 살짝 위쪽을 향하고 있어요. 그러니까 우리는 굴착기들이 우리를 이 지점으로 데려가려고 놓여 있었다고 생각합니다. 여기에서 벗어나게 하려고요." 그녀는 말을 멈췄다. "그자들이 언제 우리에게 그 말을 해주려고 했는지는 모릅니다. 과연 언젠가 말해주기는 했을지도요. 하지만 전 떠나라는 말을 기다리지 말자고 제안하겠습니다. 가자고 하겠어요."

"그냥 간다고?"

줄리엣은 사람들을 훑어보고 질문한 사람이 계획 위원회 소속임을 알았다.

"저 바깥이 여기 머무는 것보다는 안전할 수 있다고 생각합니다. 전 여기 머물면 무슨 일이 일어날지 알아요. 떠나면 더 나을지 알아보고 싶습니다."

"더 안전하다는 건 희망이겠지." 누군가가 말했다.

줄리엣은 누가 말했는지 찾아보지 않았다. 그냥 군중 여기저기에 시선을 움직였다. 줄리엣 스스로를 포함해서 모두가 같은 생각을 하고 있었다.

"맞아요. 희망입니다. 제겐 알지도 못하는 사람이 한 말이 있어요. 만나본 적도 없는 사람의 속삭임이 있죠. 배 속에, 심장에 느껴지는 게 있습니다. 지도에서 만나는 이 선들이 있고. 여러분이 그걸로는 부족하다고 생각한다면, 저도 그렇습니다. 전 평생을 제가 볼 수 있는 것만 믿으면서 살았어요. 증거가 꼭 필요하죠. 결과를 꼭 봐야 하고요. 그런 다음에도 두 번, 세 번 같은 결과를 봐야 겨우 진짜 상황을 살짝 엿본 셈이라고 여깁니다. 하지만 이것만은 확실하게 아는데, 여기에서 우리를 기다리는 삶은 살 가치가 없어요. 그리고 다른 곳에서라면 더 나은 삶을 찾을 가능성이 있어요. 전 기꺼이 갈 생각이지만, 여러분 중 충분한 수가 함께할 때만 갈 겁니다."

"난 같이 간다." 래프가 말했다.

줄리엣은 고개를 끄덕였다. 방 안이 살짝 흐릿해졌다. "나도 네가 갈 거라는 건 알아."

솔로가 손을 들어 올리며 반대쪽 손으로는 수염을 잡아당겼다. 줄리엣은 엘리스가 자신의 손을 잡는 것을 느꼈다. 쇼는 꿈틀거리는 강아지를 안고 있었지만, 그 상태로도 손을 들어 올렸다.

"땅을 파지 않는다면 거기까지 어떻게 가는데?" 광부 하나가 소리를 질렀다.

줄리엣은 허리를 굽히고 발치에 놓아둔 물건을 잡았다. 그렇게 고개를 숙인 사이에 눈물도 닦아냈다. 그녀는 일어서서 한 손으로는 청소용 보호복을, 반대쪽 손으로는 헬멧을 들어 올렸다.

"우린 지상으로 갈 겁니다."

60

작업하는 동안 식량은 줄어들었다. 쌓인 캔과 농장에서 거둬들인 채소들이 사라지는 모습은 암울한 초읽기 같았다. 사일로의 모두가 참여하지는 않았다. 상당수는 아예 시청 회의에 오지도 않았고, 또 상당수는 서두르면 재배지를 더 차지할 수 있다는 사실만 깨닫고 가버렸다. 기계공 몇 명은 기계부로 다시 내려가서 올라오지 않으려 했던 사람들을 찾아다니면서 함께하기를 설득해보겠다고, 워커를 움직일 수 있는지 알아보겠다고 허락을 청했다. 줄리엣은 더 많은 사람을 모을 수 있다는 생각에 너무나 기뻤다. 그러면서 모두가 일하는 동안 점점 커지는 압력을 느끼기도 했다.

서버실은 공급부 복도 안쪽에서나 보던 것 같은 거대한 작업장으로 변모했다. 거의 150벌의 보호복을 늘어놓았고, 전부 다 크기를 맞추고 개조를 해야 했다. 줄리엣은 보관된 보호복이 필요한 숫자보다 많다는 사실에 슬펐지만, 조금은 안심하기도 했다. 필요한 숫자보다 적었다면 문제였을 테니까.

그녀는 기계공 10여 명에게 보호복 연구실에서 그녀와 넬슨이 숨을 쉬는 데 썼던 것처럼 밸브들을 붙이는 방법을 알려줬다. IT부에는 밸브가 부족했기에, 운반인들이 샘플을 들고 공급부에 내려갔다. 줄리엣은 생존에 쓸모가 없는 부품들은 더 남아 있을 거라고 확신했다. 개스킷, 열 테이프, 밀봉제도 더 필요했다. 운반인들은 공급부와 기계부 양쪽에서 용접 장비도 챙겨 오라는 지시를 들었다. 또 그녀는 그들에게 아세틸렌가스 통과 산소통의 차이를 알려주면서, 아세틸렌가스는 필요 없다고 말했다.

에릭은 벽에 걸린 도면을 이용해서 거리를 계산하고는 산소통 하나를 열두 명이 쓸 수 있다고 예상했다. 줄리엣은 안전하게 하려고 열 명으로 잡았다. 50여 명이 보호복 개조 작업을 하는 동안(쓰러진 서버들을 작업대 삼아서 바닥에 무릎을 꿇거나 앉아서 일했다) 그녀는 소규모 그룹을 데리고 암울한 일을 하기 위해 구내식당으로 올라갔다. 줄리엣의 아버지, 래프, 도슨, 그리고 이전에 시체를 다뤄봤을 법한 나이 많은 운반인 두 명이었다. 그들은 올라가는 길에 농장 밑에 들러서 펌프실 너머에 있는 검시관실에 들어갔다. 줄리엣은 그곳에 있는 접힌 검은색 가방을 찾아내어 60개를 꺼냈다. 거기서부터는 다들 말없이 올라갔다.

17번 사일로에는 에어록이 붙어 있지 않았다. 이제는 그랬다. 수십 년 전에 사일로가 무너지면서 열린 바깥문이 그대로 있었다.

줄리엣은 이전에 두 번 그곳을 비집고 통과했는데, 첫 번째에는 헬멧이 껴서 힘들었다. 그들과 바깥 공기 사이에 방어막이라고는 안쪽 에어록 문과 보안관실 문밖에 없었다. 죽은 세계와 죽어가는 세계를 가르는 황량한 막.

줄리엣은 다른 사람들을 도와서 보안관실 문 앞에 쌓인 의자와 테이블들을 치웠다. 한 달도 더 전에 그녀가 오갔던 좁은 통로가 남아 있었지만, 그들에겐 작업할 공간이 더 필요했다. 사람들에게 안에 시체가 있다고 경고했지만, 다들 가방을 챙겼을 때부터 알고 있었다. 손전등 여러 개가 문을 비추고, 줄리엣이 열 준비를 했다. 다들 줄리엣 아버지의 주장대로 마스크를 쓰고 고무장갑을 끼고 있었다. 줄리엣은 차라리 보호복을 입었어야 했나 생각했다.

안에 있던 시체들은 기억 속 그대로였다. 생명을 잃은 회색 팔다리들이 얽혀 있었다. 역겨우면서도 금속성인 악취가 마스크 안을 채웠고, 줄리엣은 바깥 공기를 몰아내겠다고 몸에 썩은 수프를 붓던 기억을 떠올렸다. 이건 죽음과 그 외의 무엇인가가 풍기는 악취였다.

그들은 시체를 한 구씩 들고 나가서 장례 가방에 집어넣었다. 소름 끼치는 작업이었다. 천천히 굽는 로스트처럼 뼈에서 살이 떨어져 나왔다. "관절 부분." 줄리엣은 마스크에 가로막혀 낮고 거칠어진 목소리로 주의를 줬다. "겨드랑이와 무릎을." 시체들은 가까스로 한 덩어리를 유지하고 있었는데, 뼈와 힘줄이 거의 지탱하고 있었다. 검은색 지퍼를 당겨 올려 닫으면 안도감이 들었다. 기침 소리와 구역질 소리가 가득했다.

보안관실 안에 있던 시체는 대부분 문 옆에 쌓여 있는 모습이 마치 안으로 다시 들어오려고, 구내식당으로 들어오려고 서로를 밟고 기어오른 것 같았다. 다른 시체들은 좀 더 고요하게 누운 모습이었다. 남자 하나는 열린 유치장 안, 매트리스는 오래전에 사라지고 녹슨 틀만 남은 낡은 침대의 잔해 위에 늘어져 있었다. 여자 하나는 잠든 것처럼 가슴 위에 두 팔을 포개고 구석에 누워 있었다. 줄리엣은 아버지와 함께 그 마지막 시체들을 옮겼는데, 아버지가 얼마나 눈을 크게 뜨고 그녀에게 시선을 고정하고 있는지 보았다. 그녀는 뒷걸음질로 보안관실을 나가면서 아버지의 어깨 너머로 그들 모두를 기다리고 있는 에어록 문을 응시했다. 노란 페인트칠이 벗겨진 문.

"이건 아니야." 아버지가 가로막힌 목소리로 말했다. 턱의 움직임을 따라 마스크가 위아래로 움직였다. 그들은 시체를 열린 가방 안에 집어넣고 지퍼를 채웠다.

"우리가 제대로 장례를 치러줄 거예요." 줄리엣은 아버지가 시체들을 이렇게 다루다니 옳지 않다, 지저분한 빨랫감처럼 쌓다니 이러면 안 된다고 하는 줄 알고 안심시키려 말했다.

아버지는 장갑과 마스크를 벗고 쭈그려 앉아서 손등으로 이마를 닦았다. "아니. 이 사람들 말이다. 네가 여기 들어왔을 때 여기는 사실상 비어 있었다고 했던 것 같은데."

"그랬죠. 솔로와 아이들밖에 없었으니까요. 이 사람들은 오래전에 죽었어요."

"그건 불가능해. 너무 보존 상태가 좋아."

아버지의 시선이 시체 가방 쪽으로 이동했다. 이마에는 걱정 때문인지, 혼란 때문인지 모를 주름이 잡혔다. "나라면 죽은 지 3주쯤 됐다고 할 거다. 기껏해야 4주, 5주 이상은 안 된 시체라고."

"아빠, 제가 왔을 때도 여기 이대로 있었어요. 제가 이 시체들을 타 넘었다고요. 솔로에게도 한번 물어봤는데, 몇 년 전에 이 상태로 발견했다고 했어요."

"그건 불가능한……."

"어쩌면 묻히지 않아서일지도 몰라요. 아니면 바깥의 가스가 벌레를 쫓는지도요. 그건 중요하지 않잖아요?"

"뭔가가 이런 식으로 이상할 때는 아주 중요하지. 이 사일로 전체가 뭔가 이상해." 아버지는 일어서서 래프가 지고 온 물을 컵과 깡통들에 퍼 담고 있는 계단 쪽으로 걸어갔다. 본인도 한 잔을 받고, 줄리엣에게도 한 잔을 건넸다. 줄리엣은 아버지가 생각에 잠겨 있음을 알 수 있었다. "엘리스에게 쌍둥이 자매가 있었다는 거 알았니?" 아버지가 물었다.

줄리엣은 고개를 끄덕였다. "해나가 말해줬어요. 태어날 때 죽었다죠. 어머니도 죽었고. 그 이야기는 많이들 안 하더라고요. 특히 엘리스가 있으면."

"그리고 그 아이들 말이다. 마커스와 마일스. 그쪽도 쌍둥이지. 제일 큰 아이, 릭슨도 형제가 있었다고 생각하기는 하는데 아버지는 말을 해주지 않았고 어머니는 누군지 몰라서 물어볼 수가 없었다고 해." 아버지는 물을 한 모금 마시고 깡통을 들여다보았다. 줄리엣이 물을 마셔서 혀의 금속 맛을 지우려는 동안 도슨은 시체

가방 옮기기를 거들었다. 도슨은 기침을 하더니 구역질을 할 것 같은 표정을 지었다.

"죽음이 많네요." 줄리엣은 아버지의 생각이 어디로 흐르는지 걱정하면서 맞장구를 쳤다. 그녀는 제대로 알지도 못하고 떠나보낸 남동생을 생각했다. 아버지의 얼굴에서 혹시라도 이 일로 죽은 아내와 아들을 떠올리는 기색이 드러나는지 살폈다. 그러나 아버지는 다른 퍼즐을 맞추고 있었다.

"아니, 생명이 많은 거다. 모르겠니? 여섯이 태어났는데 쌍둥이만 세 쌍이라고? 게다가 그 아이들은 아무 보살핌을 못 받았는데도 아주 건강해. 네 친구 지미는 충치 하나 없고, 언제 마지막으로 아팠는지 기억도 못 해. 모두 다 그래. 그걸 어떻게 설명하지? 몇 주 전에 쓰러진 것처럼 쌓여 있던 이 시체들은 어떻게 설명하고?"

줄리엣은 저도 모르게 자기 팔을 보고 있었다. 그녀는 물을 마저 마시고 깡통을 아버지에게 건넨 다음, 소매를 걷어 올렸다. "아빠, 제가 흉터에 관해 물어봤던 거 기억해요? 혹시 흉터가 사라지기도 하냐고 했던 거?"

그는 고개를 끄덕였다.

"흉터 몇 개가 사라졌어요." 그녀는 이제 그 자리에 없는 흉터를 아버지라면 알아볼 거라는 듯이 팔꿈치를 보여줬다. "루카스가 말했을 때는 안 믿었는데, 분명히 여기에 흉터가 있었거든요. 여기에도 있었고요. 그리고 아버지는 제가 그 화상을 입고 살아남은 건 기적이라고 했죠?"

“넌 곧바로 치료를 잘 받았고…….”

“그리고 피츠는 제가 펌프를 고치느라 잠수했던 일을 이야기했더니 안 믿었어요. 침수된 갱도에서 제 몸집의 두 배는 되는 남자들이 겨우 10미터 깊이에서 산소를 마시다가 병드는 모습을 봤다고, 30미터나 40미터라니 어림도 없다고 했죠. 제가 정말 그런 짓을 했다면 죽었을 거라고요.”

“난 광부 일에 대해 하나도 모른다.” 아버지가 말했다.

“피츠는 알고 있지만, 그랬으면 제가 죽었을 거라고 생각해요. 그리고 아버지는 이 사람들이 진작 썩었어야 한다고 생각하죠…….”

“뼈만 남았어야 했지. 정말이야.”

줄리엣은 몸을 돌려 텅 빈 벽 스크린을 노려보았다. 혹시 이게 다 꿈은 아닐까 싶어졌다. 죽어가는 영혼이 어딘가 앉을 곳을, 매달릴 계단을, 뭐든 쓰러지지 않을 방법을 찾으려고 기를 쓴 결과다. 그녀는 청소를 하고 사일로 바깥 언덕에서 죽었다. 루카스를 사랑한 일도 없었다. 아니, 그를 제대로 알지조차 못했다. 여기는 유령과 허구의 땅이고, 일어난 일은 전부 텅 빈 꿈을 짜 맞춘, 취한 정신이 지어낸 헛소리다. 그녀는 오래전에 죽었고 이제야 그 사실을 깨달은…….

“물속에 뭔가가 있는지도 몰라.” 아버지가 말했다.

줄리엣은 텅 빈 벽에서 몸을 돌렸다. 아버지에게 손을 뻗어 두 팔을 잡고, 더 가까이 다가섰다. 아버지는 그녀에게 팔을 둘렀고 그녀도 아버지에게 팔을 둘렀다. 까끌까끌한 수염이 그녀의 뺨을 스쳤고, 그녀는 울고 싶은 마음과 힘겹게 싸웠다.

"괜찮다." 아버지가 말했다. "괜찮아."

그녀는 죽지 않았다. 하지만 상황이 잘 돌아가고 있지도 않았다.

"물이 아니에요." 줄리엣도 이 사일로의 물을 꽤 마시기는 했지만 말이다. 그녀는 포옹을 풀고 첫 번째 시체 가방이 계단으로 향하는 모습을 보았다. 누군가가 잘라서 이은 전선으로 밧줄을 급조해 난간 너머로 시체를 내리고 있었다. 운반인들의 규칙 따위 알 게 뭐람. 심지어 운반인들도 '운반인들 따위'라고 말했다.

"공기 속에 있는지도 몰라요. 어쩌면 어떤 사일로에 가스를 살포하지 않으면 이렇게 되는 건지도 모르죠. 저도 몰라요. 하지만 이 사일로가 뭔가 이상하다는 말은 맞다고 생각해요. 그리고 지금이 딱 우리가 여기에서 나가야 할 때라고 생각해요."

아버지는 남은 물을 마시고 물었다. "떠나기까지 얼마나 걸릴까? 그리고 이게 좋은 생각이라고 확신하는 거니?"

줄리엣은 고개를 끄덕였다. "이 안에서 서로를 죽이느니 시도라도 하다가 밖에서 죽겠어요." 그 순간 그녀는 청소형을 받았던 사람들, 그 모든 위험한 몽상가와 미친 바보들, 전에는 비웃기만 하고 전혀 이해하지 못했던 바로 그 사람들처럼 말했다는 사실을 깨달았다. 그녀는 기계 속을 들여다보지도 않고, 완전히 분해해보지도 않고서 그 기계가 작동할 거라고 믿는 사람처럼 말했다.

61

1번 사일로

샬럿은 손바닥으로 승강기 문을 때렸다. 오빠가 사라지자마자 호출 버튼을 눌렀지만 너무 늦었다. 보호복을 반만 입은 상태라서, 균형을 잃지 않으려면 한쪽 발로 뛰어야 했다. 등 뒤 통로에서 다시는 보호복을 입으려 애쓰고 있었다. "정말 저지를까요?" 다시가 외쳤다.

샬럿은 고개를 끄덕였다. 그럴 것이다. 도널드는 또 한 벌의 보호복을 다시를 위해 꺼내놓았다. 처음부터 이럴 계획이었다. 샬럿은 다시 한번 승강기 문을 때리고 오빠를 욕했다.

"보호복을 입어야 해요." 다시가 말했다.

그녀는 돌아서서 바닥에 주저앉아 무릎을 끌어안았다. 움직이고 싶지 않았다. 그녀는 다시가 꿈틀꿈틀 보호복 안에 들어가서 머리를 빼내는 모습을 쳐다보았다. 그는 일어서더니 손을 돌려 지퍼에 손을 뻗으려 하다가 결국 포기했다. "이 배낭부터 메야 하는 거였나요?" 그는 도널드가 싸둔 짐을 하나 집어 들고 열었다. 캔을 하나 꺼냈다가 다시 집어넣고, 총을 꺼낸 후에는 계속 꺼내두었다. 그는 머리와 두 팔을 다시 보호복 밖으로 꺼냈다. "샬럿, 우리에겐 30분밖에 없어요. 어떻게 여기에서 나가죠?"

샬럿은 뺨에 흐른 눈물을 닦고 힘겹게 일어섰다. 다시는 보호복을 입는 방법을 전혀 몰랐다. 그녀는 두 다리를 보호복에 집어넣고 소매와 옷깃은 내버려둔 채 서둘러 통로를 걸어갔다. 등 뒤에서 땡 소리가 울렸다. 그녀는 호출 버튼을 눌렀다는 사실을 잊어버리고 도널드가 돌아왔다고, 마음을 바꾼 거라고 생각하며 멈춰서서 고개를 돌렸다.

급행 승강기 안에서는 연한 파란색 작업복을 입은 두 남자가 눈을 휘둥그레 뜨고 그녀를 보고 있었다. 한 명이 혼란스러운 얼굴로 버튼을 보았다가, 다시 샬럿을 보았다. 은색 옷을 반쯤만 입은 여자를……. 다음 순간 문이 천천히 닫혔다.

"망할." 다시가 말했다. "우리 진짜 가야 해요."

공포가 샬럿의 마음을 휘젓고, 속에서 초읽기가 시작됐다. 그녀는 그 승강기 안에서 자신을 바라보던 오빠의 모습, 그녀의 뺨에 입을 맞추고 작별 인사를 하던 모습을 생각했다. 가슴이 터져버릴 것 같았지만 그녀는 서둘러 다시에게 가서 그가 두 팔을 꺼내고 가방을 메도록 도왔다. 일단 다시가 보호복을 다 입자 그녀가 등의 지퍼를 올렸다. 다시도 똑같이 그녀를 도운 다음, 그녀를 따라 통로 끝으로 갔다. 샬럿은 낮은 격납고를 가리키고 헬멧 두

개를 다 그에게 건넸다. 오빠가 남겨둔 통은 말한 대로 그 자리에 있었다. "저 문을 열고, 통을 반쯤 안에 끼워요. 난 가서 승강기를 출발시킬게요."

샬럿은 막사 문을 열어젖히고, 두꺼운 보호복이 무릎을 방해하는 탓에 어색하게 뒤뚱거리면서 복도를 달렸다. 다음 문을 통과했다. 무전기는 여전히 켜진 채로 치직거리고 있었다. 그녀는 그 무전기를 조립하고, 부품을 모으느라 그렇게 시간을 들여놓고 이제는 버리고 가다니 무슨 낭비냐고 생각했다. 그녀는 승강기 조종석에 덮인 비닐을 뜯어내고 메인 조종간을 상승 위치에 놓았다. 다시에게 승강기가 올라가지 못하게 막아놓을 시간은 충분히 줬다고 생각했다. 다시 뒤뚱거리면서 복도를 달려, 고통스러운 지난 몇 주 동안 집으로 삼았던 막사를 지나쳐 마지막 남은 드론들이 방수포 아래에 뚱한 모습으로 놓인 지옥 같은 무기고로 나갔다. 어딘가에서 지저귀는 소리가 울려 퍼졌다. 승강기였다. 그들을 향해 돌진해 오는 부츠 소리. 다시가 드론 승강기로 들어오라고 외쳤다.

도널드는 승강기를 타고 62층으로 향했다. 그리고 61층을 지났을 때 비상 멈춤 버튼을 때렸다. 승강기가 덜컥 멈춰 서더니 진동하기 시작했다. 그는 폭탄의 균형을 잡고 망치를 꺼낸 다음, 앞으로 가서 태그를 뜯어냈다. 승강기 안에서 터뜨린다면 이 폭탄이 얼마나 피해를 입힐지 확실치 않았지만, 그래도 누군가가 온다면 안에서 폭발시킬 작정이었다. 샬럿에게 시간을 충분히 주고 싶기는 했지만, 이 사일로를 끝내기 위해서라면 어떤 위험이라도 감수할 수 있었다. 그는 승강기 패널에 달린 시계를 보며 기다렸다. 덕분에 생각할 시간이 많았다. 기침도 나오지 않고, 목을 가다듬을 필요도 없이 15분이 흘러갔다. 그는 이 사실에 소리 내어 웃고는 혹시 몸이 나아지고 있는 걸까 생각했다. 그러다가 할아버지와 고모가 죽기 전날에 나아졌던 것을 떠올렸다. 아마 그것과 비슷한 상태이리라.

망치가 무거워졌다. 그 폭탄처럼 파괴적인 물건 옆에 서 있다는 게 믿어지지 않았다. 그렇게 많은 사람을 죽이고, 그렇게 많은 것을 바꿀 수 있는 물건에 손을 얹고 있다니. 다시 5분이 흘러갔다. 이제 가야 했다. 너무 길었다. 원자로까지 가는 데에도 시간이 조금 걸릴 것이다. 그는 1분을 더 기다렸다. 두뇌 속의 이성적인 부분이 그가 지금 무슨 짓을 하려는지 인식했고, 묻혀 있던 어떤 부분이 다시 생각하라고, 이성적으로 굴라고 비명을 질러댔다. 도널드는 용기를 잃기 전에 멈춤 버튼을 눌렀다. 승강기가 요동쳤다. 그는 샬럿과 다시가 잘 가고 있기를 빌었다.

샬럿이 드론 승강기 안으로 몸을 던지자 헬멧이 천장을 때렸고, 등에 멘 산소통 때문에 몸이 옆으로 기울어졌다. 다시도 자기 헬멧을 승강기 안에 던지고 그녀를 따라 기어 들어왔다. 무기고에서 누군가가 소리를 질렀다. 샬럿은 승강기 문이 닫혀서 위로 올라가는 것을 막는 유일한 물건인 플라스틱 통을 밀어내기 시작했다. 다시도 같이 밀었지만, 통이 너무 단단히 고정되어 있었다. 문 너머에서 또 고함이 들렸다. 다시가 배낭에서 꺼내놓았던 권총을 더듬었다. 다시는 옆으로 누워서 승강기 밖을 향해 쏘았다. 금속 상자 안에 귀가 멀어버릴 것 같은 소리가 울려 퍼졌다. 샬럿은 은색 작업복을 입은 남자들이 몸을 숙이고 드론 뒤로 피하는 모습을 보았다. 다시 총성이 울리고, 승강기 안에 커다랗게 텅 소리가 퍼졌다. 바깥에 있는 남자들이 응사하고 있었다. 샬럿은 발로 통을 걷어차려고 했지만, 문이 꽉 누르면서 뚜껑이 찌그러져 있었다. 그래서 쐐기 모양이 되는 바람에, 밖으로 나가는 게 아니라 안으로 들어오고 싶어 했다. 샬럿은 통을 당기려고 했지만 붙들 부분이 없었다.

다시가 그녀에게 그대로 있으라고 소리쳤다. 그는 팔꿈치를 대고 기어서 문밖으로 나가며 몸을 숨긴 남자들에게 탕탕탕 총을 쏘았다. 샬럿은 몸을 움츠렸다. 다시가 승강기 밖으로 나가더니 반대쪽에서 통을 밀기 시작했다. 샬럿은 그만하라고, 안으로 들어오라고 소리쳤다. 이러다간 다시를 둔 채로 문이 닫힐 터였다. 또 총성이 울리고, 총탄이 핑 하고 빗나갔다. 다시는 부츠로 통을 걷어차서 몇 센티미터 움직였다.

"잠깐만요!" 샬럿이 소리쳤다. 그녀는 혼자 떠나고 싶지 않아서 허둥지둥 문으로 향했다. "기다려요!"

다시가 통을 다시 걷어찼다. 승강기가 덜컹거렸다. 이제 몇 센티미터만 더 집어넣으면 승강기가 움직일 터였다. 드론들 뒤에서 또 총성이 났는데, 이번에는 빗나간 총탄 소리가 들리지 않았다. 그저 다시가 끙 소리를 내더니, 무릎을 꿇고 몸을 돌려서 뒤쪽에 사납게 총을 쏘았다.

샬럿이 손을 뻗어 그의 팔을 잡아당기며 외쳤다. “들어와요!”

다시는 손을 내리더니 샬럿의 두 손을 승강기 안으로 밀어 넣었다. 그는 통에 어깨를 대면서 그녀에게 미소를 지었다. 그리고 통을 안으로 밀어 넣기 직전에 말했다. “괜찮아요. 이젠 내가 누군지 기억이 나요.”

승강기가 속도를 늦추더니 원자로가 있는 층에서 문이 열렸고, 도널드는 손수레에 한쪽 발을 대고 뒤쪽으로 기울였다. 그는 폭탄을 실은 수레를 보안문으로 밀고 갔다. 자리를 지키던 경비원이 다가오는 도널드를 보고 가벼운 호기심을 드러내며 눈썹을 올렸다. 도널드는 그야말로 모순이라고 생각했다. 여기 폭탄을 나른다는 이유 때문에 살인자를 알아보지 못하는 경비원이 있었다. 따분한 직장을 권태로워하며, 어떤 남자가 다시의 이름이 적힌 ID 카드를 스캔하고 녹색 불이 들어오자 손짓해서 문을 통과시켰다. 이게 바로 모두가 다가오는 일을 보면서도 어서 오라고 지옥에게 손짓해 안으로 들이는 모습이었다.

“고마워요.” 도널드는 그 남자가 자신을 알아볼 위험을 무릅쓰고 말했다.

“수고 많으십니다.”

도널드는 이제까지 원자로를 본 적이 없었다. 원자로는 커다란 문으로 차단된 채, 세 층에 걸쳐 있었다. 언제 근무하더라도 빨간 옷을 입은 남자들은 나머지 근무자를 다 합친 숫자의 절반 정도에 달했다. 여기가 영혼 없는 기계의 심장이었으며, 유일하게 중요한 기관이었다.

그는 굵은 파이프와 무거운 케이블들이 안벽 가득한 곡선형의 복도를 따라갔다. 원자로의 빨간색 옷을 입은 사람 두 명을 지나쳤지만, 둘 다 그의 작업복 어깨에 뚫린 구멍도, 갈색으로 변하기 시작한 핏자국도 알아차리지 못했다. 그저 묵례를 하고 그의 짐을 흘긋 본 후에, 혹시 도와달라고 할까 봐 더 빨리 시선을 돌릴 뿐이었다. 손수레 타이어 한쪽이 도널드의 계획에 대해 불평하듯, 그 끔찍한 무게에 괴로워하듯 삐걱거렸다.

도널드는 주 원자로가 있는 방 밖에 멈춰 섰다. 이만하면 충분했다. 그는 주머니에 손을 넣어 망치를 꺼냈다. 그리고 지금 하려는 일을 가늠해보았다. 그는 원래 죽어야 할 방식대로 죽은 헬렌을 생각했다. 원래 이래야 했다. 살아가면서, 최선을 다한 후에는 길에서 비켜줘야 했다. 뒤따라오는 사람들이 선택하게 해야만 했다. 그 사람들이 스스로 결정하고, 알아서 살게 해야 했다. 이렇게 해야 했다.

도널드가 두 손으로 망치를 들어 올리는데, 총성이 울렸다. 한 발의 총성, 그리고 그의 가슴에 불이 붙었다. 도널드는 느리게 원을 그리며 몸을 돌렸고, 망치는 바닥에 떨어졌고, 이어서 그의 다리도 풀렸다. 그는 같이 떨어뜨리고 싶은 마음으로 폭탄을 붙잡았다. 손가락이 폭탄 앞부분을 잡았다가 미끄러져서 수레 손잡이를 잡았고, 둘 다 굴러떨어졌다. 도널드는 등을 대고 누웠고, 폭탄은 그의 등으로도 전해질 만큼 거센 금속성을 울리면서 바닥에 부딪힌 다음 느릿하게, 무해하게 벽으로 굴러갔다. 손 닿지 않는 곳으로.

길고 어두운 상승을 끝낸 드론 승강기가 자동으로 열렸다. 샬럿은 주저했다. 승강기를 하강시켜서 다시 내려갈 방법을 찾아 헤맸다. 그러나 승강기 조종간은 까마득히 아래에 있었다. 샬럿이 기어 나가자 등에 진 커다란 산소통이 승강기 지붕을 때렸다. 다시는 죽었다. 오빠도 죽었다. 이건 샬럿이 원한 상황이 아니었다.

머리 위에서 검은 구름이 소용돌이쳤다. 그녀는 친숙하기 그지없는 경사로를 기어 올라갔다. 직접은 아니라도 와본 적이 있는 곳이었다. 드론에서 봤던 풍경, 네 번의 비행에서 공유했던 시야 그대로였다. 이쯤에서 속도를 높이면 저 구름 위로 올라가서 자유롭게 비스듬히 날곤 했다. 그러나 이번에 그녀는 지친 근육으로 경사로를 기어 올라갔다. 꼭대기에 다다른 다음에는 몸을 낮춰서 아래 콘크리트 선반으로 내려가야 했다. 땅에 묶인 새이자 날개 없는 여행자가 된 그녀는 선반을 타고 내려가서, 둥지에서 곤두박질치는 새끼 새처럼 흙 위로 떨어졌다.

처음에는 어느 쪽으로 가야 할지 몰랐다. 목이 말랐지만, 식량과 물은 배낭에 든 채 보호복 안에 있었다. 그녀는 몸을 돌려 방향을 가늠하려고 하다가, 오빠가 팔에 감아놓은 지도를 확인했고, 그것 때문에 화가 났다. 오빠에게 화가 나고 동시에 고마웠다. 애초부터 이게 도널드의 계획이었다.

그녀는 지도를 연구했다. 원래는 디지털 디스플레이와 더 높은 시점, 비행 계획 같은 것들에 익숙했지만 땅속으로 내려가는 경사로가 북쪽이 어디인지 알아내도록 도와줬다. 지도에 있는 붉은 선들은 북쪽을 향했다. 그녀는 더 나은 시야를 확보하려고 언덕 쪽으로 걸어갔다.

그리고 여기가 기억이 났다. 비가 내린 후에 풀밭이 미끄러웠고, 완만한 언덕에는 두 줄의 진흙 자국들이 갈색 레이스처럼 복잡하게 남아 있었던 기억이 났다. 샬럿은 공항에서 늦게 나왔다. 바로 저 언덕을 넘었고, 오빠가 맞이하러 달려왔었다. 세상이 온전했던 시절이었다. 고개를 젖히면 하늘을 가로지르는 여객기의 비행운을 볼 수도 있었다. 차를 몰고 패스트푸드를 먹으러 갈 수 있었다. 사랑하는 사람에게 전화할 수 있었다. 안정적인 세상이 존재했다.

오빠와 끌어안았던 지점을 지나치려니 모든 탈출 계획이 시들어버렸다. 계속 가고 싶은 마음이 없었다. 오빠는 죽었다. 세상도 죽었다. 살아서 초록색 풀을 보고 한 번 더 전투식량을 먹는다 한들, 한 번 더 물이 든 캔에 입술을 베인다 한들…… 뭐 하러 그런단 말인가?

그녀는 오직 발이 움직인다는 이유로 걸음을 내디디면서 터벅터벅 언덕을 올라갔다. 얼굴에 눈물을 쏟으면서, 이유를 생각하면서.

도널드의 가슴에 불이 붙었다. 목 주변에 따뜻한 피가 고였다. 고개를 들어보니 복도 끝에서 서먼이 성큼성큼 다가오고 있었다.

그 양쪽에 보안팀 사람 두 명이 총을 뽑아 들고 서 있었다. 도널드는 권총을 찾아 주머니를 뒤졌지만, 너무 늦었다. 너무 늦어버렸다. 눈물이 솟았고, 그 눈물은 이 시스템에서 살아가는 사람들, 깨어났다가 잠들면서 고통받을 수천수만 명을 위한 눈물이었다. 겨우 권총을 꺼내기는 했지만 바닥에서 몇 센티미터도 들어 올리지 못했다. 사람들이 그를 잡으러 왔다. 지상의 샬럿과 다시도 추적해서 잡을 것이다. 드론으로 그의 동생을 쓸어버릴 것이다. 단 하나의 사일로만 남을 때까지 수십 개의 사일로를 계속 무너뜨릴 것이다. 무정한 서버와 영혼 없는 코드들로 사람들을, 생명을 변덕스럽게 판단할 것이다.

세 사람의 총이 그를 겨누고, 움직이기만 하면 그의 목숨을 끝내려고 기다렸다. 도널드는 온 힘을 기울여서 권총을 들어 올렸다. 그는 서먼이 다가오는 모습을 보았다. 예전에도 한 번 쏴서 죽였던 남자를 보면서 권총을 들어 올리려고, 들어 올리려고 용을 썼다. 바닥에서 겨우 20센티미터도 들어 올릴 수 없었다.

하지만 그 정도면 충분했다.

도널드는 팔을 크게 옮기고, 바로 여기 같은 괴물을 무너뜨리도록 설계된 거대한 폭탄 앞머리를 겨누어 방아쇠를 당겼다. 탕 소리가 났지만, 어디에서 난 소리인지는 알 수 없었다.

땅이 요동을 쳤고 샬럿은 손과 무릎을 짚고 앞으로 쓰러졌다. 깊은 호수에 수류탄을 던진 듯한 굉음이 울렸다. 언덕 비탈이 흔들렸다.

샬럿은 몸을 옆으로 돌리고 언덕 아래를 보았다. 평평한 땅에 금이 생기고, 틈이 갈라졌다. 중앙에 선 콘크리트 탑이 한쪽으로 기울더니, 땅이 빼끔 입을 벌렸다. 큰 구멍이 파이더니, 언덕과 언덕 사이를 차지하고 있던 분지 한가운데가 꺼지면서 멀리 있는 땅까지 끌어들였다. 마치 거대한 싱크홀처럼 흙을 움켜잡고 끌어 내리려 했다. 갈라진 틈 사이로 하얀 콘크리트 가루가 기둥처럼 솟구쳤다.

언덕이 우르릉거렸다. 땅 자체가 움직이는 가운데 모래와 작은 돌덩이들이 서로 경주를 벌이듯 아래로, 아래로 떨어져 내렸다. 샬럿은 허둥지둥 뒷걸음질로 언덕을 올랐다. 점점 커져가는 구덩이에서 멀어지려 했다. 심장이 쿵쾅거렸고 경외감이 차올랐다.

그녀는 몸을 돌리고 일어서서, 앞쪽에 한 손을 댄 채 구부정한 자세로 최대한 빨리 언덕을 기어올랐다. 서서히 땅이 다시 단단해졌다. 그녀는 꼭대기까지 계속 올라갔다. 이렇게 강력한 파괴 현장을 목격한 충격에 눈물도 쏙 들어갔고, 바람이 거세게 몸을 두들겨댔으며, 보호복은 차갑고 부피가 컸다.

그녀는 언덕 꼭대기에 올라가서야 무너져 내렸다. "도니." 샬럿은 속삭이면서 몸을 돌려 오빠가 세상에 남겨놓은 구멍을 내려다보았다. 그리고 먼지가 보호복을 때리고 바람이 바이저를 할퀴어대는 가운데 그대로 누워버렸다. 바이저로 보이는 세상이 점점 더 흐릿해졌다. 먼지가 모든 것을 가렸다.

62

조지아주, 풀턴 카운티

줄리엣은 자신이 죽어야 했던 날을 기억했다. 그날 그녀는 청소형을 받고 지금과 비슷한 보호복을 억지로 입은 후, 언덕 위로 올라가면서 초록색과 파란색으로 이루어진 세계가 사라지는 것을 지켜보고 모든 색채가 회색이 된 진짜 세상을 보았다.

그리고 지금, 스스로의 맥박 소리와 거친 숨소리가 헬멧 안에서 큰 소리로 울려 퍼지는 가운데 바이저에 모래를 맞으며 바람에 맞서서 힘겹게 나아가다 보니, 갈색과 회색이 수그러들다가 물러나는 모습이 보였다. 처음에는 변화가 완만하게 일어났다. 희미한 파란색의 전조. 실제로 그런 빛깔이 보이는지도 확실치 않았다. 그녀는 래프와 아버지와 보호복 차림의 다른 일곱 명과 함께 산소통 하나에 묶인 선두 그룹에 속해 있었다. 조금씩 색이 변하는 것 같더니 갑자기, 벽을 하나 통과한 것처럼 주위가 바뀌었다. 안개가 사라지고, 빛이 쏟아졌다. 사방에서 그녀를 뒤흔들던 바람이 일순 멈추고 찌르는 듯한 색채가, 초록색과 파란색과 하얀색의 조각들이 나타났다. 곧 줄리엣은 믿기지 않을 만큼 선명하고 강렬한 세상에 서 있었다. 시들어버린 옥수숫대 같은 갈색 풀들이 부츠를 스쳤지만, 죽은 것이라곤 그 풀 말고는 보이지 않았다. 저 멀리에서 초록색 풀이 일렁이고 비틀렸다. 하늘에는 하얀 구름이 떠다녔다. 그리고 줄리엣은 이제 어린 시절에 보았던 눈부신 그림책들도 이 풍경에 비하면 빛바래고 숨 죽은 것이었음을 알았다.

등에 닿는 손길이 느껴져서 돌아보았더니 줄리엣의 아버지가 눈을 휘둥그렇게 뜨고 그 풍경을 보고 있었다. 래프는 토해낸 숨 때문에 헬멧 안이 뿌예진 상태로 손을 올려 눈부신 태양을 가렸다. 해나는 보호복 안쪽 가슴팍에 안긴 아기에게 미소를 지었고, 해나가 아이를 안고 있는 동안 빈 보호복 소매는 산들바람을 맞아 춤을 췄다. 릭슨이 해나의 어깨를 감싸 안고 하늘을 올려다보는 사이, 엘리스와 쇼는 구름을 잡을 수 있다는 듯 두 손을 번쩍 들어 올렸다. 보비와 피츠는 잠시 산소통을 내려놓고 멍하니 바라보기만 했다.

뒤에서 또 한 그룹이 먼지 벽을 뚫고 나타났다. 몸뚱이들이 베일을 뚫고 나오더니…… 지치고 힘들어하던 얼굴들이 놀라고 새로운 힘을 얻어 환해졌다. 한 명은 사실상 들려 오다시피 부축을 받고 있었지만, 색채가 가득한 풍경을 보고 새로 다리를 얻은 듯했다.

줄리엣이 등 뒤를 올려다보자 하늘까지 닿은 먼지 벽이 보였다.

그 아랫부분 어디에서든 이 숨 막히는 장벽에 감히 다가간 생명은 다 바스러졌다. 풀은 가루가 되고, 가끔 보이는 꽃은 갈색 줄기만 남았다. 새 한 마리가 허공에서 원을 그리면서 이 은빛 옷을 입은 반짝이는 침입자들을 살펴보는 것 같더니, 위험을 피해 물러나서 파란 하늘을 뚫고 날아갔다.

줄리엣도 비슷한 인력을 느꼈다. 막 기어 나온 죽음의 땅으로부터 멀어져서 풀밭으로 가고 싶었다. 그녀는 선두 그룹에게 손을 휘저으며 입 모양으로 가자고 말하고, 산소통을 든 보비를 거들었다. 그들은 다 같이 느릿느릿 비탈을 내려갔다. 그 뒤로 다른 사람들도 따라왔다. 누구든 멈춰 선 모습이 마치 청소형을 받은 사람들이 비틀거린다던 모습과 비슷했다. 한 그룹은 축 늘어진 보호복을 짊어지고 왔는데, 그들의 표정이 암울한 소식을 전했다. 하지만 다른 모든 곳에 희열이 가득했다. 줄리엣은 그날 죽을 계획이었던 자신의 두뇌도 활기를 띠고 행복해하는 것을 느꼈다. 흉터를 잊은 피부에도 행복감이 느껴졌다. 지친 다리와 발도 행복해져 이제는 지평선 저 너머까지도 걸을 수 있을 것만 같았다.

줄리엣은 비탈을 내려가서 다른 그룹들에게 손을 흔들었다. 헬멧 걸쇠를 풀려고 하는 남자를 보고는 그 그룹 사람들에게 막으라는 몸짓을 했고, 수신호로 그룹에서 그룹으로 말이 퍼졌다. 줄리엣은 아직도 헬멧 안에서 산소통이 내는 소리를 들을 수 있었지만, 새로이 다급한 마음에 사로잡혔다. 그들의 발 앞에 있는 건 희망 정도가 아니었다. 막막한 희망을 넘어서는 약속이었다. 무전기 너머에서 그 여자가 한 말이 사실이었다. 도널드는 정말로 그들을 도우려고 했었다. 희망과 믿음과 신뢰가 줄리엣의 사람들에게 집행 유예를 가져다줬다. 설령 짧은 시간이라 해도 그랬다. 그녀는 청소 때문에 숫자를 매겨놓았던 주머니 하나에서 지도를 꺼내어 붉은 선을 찾고는, 모두를 재촉했다.

앞쪽에 또 하나, 크고 완만한 언덕이 있었다. 줄리엣은 그 언덕을 목표로 했다. 엘리스가 공기 호스를 한계까지 잡아끌면서 앞으로 달려 나가더니, 무릎까지 오는 키 큰 풀에서 튀어나온 놀란 곤충들을 걷어찼다. 쇼가 뒤따라 달려가느라 두 아이의 호스가 엉킬 뻔했다. 줄리엣은 스스로의 웃음소리를 듣고는 언제 마지막으로 이렇게 웃어보았나 생각했다.

힘겹게 언덕을 오르자, 양쪽으로 땅이 솟아나면서 넓어지는 것 같았다. 언덕 꼭대기에 이르러서 보니 그냥 언덕이 아니라, 여기도 솟아오른 고리 모양의 땅이었다. 정상을 넘어서면 떨어져 내린 땅이 분지로 이어졌다. 주위 풍경 전체를 보려고 몸을 돌렸더니, 이 분지는 50개의 분지와 따로 떨어져 있음을 알 수 있었다. 줄리엣이 걸어온 길을 되짚어서 파릇파릇한 계곡을 건너가면 시커먼 구름 벽이 솟아올랐다. 그냥 벽이 아니라 거대한 돔이었고, 그 돔 중앙에 사일로들이 있었다. 그리고 반대 방향으로 고리 모양의 언덕들을 넘어가면, 〈유산〉에서 본 것 같은 숲이 나왔다. 멀리 크기를 가늠할 수 없는 거대한 브로콜리 머리 부분 같은 것들이 지상을 뒤덮었다.

줄리엣은 다른 사람들을 돌아보고 손바닥으로 헬멧을 두드렸다. 그리고 허공을 날아가는 검은 새들을 가리켰다. 아버지가 한 손을 들어 올리고 기다려달라는 뜻을 전했다. 아버지는 줄리엣이 무엇을 하려는지 이해하고는, 대신 자기 헬멧에 손을 뻗었다.

사랑하는 사람이 먼저 위험해질 수 있다고 생각하자 줄리엣도 아버지가 느꼈을 것과 같은 두려움을 느꼈지만, 그래도 그녀는 그 순서를 받아들였다. 두꺼운 장갑을 끼고는 도저히 벗겨낼 수 없을 것 같은 걸쇠를 풀도록 래프가 도왔다. 결국 헬멧이 찰칵 소리를 내며 풀렸다. 줄리엣의 아버지는 시험 삼아 숨을 쉬어보면서 눈을 크게 떴다. 미소를 짓고는 다시 심호흡으로 가슴을 부풀리고, 손에서 힘을 뺐다. 그 손에서 떨어진 헬멧이 풀밭에 나뒹굴었다.

광란이 벌어졌다. 다들 서로의 목 부분을 붙잡았다. 줄리엣은 무거운 배낭을 풀밭에 내려놓고 래프를 도왔고, 그다음에는 래프가 줄리엣을 도왔다. 헬멧이 찰칵 소리를 내며 풀린 순간 줄리엣이 제일 먼저 알아차린 것은 소리였다. 아버지와 보비의 웃음소리, 아이들의 행복한 비명. 그다음에는 냄새가 덮쳤다. 농장과 수경재배 정원에서 맡던 냄새, 씨를 뿌리려고 건강한 흙을 뒤집던 냄새. 그리고 빛. 재배등 불빛처럼 밝고 따뜻하지만 널리 퍼져서 사방을 감싼 빛. 머리 위로 끝없이 이어지는 빈 공간. 그들의 머리 위에는 높이 뜬 구름밖에 없었다.

사람들이 서로를 껴안으면서 보호복 옷깃이 부딪쳤다. 뒤에 오던 그룹들이 이제는 걸음을 더 서둘렀고, 사람들이 넘어졌다가 부축을 받아 일어났으며, 헬멧 돔 안으로 번득이는 이와 젖은 눈과 뺨을 타고 흐른 눈물이 보였다. 호스 끝에 질질 끌려오는 산소통들도, 들고 오던 시체 한 구도 잊혔다.

다들 장갑과 보호복을 뜯어내는데, 줄리엣은 그들이 이런 희망을 품고 오지 않았음을 깨달았다. 보호복을 잘라낼 칼 한 자루를 가슴에 묶어두질 않았다. 이 은색 무덤에서 나갈 계획이 없었다는 뜻이다. 모든 청소부들이 그랬듯 그들이 청소용 보호복을 입고 사일로를 떠난 건 갇혀 지내는 삶을 견딜 수가 없어져서였고, 설령 죽는다 해도 언덕을 비틀비틀 오르고 싶어졌기 때문이었다. 보비가 이로 장갑을 뜯어내는 데 성공해서 한 손을 빼냈다. 피츠도 똑같이 했다. 모두가 웃어대고 땀을 흘리면서 서로의 등에 붙은 지퍼와 벨크로를 뜯어내고, 팔을 흔들어 빼내고, 동그란 옷깃에서 머리를 빼내고, 열심히 부츠를 당겨 벗었다. 각양각색의 더러운 옷차림에 맨발이 된 아이들이 보호복을 벗어나서 차례차례 풀밭을 굴렀다. 엘리스는 아기처럼 가슴팍에 안고 온 '강아지'를 내려놓았고, '상아지'가 키 큰 녹색 잎 사이로 사라지자 꽤지는 소리를 지르면서 다시 안아 들었다. 쇼가 깔깔거리면서 보호복에서 엘리스의 책을 꺼냈다.

줄리엣은 손을 아래로 뻗어 풀밭을 쓸었다. 농장의 잡초와 비슷했지만, 모여서 단단한 카펫을 이루고 있었다. 그녀는 몇 사람이 보호복 안에 챙겨 온 과일과 채소들을 생각했다. 씨앗을 꼭 보관해야 할 것이다. 그녀는 이미 그들이 하루 이상을 살게 될지도 모른다는 생각을 하고 있었다. 아니, 어쩌면 일주일 이상도. 그 전망에 영혼이 날아올랐다.

보호복에서 벗어난 래프가 줄리엣을 붙잡고 뺨에 입을 맞췄다.

"이게 말이 돼?" 커다란 두 팔을 활짝 벌리고 손바닥을 위로 향한 채 빙글빙글 돌던 보비가 쩌렁쩌렁하게 외쳤다. "이게 말이 되냐고!"

줄리엣의 아버지가 옆에 다가와서 비탈 아래 분지를 가리켰다. "저거 보이니?"

줄리엣은 손차양을 만들어 분지 가운데를 보았다. 녹색 둔덕이 하나 있었다. 아니, 둔덕이 아니라 탑이었다. 안테나는 없고 대신 평평한 은색 지붕이 있으며 반쯤 덩굴에 뒤덮인 탑. 높이 자란 풀이 콘크리트를 거의 가렸다.

능선 위에는 점점 사람들과 웃음소리가 가득해졌고, 풀밭은 부츠와 은색 허물로 뒤덮였다. 줄리엣은 그 안에서 무엇을 찾을지 알겠다는 기분으로 그 콘크리트 탑을 바라보았다. 여기에 새로운 시작을 위한 씨앗이 있었다. 그녀는 다이너마이트의 무게로 무거운 가방을 들어 올렸다. 구원의 무게를 쟀다.

63

"필요한 것 이상은 안 됩니다." 줄리엣이 주의를 줬다. 곧 콘크리트 탑 바깥의 땅은 그들이 들고 갈 수도 없을 만큼 많은 물건으로 어수선해질 게 뻔히 보였다. 옷과 공구, 통조림 음식, 다양한 씨앗이 진공 포장된 비닐봉지들이 있었고, 봉지에 붙은 라벨에는 줄리엣이 듣도 보도 못한 여러 이름들이 적혀 있었다. 엘리스가 책의 도움을 구했지만 그중 몇 종류의 이름밖에 알아내지 못했다. 그런 물품들 사이에 문을 폭파하면서 흩어진 콘크리트 블록과 돌덩이들이 널려 있었다. 원래는 안에서 열리도록 만들어진 문이었다.

탑에서 떨어진 곳에서는 솔로와 워커가 무슨 천으로 만들어진 울타리와 장대들을 가지고 그게 어떻게 혼자 설 수 있다는 건지 알아내려 애를 쓰고 있었다. 두 사람은 수염을 긁으면서 토론을 벌였다. 줄리엣은 워커가 얼마나 나아졌는지 보고 놀랐다. 처음에 워커는 보호복에서 나오려 하지 않고 버티더니, 산소통이 다 마르고 나서야 숨을 헐떡이며 밖으로 나왔다.

엘리스가 두 사람 근처에서 소리를 지르며 '강아지'를 쫓아 풀밭을 달리고 있었다. 아니면 쇼가 엘리스를 쫓아 달리는 것도 같았는데, 구별하기가 어려웠다. 해나는 릭슨과 함께 커다란 플라스틱 통을 놓고 앉아서 아이를 돌보며 구름을 올려다보았다.

피츠가 산소통 하나로 불을 피우는 데 성공하자 먹을 것을 데우는 냄새가 탑 주변에 퍼졌다. 줄리엣은 정말이지 위험한 요리 방법이라고 생각했다. 그녀가 다시 안으로 들어가서 장비를 더 살피는데, 코트니가 손전등을 들고 미소 지으며 벙커에서 나왔다. 줄리엣은 뭘 찾아냈냐고 묻기 전에 벌써 탑 안에 전력이 들어오고 있음을 알았다. 전등이 밝게 켜져 있었다.

"어떻게 한 거야?" 줄리엣이 물었다. 그들은 이미 벙커를 바닥까지 탐색했다. 겨우 열두 층밖에 안 됐고, 층과 층을 미친 듯이 꽉꽉 눌러 담아서 깊이는 일곱 층 정도밖에 되지 않았다. 맨 아래층에서 그들은 기계부가 아니라 쌍둥이 계단이 바위 속으로 뻗어 있는 크고 텅 빈 동굴을 찾아냈다. 누군가가 그곳이 굴착기를 세울 자리가 아닐까 추측했다. 새로 도착하는 사람들을 맞이할 공간. 그러나 발전기는 없었다. 전력도 없었다. 계단에도 여러 층에도 전등은 설치되어 있었는데 말이다.

"피드를 따라가봤지." 코트니가 말했다. "지붕에 있는 그 은색 판으로 이어지더라고. 어떻게 작동하나 보게 애들한테 닦으라고 할 거야."

오래지 않아서, 계단 중앙에 있는 움직이는 플랫폼을 작동할 수 있었다. 그 플랫폼은 일련의 케이블과 평형추, 그리고 작은 모터를 이용해서 위아래로 움직였다. 기계부 사람들은 그 장치에 감탄했고, 아이들은 내려오질 않고 계속 한 번만 더 타겠다고 우겼다. 물품을 바깥 잔디밭으로 옮기는 일이 훨씬 덜 피곤해졌지만, 줄리엣은 여전히 다음에 도착할 사람들을 위해 많은 양을 남겨야 한다고 생각했다. 과연 올지는 몰라도 말이다.

이제 더는 모험을 하고 싶지 않다고, 그곳에 살고 싶어 하는 사람들도 있었다. 씨앗도 있겠다, 땅도 예상보다 많겠다, 창고들을 아파트로 개조할 수 있을 터였다. 좋은 집이 될 것이다. 줄리엣은 사람들이 이 문제를 논의하는 데 귀를 기울였다. 이 문제를 정리한 사람은 엘리스였다. 엘리스는 책에서 지도가 있는 곳을 펴더니, 태양을 가리키면서 어느 쪽이 북쪽인지 보여주고, 물이 있는 곳으로 가야 한다고 말했다. 야생의 물고기를 잡을 방법도 안다고, 땅속에 벌레가 있을 것이며 솔로가 벌레를 낚싯바늘에 끼울 줄 안다고 했다. 엘리스는 메모리 북의 어느 페이지를 가리키면서 모두 바다를 향해 걸어가야 한다고 말했다.

어른들은 이 지도들과 이 결정에 대해 곰곰이 생각했다. 그 탑에서 살아야 한다고 생각하는 사람들 사이에서 다시 한번 토론이 일어났지만, 줄리엣이 고개를 저었다. "이건 집이 아니에요. 창고일 뿐이지. 저게 보이는 곳에서 살고 싶어요?" 그녀는 고갯짓으로 지평선 너머로 보이는 검은 구름과 먼지 돔을 가리켰다.

"그리고 다른 사람들이 나타나면 어쩔 거야?" 누군가가 지적

했다.

"여기 있으면 안 될 이유가 더 늘었네." 릭슨이 말했다.

토론이 더 이어졌다. 사람 수는 겨우 100명을 조금 넘었다. 그 자리에 남아서 농사를 지으면, 통조림이 떨어지기 전에 수확을 할 수 있었다. 아니면 필요한 만큼만 짊어지고 가서 지평선까지 뻗어 있는 무제한의 물고기와 물이 있다는 전설이 정말인지 볼 수도 있었다. 줄리엣은 아무 규칙도 없으니 둘 다 할 수 있다고, 땅도 공간도 많다고, 싸움은 물건이 없고 자원이 희박할 때 일어나는 거라고 지적할 뻔했다.

"어떻게 되는 거야, 시장?" 래프가 물었다. "여기에서 자는 거야, 계속 가는 거야?"

"저기 봐!"

누군가가 언덕 위를 가리키자 10여 명이 고개를 돌렸다. 언덕 위에서 은색 보호복을 입은 형체가 비틀비틀 내려오고 있었다. 앞에 있는 풀이 이미 짓밟혀서 미끄러운 모양이었다. 그들의 사일로에서 누군가가 마음을 바꾼 모양이었다.

줄리엣은 두려움이 아니라 호기심과 걱정을 안고 풀밭을 질주했다. 뒤에 남겨둔 사람, 그들을 따라온 사람이라니. 누구든 가능했다.

줄리엣이 거리를 좁히기 전에 보호복을 입은 사람이 무너졌다. 장갑 낀 손이 헬멧을 풀려고 더듬더듬 옷깃을 만졌다. 줄리엣은 달렸다. 그 사람의 등에는 커다란 통이 매여 있었다. 혹시 공기가 떨어졌는지 걱정되었고, 어떻게 보호복을 만들었는지 궁금했다.

"진정해요." 줄리엣은 몸부림치는 사람 뒤에 앉으면서 외쳤다. 양손 엄지로 걸쇠를 누르자 딸깍 소리가 났다. 그녀는 헬멧을 들어 올리면서 그 사람이 숨을 몰아쉬고 기침하는 소리를 들었다. 그 사람이 쌕쌕거리면서 몸을 앞으로 구부리는데 땀에 젖은 머리카락이 쏟아졌다. 여자였다. 줄리엣은 여자의 어깨에 한 손을 올렸다. 처음 보는 사람이었는데, 아마 교회 신도 아니면 중층부 사람이겠거니 생각했다.

"마음 놓아요." 줄리엣은 다른 사람들이 오자 고개를 들었다. 그들은 낯선 사람을 보고 멈춰 섰다.

여자는 입가를 닦고 고개를 끄덕였다. 심호흡을 하느라 가슴이 부풀었다. 그리고 또 한 번. 여자는 얼굴을 가린 머리카락을 걷어 냈다.

"고마워요." 여자는 헉헉거리며 말하더니 하늘과 구름을 올려다보면서, 놀라움이 아닌 다른 감정을 비쳤다. 안도감이었다. 여자의 시선이 어떤 물체를 따라갔고, 줄리엣이 그 시선을 따라가 보니 새들이 느긋하게 하늘을 맴돌고 있었다. 모여든 사람들은 멀찍이 거리를 유지했다. 누군가가 이 사람은 누구냐고 물었다.

"우리 사일로 사람이 아니군요. 그렇죠?" 줄리엣은 물었다. 처음에는 근처 사일로에서 청소형을 받아서 나온 사람이 그들의 행군을 보고 따라온 건가 생각했다. 그다음에는 불가능한 생각을 했는데, 그 생각이 맞았다.

"맞아요." 여자는 말했다. "난 당신 사일로에서 오지 않았어요. 난⋯⋯ 많이 다른 곳에서 왔죠. 내 이름은 샬럿이에요."

여자는 장갑을 내밀었다. 장갑과 지친 미소. 그 미소에 담긴 온기가 줄리엣을 무장 해제시켰다. 놀랍게도 줄리엣은 이 여자에게 더는 분노도 억울함도 느끼지 않았다. 이 사람은 그녀에게 여기에 대해 말해줬다. 아마도 그들은 동류의 영혼이었다. 그리고 지금은 다가온 새로운 시작이 더 중요했다. 줄리엣은 평정을 회복하고 마주 미소 지으며 여자의 손을 잡고 흔들었다. "줄리엣이에요. 보호복 벗게 도와줄게요."

"당신이군요." 샬럿은 미소 지으며 말하더니 모여든 사람들에게, 탑과 쌓여 있는 물건들에 관심을 돌렸다. "여긴 뭐죠?"

"두 번째 기회죠." 줄리엣은 말했다. "하지만 우린 여기에 머물지 않을 거예요. 물을 찾아갈 거거든요. 같이 가면 좋겠네요. 하지만 경고해두는데, 긴 여정이 될 거예요."

샬럿은 줄리엣의 어깨에 손을 얹었다. "괜찮아요. 이미 먼 길을 왔는걸요."

에필로그

래프는 미심쩍은 눈치였다. 손에 나뭇가지를 쥐고 의미심장하게 무게를 가늠하는데, 창백한 얼굴이 불빛을 받아 오렌지색과 금색으로 너울거렸다.

"그냥 그 망할 물건을 던져 넣어." 보비가 외쳤다.

웃음소리가 일었지만, 래프는 깜짝 놀라서 얼굴을 찌푸렸다. "나무잖아." 그는 나뭇가지를 재보았다.

"주변을 보라고." 보비가 우렁차게 외치며 머리 위에 늘어진 검은 나뭇가지들을, 굵은 줄기들을 향해 손짓했다. "우리가 평생 쓸 것보다 많아."

"던져 넣어라, 녀석아." 에릭이 통나무를 하나 걷어차자, 자고 있다가 깜짝 놀라기라도 한 것처럼 불똥이 화르륵 허공에 튀어 올랐다. 결국 래프는 나머지와 함께 나뭇가지를 던져 넣었고, 그 나무는 타닥거리며 불똥을 올리기 시작했다.

줄리엣은 침낭에서 그 모습을 지켜보았다. 숲속 어딘가에서 짐승의 소리가 들렸는데, 이제까지 들어본 어떤 소리와도 달랐다. 아이의 울음소리 같으면서도 좀 더 낭랑하고 음산했다.

"뭐였어?" 누군가가 물었다.

그들은 어둠 속에서 의견을 교환했다. 어린이책에서 본 동물들을 불러냈다. 솔로가 〈유산〉에서 읽은 옛 시절의 수많은 동물들 이야기에 귀를 기울였다. 손전등을 들고 엘리스 주위에 모여서 실로 꿰매 만든 메모리 북을 들여다보기도 했다. 모든 것이 수수께끼였고 경이였다.

줄리엣은 누워서 모닥불 타는 소리, 가끔 통나무에서 나는 커다란 탁 소리에 귀를 기울이고 피부에 닿는 열기와 고기 굽는 냄새, 독특한 풀 냄새와 많은 흙냄새를 즐겼다. 그리고 머리 위를 덮은 잎사귀들 사이로 별들이 반짝였다. 언덕들 위로 내려앉는 태양을 감추고 있던 밝은 구름이 바람에 갈라졌다. 그러면서 줄리엣의 머리 위로 100개도 넘는 깜박이는 광점이 드러났다. 아니, 천 개도 넘었다. 오래 바라보면 볼수록 사방에 빛의 점이 나타났다. 루카스와 루카스가 불러일으킨 사랑을 생각하던 줄리엣의 눈물 가득한 눈에 별들이 반짝였다. 그리고 가슴속의 무엇인가가 단단해지면서 울지 않으려 이를 악물게 만들었다. 그녀의 인생에는 새로운 목표가 생겼다. 엘리스의 지도에 나오는 물가까지 가서 이 씨앗들을 심고, 땅 위에 집을 짓고 살겠다는 욕망이.

"주얼? 자?"

엘리스가 줄리엣을 내려다보고 서서 별을 가렸다. '강아지'의 차가운 코가 줄리엣의 뺨을 건드렸다.

"이리 와." 줄리엣이 자리를 옆으로 옮기고 침낭을 토닥이자, 엘리스가 옆에 앉아서 몸을 기댔다.

"뭐 하고 있어?" 엘리스가 물었다.

줄리엣은 잎사귀들 사이로 위를 가리켰다. "별들을 보고 있지. 하나하나가 다 우리 태양과 비슷한데, 멀리 떨어져 있어."

"나도 별 알아. 몇 개는 이름도 있어."

"그래?"

"응." 엘리스는 줄리엣의 어깨에 머리를 대고 잠시 같이 하늘을 보았다. 숲속의 알 수 없는 동물이 울부짖었다. "저거 보여?" 엘리스가 물었다. "저거 꼭 강아지처럼 보이지 않아?"

줄리엣은 눈을 가늘게 뜨고 하늘을 살폈다. "그럴 수도…….
응, 그렇네."

"저 별들을 강아지자리라고 부를 수도 있겠다."

"좋은 이름이야." 줄리엣은 맞장구를 치고 웃으면서 눈가를 닦았다.

"그리고 저건 사람 같아." 엘리스가 넓게 흩어진 별들을 가리키면서 모양을 그렸다. "저기 팔과 다리가 있고, 머리도 있네."

"보여." 줄리엣이 말했다.

"주얼이 이름을 붙여도 돼." 엘리스가 허락했다.

숲속 깊은 곳에 숨은 동물이 다시 한번 울부짖었고, 엘리스의 '강아지'가 비슷한 소리를 냈다. 줄리엣은 뺨을 타고 흐르는 눈물을 느꼈다.

“저건 안 돼.” 그녀는 조용히 말했다. “저 남자에겐 이미 이름이 있어.”

밤이 깊어지자 모닥불이 사그라들었다. 구름이 별들을 삼키고 텐트는 아이들을 먹어치웠다. 줄리엣은 텐트에서 움직이는 그림자들, 초조한 마음에 잠을 이루지 못하는 다른 어른들을 지켜보았다. 어딘가에서 누군가가 솔로가 총으로 쏘아 잡은 동물의 고기 조각을 아직도 요리하고 있었다. 팔다리가 긴 사슴이었다. 줄리엣은 지난 사흘간 솔로의 변모에 놀랐다. 혼자 성장한 남자가 지금은 누구보다 더 이 세상에서 생존할 준비가 된 사람이었고, 지도자였다. 줄리엣은 곧 다시 투표하자고 할 생각이었다. 그녀의 친구 솔로는 훌륭한 시장이 될 것이다.

멀리서 윤곽만 보이는 누군가가 모닥불 앞에 서서 막대기로 쑤시며, 죽어가는 잉걸불로부터 열기를 더 끌어내고 있었다. 구름과 불, 줄리엣의 사람들이 언제나 두려워하기만 했던 두 가지였다. 불은 사일로 안에서 죽음이나 다름없었고, 구름은 감히 사일로를 떠나는 사람들을 집어삼켰다. 그런데도 구름이 머리 위에 모여들고 불이 더 높이 흔들리자 마음이 편안해졌다. 구름은 지붕 같았고, 불은 온기였다. 여기에는 두려워할 것이 적었다. 그리고 갑자기 구름이 벌어지면서 반짝이는 별이 드러나면, 줄리엣의 생각은 어김없이 루카스로 돌아갔다.

언젠가, 같이 사랑을 나눈 침대에 별 지도를 펼쳐놓은 루카스가 이 별들 하나하나에 다 나름의 세상이 있을지도 모른다는 말을 했는데, 당시에 줄리엣은 그 생각을 이해할 수가 없었다. 대담한 생각이었다. 불가능한 상상이었다. 다른 사일로를 보았고, 지평선까지 뻗어나가는 수십 개의 분지를 보았어도 그녀는 완전히 다른 세상들이 존재한다는 상상을 할 수가 없었다. 그런데도 그녀는 청소형에서 돌아왔고 다른 사람들이 그녀의 주장을 믿어주길 기대했다. 똑같은 대담한 주장을…….

뒤에서 나뭇가지 부러지는 소리가 들리고 잎사귀가 바스락거렸고, 줄리엣은 엘리스가 다시 와서 잠을 잘 수가 없다고 불평하려는 줄 알았다. 아니면 아까 불가에 같이 앉았던, 하고 싶은 말이 정말 많아 보이는 얼굴인데도 조용하기만 했던 샬럿일 수도 있었다. 하지만 줄리엣이 고개를 돌려보니 코트니였고, 손에 든 잔에서 김이 오르고 있었다.

"앉아도 될까?" 코트니가 물었다.

줄리엣이 비켜 앉자 오랜 친구가 침낭 위에 앉았다. 코트니는 줄리엣에게 뜨거운 머그잔을 건넸다. 안에 든 액체에서는 홍차와 비슷하지만 좀 더 자극적인 향기가 풍겼다.

"잠이 안 와?" 코트니가 물었다.

줄리엣은 고개를 저었다. "그냥 앉아서 루크 생각을 하고 있었어."

코트니는 줄리엣의 어깨에 팔을 걸쳤다. "유감이야."

"괜찮아. 저 위의 별들을 볼 때마다 거리를 두는 데 도움이 돼."

"그래? 그럼 나도 도와줘."

줄리엣은 어떻게 하면 가장 좋을지 생각하다가, 표현할 언어가 없다는 사실을 깨달았다. 그저 세계들이 무한한 가능성을 갖고 있고, 방대한 우주가 있다고 느끼면 왠지 절망이 아니라 희망이 차오를 뿐이었다. 그걸 언어로 바꿔 말하기는 쉽지 않았다.

"지난 며칠 동안 우리가 본 모든 땅 말이야." 그녀는 느낌을 풀어보려고 했다. "그 모든 공간. 우리에겐 그 공간을 다 채울 시간도 사람들도 없어. 아주 작은 부분밖에 없지."

"그건 좋은 일 맞지?" 코트니가 물었다.

"나도 그렇게 생각해. 그리고 난 우리가 청소하러 내보낸 사람들, 그 사람들이 훌륭한 사람들이었다는 생각이 들어. 그 사람들과 비슷하게 훌륭하지만, 그저 행동하기가 두려워서 조용히 있는 사람도 많을 거야. 그리고 과연 사람들을 위해 공간을 더 만들고 싶지 않고, 바깥 세계가 뭐가 잘못됐는지 알아내고 싶지 않고, 그 망할 티켓 추첨을 중단하고 싶지 않았던 시장이 한 명이라도 있었을까. 하지만 그 시장들이 뭘 할 수 있었겠어? 실제 책임자도 아니었는데. 실제 책임자들은 우리의 야심에 뚜껑만 덮어뒀지. 루카스 빼고는 다 그랬어. 루카스는 나를 방해하지 않았어. 내가 하는 일을 지지했지. 그게 위험하다는 사실을 알 때도 그랬어. 그 덕분에 우리가 여기 있어."

코트니가 그녀의 어깨를 꽉 쥐더니 후루룩 차를 마셨고, 줄리엣도 머그잔을 들어 올려 똑같이 했다. 따뜻한 물이 입술에 닿자마자 풍미가 폭발했다. 시장의 꽃 판매대 향기 같으면서 동시에 갈아엎은 재배지의 흙같이 비옥했다. 첫 키스 같았고, 레몬과 장미 같았다. 머리로 피가 몰리면서 눈앞에 불꽃이 튀었다. 줄리엣의 정신이 다 떨렸다.

"이게 뭐야?" 줄리엣은 헉헉거리면서 물었다. "우리가 꺼내 온 물품 중에 이게 있었어?"

코트니가 웃음을 터뜨리며 줄리엣에게 몸을 기댔다. "맛있지?"

"끝내줘. 이건…… 놀라워."

"돌아가서 더 챙겨야 할까 봐." 코트니가 말했다.

"그럼 난 다른 건 하나도 챙기지 않을지 몰라."

두 여자는 조용히 웃었다. 그들은 같이 앉아서 한동안 구름과 그 사이로 가끔 보이는 별을 응시했다. 제일 가까운 곳에 있는 모닥불이 탁탁거리면서 불똥을 올렸고, 몇 사람의 조용한 대화가 흘러드는 숲속 깊은 곳에서는 벌레들이 합창을 하고 보이지 않는 짐승이 울부짖었다.

"우리가 해낼 수 있을까?" 코트니는 한참 만에 물었다.

줄리엣은 기적 같은 음료수를 한 모금 더 마셨다. 그녀는 시간과 자원이 있고, 무엇이 가장 좋으냐를 빼면 어떤 규칙도 없고 꿈을 억누를 사람도 없을 때 그들이 어떤 세상을 건설할 수 있을지 상상했다.

"난 우리가 해낼 수 있을 거라고 생각해." 그녀는 마침내 말했다. "우리가 하고 싶은 일은 뭐든 할 수 있다고."

작가의 말

2011년 7월, 제가 써서 출간했던 단편소설 한 편은 저로 하여금 수천 명의 독자와 접촉하도록 해주고, 온 세상에 북 투어를 다니게 해주었으며, 제 인생을 바꿨습니다. 《울》을 출간한 날에는 이런 일이 무엇 하나 일어나리라고 꿈도 꾸지 못했어요. 이런 여정을 가능케 하고, 그 여정에 함께해준 여러분께 감사드립니다.

물론 이건 끝이 아닙니다. 우리가 읽는 모든 이야기, 우리가 보는 모든 영화가 우리 상상 속에서는 계속 이어질 수 있죠. 캐릭터들은 더 살아갑니다. 늙고, 죽기도 해요. 새로운 이들이 태어나고요. 문제가 생기고 해결됩니다. 슬픔, 기쁨, 승리, 실패가 있습니다. 어떤 이야기가 끝나는 지점은 시간 속의 스냅사진 한 장, 짧은 감정의 번득임, 잠깐의 멈춤에 불과해요. 그 이야기가 어떻게 이어질지, 과연 계속 이어지기는 할지는 우리에게 달렸죠.

제가 바라는 것이라곤 희망이 있을 자리를 남겨두자는 것뿐입니다. 모든 것에는 좋은 점과 나쁜 점이 있어요. 우린 우리가 찾으리라 예상한 것을 찾습니다. 보겠다고 예상한 것을 봅니다. 저는 고개를 살짝만 오른쪽으로 기울이고 눈을 가늘게 뜨면 바깥세상이 아름다워진다는 사실을 알게 되었습니다. 미래는 밝아요. 좋은 일들이 일어날 거예요.

여러분은 무엇이 보이나요?

끝나지 않을 연대기

대형 온라인 서점 아마존은 2007년 11월에 킨들이라는 전자책 서비스를 시작했다. 킨들이라는 이름의 전용 기기와 그 기기로 볼 수 있는 전자책의 판매가 함께 이루어졌다. 처음 나온 킨들 기기는 기능이 단순했지만 종이에 가까운 디스플레이를 사용하여 눈이 피곤하지 않았고, 무엇보다도 이용할 수 있는 콘텐츠가 풍부했다. 아마존 킨들은 급속도로 성장했다. 이는 같은 해에 출시된 플랫폼 KDP(Kindle Direct Publishing)도 마찬가지였다. 출판사를 거치지 않고 작가가 직접, 그것도 쉽게 전자책을 출간하고 판매할 수 있는 이 플랫폼은 이후 미국 출판 시장의 흐름을 바꿔놓았다는 말을 듣게 된다.

2011년, 서점에서 일하며 혼자 글을 쓰던 휴 하위는 점심시간에 창고에서 짧은 이야기를 하나 썼다. 제목은 단순하게 〈울〉이라고 붙였다. 사일로에서 청소형을 받아 나간 사람들이 필터를 닦는 데 쓰는 모직 패드를 가리키는 말이다. 이 내용이 사일로 3부작 중 첫 번째 이야기인 《울》의 1부 〈홀스턴〉에 해당한다. 작가는 전통적인 출판 시장 진입을 위한 긴 기다림과 불확실성에 지친 참이었기에, 이 이야기를 아마존에서 직접 팔기로 하고 킨들로 내놓았다.

단편소설 〈울〉은 대성공을 거두며, KDP 자가 출판 소설의 신화가 되었다. 작가는 독자들의 열화와 같은 요구에 힘입어 뒷이야기를 이어갔다. 단편 전자책이 차례차례 출간되었고, 킨들 전자책 판매 1위를 기록하였으며, 2012년 킨들 북 리뷰 인디북 부문을 수상했다. 《울》의 5부에 해당하는 이야기가 나왔을 무렵에는 이미 해외 판권과 영화 판권 논의가 활발하게 이루어졌으며, 17개국에 번역 판권을 팔았고 20세기 폭스사에 영화 판권도 팔았다. 이 상상 세계는 2012년에 다섯 개의 이야기를 묶어서 정식 출간한 《울 : 옴니버스판》으로도 끝나지 않았다. 두 번째 작품인 《시프트》가 나왔고, 마지막 편인 《더스트》까지 이어지는 거대한 이야기가 되었다.

이제 세상은 이 이야기를 묶어 '사일로 연대기'라고 부른다.

한국에서도 웹소설과 전자책 시장이 엄청나게 커진 지금은 이 성공담이 예전처럼 신기하게만 느껴지지는 않는다. 그러나 플랫폼과 형태가 서로 다르다 해도, 사일로 연대기와 비슷한 성공담이 성립하려면 필요한 조건은 같다. 그것은 바로 '재미'다. 그것도 재미의 여러 종류 중 보편적으로 많은 독자에게 먹힐 만한 재미, 흥미를 놓지 않고 계속 따라가게 만드는 종류의 재미 말이다.

그 때문인지, 이 소설은 역동적인 전개만큼이나 출간 방식도 미국의 TV 시리즈와 비슷한 구석이 있었다. 파일럿 한 편을 만들어 보고, 인기가 있으면 후속 이야기를 한 시즌 만들고, 또 다음 시즌으로 이어가고, 그 과정에서 독자들의 긴장을 붙들어두기 위해 새로운 발견과 반전을 거듭하는 방식 말이다.

앞서도 말했지만 1권 1부 〈홀스턴〉은 처음에 단편으로 독자들에게 선을 보였다. 반전은 산뜻했고, 이야기는 깔끔하게 끝이 났다. 다음 내용을 미리 생각해두지도 않았다. 그러나 팬들이 다음 이야기를 요구하자 작가는 이야기를 중편 옴니버스 형태로 하나씩, 하나씩 발표해서 덧붙였다. 1부의 결말과 2부의 결말이 연속해서 반전을 취하는 이유는 그래서다. 3부에 이르러서야 비로소 우리는 진정한 주인공이 누구였는지 알게 되고, 세계는 한꺼번에 전모를 드러내지 않고 한 겹씩 한 겹씩 베일을 벗어나간다. 우리는 숨죽여 이야기를 따라가면서, 사일로라는 세계에 대해 조금씩 알아가게 된다. 아무것도 모르는 채로 그 안에서 살아가는, 매력적이기는 하지만 인간다운 한계를 갖춘 등장인물의 눈을 통하기에 이 세계는 더 새롭고 긴장감은 더 강하다. 주위에 일어나고 있는 일이라 해도 전부 알 수는 없는 불완전한 인간에게 세계는 언제나 새롭고, 언제나 위험하기 때문이다.

이 구성은 시리즈 후속편인 《시프트》와 《더스트》에서도 계속 이어진다. 교대근무를 뜻하는 《시프트》는 《울》의 프리퀄에 해당한다. 시간을 되감아서 어떻게 사일로들이 생겼으며, 어떤 식으로 유지되어왔는지에 대해 펼쳐 보인다. 좋은 프리퀄답게 《울》에 잠깐 언급되고 지나갔던 설정과 역사가 새로운 생명력을 얻고 풍성해지는 것은 물론이다. 이어서 3편인 《더스트》는 《울》과 《시프트》 양쪽을 이어받아서 합쳐진다. 제목인 '더스트'는 사일로에 사는 사람들에게 바깥세상 그 자체인 먼지이자, 그 속에 있는 나노기기를 뜻하면서 사일로 세계 전체를 조망하고, 그 세계에서 벗어난다. 시간을 오가면서 진행될수록 소설 속의 세계가 점점 더 넓어지고, 이야기의 결말이 기존의 질서를 부순다는 점에서 그야말로 장르 소설의 정석이다.

작가는 이 사일로 세계를 어쩌다가 생각해냈는가 하는 질문에 이렇게 답한 바 있다.

> "(처음) 떠오른 아이디어는 사람들이 지하에 있는 사일로에 사는데, 바깥세상을 보는 창은 오직 스크린 하나뿐인 세상이었죠. 요트를 타고 멀리 여행을 다니면서 세상을 보고 그 안에서 살았던 제가 아내를 만나고, 한곳에 정착해 살게 되니 세상이 어떤지 알기 위해 TV, 인터넷, 신문에 의지하게 되더군요. 그래서 그런 생각이 들었어요. 이런 필터 때문에 세상이라는 그림이 얼마나 다르게 칠해지는지 보고 있으면 무섭다고요. 뉴스거리가 되는 건 나쁜 소식뿐이잖아요. 그래서 바깥세상에 대해 알려주는 창이 이런 스크린밖에 없다면 누굴 믿을 것이며, 그게 사

일로 안에 사는 사람들에게 어떤 작용을 할까 하는 아이디어를 떠올린 겁니다."

—2013년, 〈와이어드〉와의 인터뷰 중에서

많은 소설이 그렇듯이, 많은 SF도 어떤 층위에서든 현실 세계를 반영한다. 디스토피아/포스트 아포칼립스 장르는 특히 그 작품이 태어난 사회를 비춘다고도 한다. 세상을 보는 필터로서의 스크린이라는 아이디어에 작가가 떠돌이 생활에서 정착 생활로 옮겨 가면서 얻은 통찰이 담겨 있다면, 바깥으로 나가면 죽는 폐쇄적인 세계나 층층이 나뉘어서 서로 잘 섞이지 않는 생활 환경, 바깥은 잘 보지 못하고 바닥 쪽에서 일하지만 사실상 모든 사람의 생존을 책임지고 있는 기계부 같은 요소에는 배에서 일했던 작가의 경험이 녹아들어 있지 않나 싶다. 그리고 구획이 나뉜 사일로 안 정치와 차별, 투쟁의 모습은 현대사회의 어떤 면들을 노골적으로 환기시킨다. 《시프트》에서는 그 의도가 더 분명하게 드러나지만, 계단으로 이루어진 150층짜리 탑이란 어느 정도 서로 단절되기 마련이다. 탑 형태의 세계는 여러 개로 쪼개지고, 상층부와 하층부는 서로 교류도 거의 하지 않게 되며 그것 자체가 계층이 된다. 상층부에 사는 사무직들과 하층부에 살면서 이 세계를 돌리는 기술자들의 모습은 분명 영화 〈설국열차〉처럼 직설적이고 노골적인 은유로 작동한다.

이 점에 대해 어떤 독자가 묻자 휴 하위는 '그렇게 보이면 좋겠다'고 답하기도 했다. "내가 이 시리즈를 쓰고 있었을 때 미국에서는 '월가를 점거하라' 시위가 진행되었고 '아랍의 봄'이 피어나고 있었다. 이 이야기는 그 그림자 속에서 쓰였다."

물론, 이 소설을 계급 투쟁만으로 읽는다면 너무 단순할 것이다. 사일로와 그 속의 이야기들은 복잡한 인간 사회의 여러 면을 반영한다. 공기와 물까지 포함해서 모든 자원에는 제한이 있기 마련이라는 것을 구체적으로 보여준다는 점에서 지금 인류가 직면한 생태 위기를, 한정된 공간에 갇힌 채로 인간이 미치지 않고 오랫동안 살아갈 수 있겠는가 하는 질문이라는 면에서는 심리적인 탐구를 생각해볼 수 있다. 《시프트》에서 《더스트》에 이르는 또 다른 주인공 도널드의 이야기를 보면, 정치와 권력이 가진 거대한 맹점을 생각하게 되기도 한다. 모두가 저 위에 누군가 상황을 잘 알고 통제하는 사람이 있을 거라고 믿기 때문에 성립하는, 그러나 사실은 어리석은 한 줌의 결정에 수많은 사람의 목숨이 좌우되는 기이한 권력 구조 같은 것 말이다.

그러나 어떤 면에 주목하든, 이 소설에서 일어나는 음모와 배신과 혁명과 결말과 사랑에 대해 어떤 해석을 내리든, 이 소설에 독자들이 푹 빠지는 이유는 결국 이것이다.

> "그러니까 사일로는 우리 세계의 축소판입니다. 이 소설은 진짜 사람들과 진짜 문제들에 대한 이야기예요. 독자들에게 이만한 울림을 주는 것도 그래서라고 생각합니다."
>
> — 2013년, 《더스트》 출간 후 인터뷰에서

살아 있는 사람처럼 생생하고, 장점만큼이나 단점도 가득하며, 끊임없이 좌절하고 실패하면서도 계속 싸우는 줄리엣을 보면 그 말이 더 이해가 간다.

다만 줄리엣 외에도 수많은 인물이 나오고 또 죽는 이 연대기에서, 또 하나 확고한 주인공이 있다면 거대한 지하 사일로라는 공간 그 자체라는 점도 짚고 넘어가고 싶다. 엘리베이터 없이 나선 계단으로만 이동할 수 있는 이 거대한 수직의 지하 탑은 기묘한 매력을 갖고 있다. 역사는 잊히고, 과거는 전설이 되고, 결국에는 생존자들을 지상에 내려놓을 목적을 지녔다는 점에서 일종의 세대 이민 우주선처럼 보이기도 한다. 주요 인물이 사일로의 나선 계단을 오르내릴 때마다 읽는 사람은 그 공간을 상상하고 공간감을 느끼게 된다. 물론 어떤 사람은 폐소공포를 느낄지도 모르지만, 버려진 17번 사일로를 솔로가 헤매고 다닐 때는 그 공간에서 게임 속 던전 같은 재미까지 느낄 수 있다.

휴 하위는 1975년에 미국 노스캐롤라이나주에서 태어났다. 대학에 들어가서는 돈을 아끼기 위해 집을 빌리는 대신 배를 사서 살았는데, 어쩌다 보니 그 배를 몰고 떠나게 되었다고 한다. 한동안 해안가를 따라가며 여행을 하다가 풍랑을 만났고, 망가진 배를 고치느라 돈이 다 떨어졌다. 그 후 그는 요트 선장으로 취직하여 미국과 캐나다 해안을 돌아다니며 일을 하다가, 지금의 아내를 만나 육지로 돌아가서 컴퓨터를 고치고 지붕을 고치고 음향 기술자로 일하고, 서점 직원으로도 일했다. 이 모든 과정 중에도 소설을 쓰고 싶은 마음은 버리지 않았고, 육지에 정착하자 모험물을 쓰고 싶다는 욕망이 더 커졌다. 2011년에 단편소설 〈울〉을 떠올리면서 그는 바라던 인생의 전환점을 맞이했고, 2015년에 미국을 떠나 남아프리카의 이스턴케이프주로 이사한 후에는 자유로이 항해하면서 글을 계속 쓰고 있다.

단편도 한 번씩 발표하고 있지만, 휴 하위의 주요 작품은 대개 시리즈물이다. 사일로 연대기 이전인 2009년부터 2010년까지는 몰리 파이드라는 우주비행사가 주인공인 '번 사가'를 썼고, 2013년에 내놓은 '샌드 연대기'는 9년의 시간을 건너뛰어 2022년에 여섯 번째 이야기를 발표했다. 또 2015년에는 23세기 우주 등대를 배경으로 하는 《비컨23》을 사일로 연대기와 비슷한 연작 방식으로 발표했다.

사일로 연대기 역시 아직 끝나지 않았다. 《더스트》로 일단 완결을 맺은 이후에도 같은 세계를 무대로 한 단편이 세 편 나왔고, 작가가 다른 외전을 쓸 수 있다고 말하기도 했다. 다른 미디어로의 확장도 진행 중이다. 2014년에는 그래픽 노블로 각색이 이루어졌다. 처음에 영상화 판권을 샀던 20세기 폭스사가 리들리 스콧을 감독으로 준비한 영화는 결국 실현되지 못했으나, 2018년에 AMC가 시리즈로 만들 것을 선언했다. 이 기획은 다시 '애플 TV+'로 옮겨졌으며, 레베카 페르구손이 줄리엣 역할을 맡아 2023년 5월 공개를 앞두고 있다.

앞서서 썼듯이 사일로 연대기는 드라마적인 재미, 활극과 모험의 재미가 두드러지는 이야기다. 그만큼 영상 시리즈물에 잘 어울리리라 생각하기에, 애플 TV에서 사일로 세계를 어떻게 구현했을지가 무척 기대된다. 이 기회에 많은 독자가 이 사일로 세계의 재미를 즐길 수 있었으면 좋겠다.

2023년 4월

이 수 현

옮긴이 이수현

서울대학교 인류학과를 졸업하고 동 대학원에서 석사 학위를 받았다. 작가이자 번역가로 활동하며 《빼앗긴 자들》《킨》《체체파리의 비법》《유리와 철의 계절》《새들이 모조리 사라진다면》《아메리카에 어서 오세요》《아득한 내일》《어슐러 K. 르 귄의 말》, '얼음과 불의 노래' 시리즈, '노인의 전쟁' 시리즈, '다이버전트' 시리즈, '샌드맨' 시리즈, '퍼시 잭슨' 시리즈, '수확자' 시리즈 등 많은 SF와 판타지, 그래픽 노블을 우리말로 옮겼다. 직접 쓴 소설로는 러브크래프트 다시 쓰기 소설 《외계 신장》과 도시 판타지 《서울에 수호신이 있었을 때》가 있다.

더스트 2

초판 1쇄 인쇄일 2023년 4월 10일
초판 1쇄 발행일 2023년 4월 17일

지은이 휴 하위
옮긴이 이수현

발행인 윤호권
사업총괄 정유한

편집 이원석, 박고운 **디자인** 최초아 **마케팅** 정재영, 윤아림
발행처 ㈜시공사 **주소** 서울시 성동구 상원1길 22, 6-8층(우편번호 04779)
대표전화 02-3486-6877 **팩스(주문)** 02-585-1755
홈페이지 www.sigongsa.com / www.sigongjunior.com

ISBN 979-11-6925-623-0 04840
ISBN 979-11-6925-616-2 (세트)

*시공사는 시공간을 넘는 무한한 콘텐츠 세상을 만듭니다.
*시공사는 더 나은 내일을 함께 만들 여러분의 소중한 의견을 기다립니다.
*잘못 만들어진 책은 구입하신 곳에서 바꾸어드립니다.